TOD AM STAFFELSEE

Inga Persson hat Germanistik, Kunstgeschichte und Philosophie studiert, 1994 promovierte sie. Anschließend schrieb sie jahrelang im Auftrag anderer: erst für Bundestagsabgeordnete, später für ihre Agenturkunden. Heute lebt sie mit ihrem Mann und ihrem Sohn am westlichen Ammersee und betreibt dort die traditionsreiche Pension »Schatzbergalm«.

INGA PERSSON

TOD AM STAFFELSEE

Oberbayern Krimi

emons:

Bibliografische Information der Deutschen Nationalbibliothek
Die Deutsche Nationalbibliothek verzeichnet diese Publikation
in der Deutschen Nationalbibliografie; detaillierte bibliografische
Daten sind im Internet über http://dnb.d-nb.de abrufbar.

© Emons Verlag GmbH
Alle Rechte vorbehalten
Umschlagmotiv: mauritius images/Raimund Linke
Umschlaggestaltung: Nina Schäfer, nach einem Konzept
von Leonardo Magrelli und Nina Schäfer
Umsetzung: Tobias Doetsch
Gestaltung Innenteil: DÜDE Satz und Grafik, Odenthal
Lektorat: Christiane Geldmacher, Textsyndikat Bremberg
Druck und Bindung: CPI – Clausen & Bosse, Leck
Printed in Germany 2024
ISBN 978-3-7408-2134-0
Oberbayern Krimi
Originalausgabe

Unser Newsletter informiert Sie
regelmäßig über Neues von emons:
Kostenlos bestellen unter
www.emons-verlag.de

Mir sind Menschen schrecklich interessant.

Gabriele Münter an Arnold Schönberg,
21. Januar 1912

Prolog

Anna

Karibik, Juni 2020

»This has to be a mistake.«

Ein Fehler? Große, dunkle Augen inmitten eines jungen, fast noch kindlichen Gesichts starrten mich an. Der Bote fixierte mich, erschreckt wie ein Reh im Scheinwerferkegel. Wie gut, dass wir auf dem Gang standen. Noch besser, dass er leer war, sodass niemand außer mir die Augen des Boys sehen konnte. Das gigantische Bouquet aus rosa Hibiskus, das er mir entgegenstreckte, erzitterte. Als ich nicht zugriff, legte er seine Stirn in Falten, klemmte sich den Strauß unter den Arm, durchsuchte mit der freien Hand seine Hosentasche und beförderte einen zerknickten Zettel zutage. *»Ännä Seeeiiiveking? No?«*

Ich rang mit mir, einem spontanen Nicken und meinem Schuldbewusstsein. Meine Wangen brannten lichterloh. Anna Sieveking? Ich, zweifellos. Die Blumen? Richtig, auch für mich. Warum ich tat, als ob mich beides nichts anging? Eine andere Geschichte. Der Junge hier machte nur seinen Job. Er konnte weiß Gott nichts dafür, dass mein Leben seit Neuestem verwirrend war. Aufregend. Vielleicht auch plötzlich wundervoll. Aber eben auch verdammt kompliziert.

»What's wrong, Ma'am?« Der Boy hob verständnislos die Schultern.

Ich sah ihn an. Er hatte ja recht, an den Blumen war nichts falsch, sie waren umwerfend. Rosige, pinkfarbene und violette Blüten, üppig, zart und intensiv duftend. Hinreißend.

Der Strauß war nicht das Problem. Ebenso wenig, dass wir uns auf dem Luxusliner Oceanstar in der Karibik befanden und heute Morgen im Hafen von Montego angelegt hatten. Sondern dass der Absender männlich, objektiv gut aussehend und irritierend charmant war. Ich als leitende Hotelmanagerin hatte kompetent, freundlich, aber distanziert zu sein. Was bedeutete, dass ein Kontakt, wenn überhaupt, professionell bleiben musste. Und drei Blumensträuße in einer Woche – in jedem Hafen einer – waren definitiv nicht mehr geschäftsmäßig. Auf den Punkt genau das, was ich mit meiner Position nicht vereinbaren konnte.

»One second.« Mein Herzschlag vibrierte durch meinen Körper. Ich riss mich zusammen, bezwang meine zitternde Hand und öffnete so behutsam, wie ich nur konnte, die Tür in meinem Rücken. Vorsichtig warf ich einen Blick in den Raum. Meine Kollegen, mit denen ich mir ein winziges Büro voller Rechner, Displays und Drucker teilte, hatten ihre Kopfhörer auf den Ohren, klebten mit den Nasen an ihren Bildschirmen und telefonierten. Ich zog die Tür ins Schloss und den Boy hinter mir her. *»Follow me.«* Wir mussten hier weg, bevor jemand nach mir suchte. Und zwar schnell.

»Yes, Ma'am!« Gehorsam trottete er neben mir her, den Strauß wie einen Pokal vor sich hertragend. Am nächsten Niedergang drehte ich mich um. Er sah mich fragend an. Ich griff in meine Hosentasche, hielt ihm ein paar Dollarnoten unter die Nase und streckte meine Hand nach den Blumen aus. *»Thank you.«*

Überraschung malte sich auf sein Gesicht, er strahlte, schnappte sich die Scheine und zischte in Überschallgeschwindigkeit die Treppe hinauf. Nicht dass ich mir das mit dem üppigen Trinkgeld noch einmal überlegte.

Wenn der wüsste. Ich sah mich noch einmal um und drückte, als die Luft rein war, mein Gesicht in das Blütenmeer. Ein Traum aus Duft, Farben und samtigen Blättern, die zart über meine Haut strichen. Für eine Sekunde schloss ich die Augen. Und für noch eine. Gestattete mir den Gedanken, dass der Strauß kein Traum und der Mann, der mir die Blumen geschickt hatte, Wirklichkeit war. Genoss das Gefühl, das sich in mir ausbreitete. Unfassbar.

In der Ferne klappte eine Tür. *Oh no.* Mein Puls beschleunigte wie ein Formel-1-Bolide beim Start. Ein kalter Schauer rieselte meinen Rücken herunter, ich schnappte nach Luft, spürte, wie mir schwindlig wurde. Alles, bloß das nicht. Den Strauß in der Hand, lehnte ich mich an die Wand, fixierte einen Fleck an der gegenüberliegenden Seite und atmete ein, aus. Mein Herzschlag verlangsamte sich, wurde gleichmäßiger, ich straffte mich und meine Gesichtszüge, reckte mein Kinn und stieg den Niedergang nach oben Richtung Rezeption. Es war ja nicht so, dass mir diese Lieferung ausschließlich Herzklopfen bereitete. Sondern auch Arbeit.

»Schon wieder ein Strauß ohne Karte«, sagte ich, angestrengt um Lässigkeit bemüht.

Danni, die junge, fesche Rezeptionsassistentin, die das erste Mal in ihrem Leben zur See fuhr, sah von ihrer Liste auf. »Nicht dein Ernst. Der Typ, der dauernd diese Blumen schickt, muss doch merken, dass sie bei uns stehen und nicht bei seiner Angebeteten.« Sie nahm mir das Bouquet aus der Hand. »Wunderschön.« Bewundernd hielt sie die Blumen auf Armeslänge von sich. »Sieh nur, diese Farben. Und wie sie duften! Oh«, sie verdrehte die Augen Richtung Decke, »ich hätte auch gerne mal so einen Verehrer. Aber was kriege ich? Einladungen zum Lasertag.« Danni tippte sich mit der freien Hand an die Stirn. »Kannst du dir das vorstellen? Auf jemanden zu schießen? Nach der Scheidung, okay. Aber beim ersten Date? Was hat so jemand beim zweiten vor? Ein Bootcamp?« Sie lächelte den Strauß an. »Der Kerl hier, der hat Ahnung von Frauen. Ist zwar total verpeilt, aber ein wahrer Romantiker.« Mit einer einzigen geschmeidigen Bewegung stand sie auf. »Ich such mal eine Vase.«

»Das kann ich schon selbst.« Mein Selbstverständnis als Chefin bestand nicht darin, andere für mich arbeiten zu lassen. Im Gegenteil. Ich kümmerte mich auch um Details, wie jetzt um ein Gefäß.

»Das weiß ich. Aber eben deswegen kannst du mich das auch mal machen lassen. Außerdem bin ich froh, wenn ich hier wegkann.« Sie grinste und verschwand in Richtung Technikraum.

»Wenn du meinst. Ich halte hier solange die Stellung.« Ermattet ließ ich mich auf ihren Platz fallen. Grad noch mal die Kurve gekriegt. In meinen Ohren pulsierte das Blut. Das wummernde Geräusch vermischte sich mit »*Love is in the air*«, das aus dem Lautsprecher über mir perlte. Leichtfüßig lief ich zu der Ecke in meinem Kopf, in der die Charts der letzten Jahrzehnte lagerten, suchte den Text heraus und summte mit. »*Every sight and every sound. And I don't know if I'm being foolish, don't know if I'm being wise.*«

Die Musik konnte den Radau, den mein Herz immer noch in meinem Brustkorb veranstaltete, nicht übertönen. Ich schloss die Augen und atmete. Ein, aus, wieder ein. Langsam fiel mein Puls vom Galopp in den Trab und schließlich in einen gemächlichen Schritt. Ausatmen.

»*Love is in the air* …« Wo John Paul Young recht hatte, hatte er recht. Woher sollte ich denn wissen, ob es klug, geschweige denn weise war, was ich gerade tat? Wie zum Beispiel heute Morgen beim Entertainment-Team nachzufragen, wieso seit einer Woche Lovesongs über die Bordanlage liefen. »Weißt du, Anna«, hatte die toughe Janine, die immer nur ihre neueste Choreografie im Kopf hatte, mit einem versonnenen Gesichtsausdruck gesagt, »da war so ein Gast, der hat mir erzählt, er habe bei uns an Bord die Frau seines Lebens getroffen. Und ob wir für sie seine Playlist spielen könnten. Ich fand das so süß, dass ich einfach Ja sagen musste. Verstehst du? Er schickt mir jeden Morgen einen neuen Link. Wie heißt der gleich …?« Die Bee Gees säuselten: »*How deep is your love*«, und Janine summte mit. »Egal. Ist es nicht das«, sie hatte sich zurückgelehnt und ihren durchtrainierten Körper gereckt, »wovon jede Frau im Geheimen träumt und was sie sich nicht zu sagen traut?«

Bei der Erinnerung an das Gespräch gab mein Herz schon wieder Gas. Klopfte buchstäblich bis zum Hals. Ich jedenfalls hatte bisher andere Phantasien in der Nacht gehabt. Kalter Schweiß tropfte mir ins Genick. Was eindeutig nicht die Schuld der Klimaanlage war, denn die funktionierte einwandfrei. Ich schloss die Augen.

Von wegen Liebe ist in der Luft. Bei mir trafen die Schmuse-hits ganz wunde Punkte, neudeutsch Trigger, körperliche An-zeichen meiner lädierten Seele, mir nur zu gut bekannt nach zwei Therapien, einem Haufen Selbsthilfebücher in meiner Lese-App und meiner besten Freundin auf Kurzwahl. Und ich wusste auch, was ich tun musste: durchstehen, aushalten, atmen und warten, bis der Sturm vorüberzog. *Es sind Gedanken, nur Gedanken. Ich bin nicht meine Gedanken. Ich kann wählen. Was die Stimme in meinem Kopf sagt, kann ich mir aussuchen.* Ich wusste das, das hatte ich mir tausendmal gesagt und noch öfter geübt und konnte doch nicht an mich halten. Schnell warf ich einen Blick zur Decke. Schneeweiß. Kein dunkles, schweres Tuch, das sich herabsenkte, um mich unter sich zu begraben.

Einatmen, ausatmen und wieder ein. Ich zog mein Telefon aus den Shorts, tastete mit der freien Hand nach dem kleinen Kühl-schrank, den ein umsichtiger Mensch unter dem Schreibtisch platziert hatte. Mit der linken rollte ich eine kalte Dose 7up über meine Stirn, während meine rechte über dem Display schwebte. Ich wusste ja, wer er war. Was sollte ich tun? Reagieren? Oder ihn ignorieren? Irgendetwas musste ich machen, denn mein Herz, mein Kopf, mein ganzer Körper waren im Alarmzustand. Gab es überhaupt noch Gehirnzellen in meinem überhitzten Schädel, die einigermaßen geradeaus denken konnten? Eine Idee flog auf mich zu. Was, wenn ich mir auch mal einen Song bei Janine wünschte? Vielleicht den neuen Gassenhauer von dem ehemaligen Disneystar? »*I can buy myself flowers, write my name in the sand*«? So was in der Art? Frech und selbstbewusst? Schließlich riskierte ich gerade meinen Job.

Ich tippte.»Hey, Janine, spiel doch mal ›Flowers‹ für mich. *Baci*, Anna«. Zögerte. Dachte nach. Löschte den Text Buch-stabe für Buchstabe. Schüttelte den Kopf. Völliger Blödsinn. Darum ging es nicht. Arbeit auf einem Kreuzfahrtschiff würde ich immer finden. Aber einen Mann wie ihn? Der meine kühle norddeutsche Hochglanzfassade einfach links liegen ließ? Was mich nicht nur irritierte und stresste, sondern mich auch frisch und lebendig sein ließ wie seit Teenagerzeiten nicht mehr?

Anna, come on. Genau das soll doch auf einer Kreuzfahrt passieren. Der Produktmanager wäre hin und weg von dir. Denn Zielgruppe dieser Reise war ja ich: weiblich, single und begeistert von der Karibik. Wenn ich den Hals ein kleines bisschen reckte, konnte ich vor dem Bullauge das Wasser glitzern sehen, die Palmen am Strand förmlich mit den Händen greifen. Der Trip hatte das Ziel, Herzen höherschlagen zu lassen. Warum nicht mal zur Abwechslung meins? Ohne dass es mich so durcheinanderbrachte?

Ich strich über mein Telefon und schrieb eine Nachricht. Nicht an Janine, sondern an Joe, der den nachmittäglichen Ausflug zum Doctor's Cave Beach organisierte. Dass ich mitkommen würde. *Er* bestimmt auch. Dafür konnte ich gefeuert werden. Fristlos. Aber er war das Risiko wert.

Und wie er es war. Ich lächelte mich im Spiegelbild meines Displays an. Jetzt mal im Ernst. Wozu zierte ich mich noch? Hanseatische Contenance? *Really?* Die konnte ich spätestens seit dem Ausflug vorgestern getrost zu den Akten legen.

Wir hatten vor Grand Cayman Anker geworfen. Die halbe Mannschaft und die meisten Gäste waren mit Tenderbooten nach Georgetown übergesetzt. Ich kannte das schon von meinen vorherigen Törns, aber für die Kreuzfahrt-Newbies an Bord war schon die kurze Bootsfahrt ein kleines Abenteuer. Die Cayman Islands waren trotz oder wegen ihres Rufs als Steueroase ein Paradies. Karibik wie aus dem Bilderbuch, klares, türkisblaues Wasser, darauf Segelboote wie Sahnehäubchen hingetupft, schneeweißer Sand und Palmen.

Am Hafen angelangt, hatte ich mich von denen verabschiedet, die entweder dort blieben, um Katamaran zu segeln, oder von Guides zu einem Tauchgang abgeholt wurden, und hatte mir ein Taxi zum Strand genommen. Meine kleine Auszeit, die ich mir gönnte, jedes Mal, wenn wir hier ankerten. Auch eine Hotelmanagerin auf einem Kreuzfahrtschiff hatte das Recht, ab und an allein zu sein.

Als ich hinter einer Kurve plötzlich ihn entdeckte. Er musste eines der ersten Boote genommen und geahnt haben, welchen

Strand ich besuchen würde – oder hatte ich es ihm beim Sundowner erzählt? Dem abendlichen Drink an Deck, den er in den letzten Tagen genutzt hatte, um wie zufällig kurz mit mir zu plaudern. Immer mit der Blume im Knopfloch, die er mir am selben Tag geschickt hatte. Drehte ich inzwischen vollkommen durch? Ich konnte mich nicht erinnern.

Er schien auf mich zu warten, barfuß, mit den Füßen im Wasser. In schneeweißen Shorts und einem kreischend bunten Hawaiihemd. Jeder andere hätte in der Kombi ausgesehen wie Thomas Magnum für Arme. Aber er, braun gebrannt, athletisch, dunkelblonde Locken, die Pilotenbrille lässig im Ausschnitt, war ein Bild von einem Mann. Der mich die ganze Zeit anlächelte, während ich über den Strand auf ihn zugegangen war.

»Hey«, hatte er leise gesagt, als ich vor ihm stand.

»Hey. Hast du dich verlaufen?« Lahme Antwort. Fiel mir echt nichts Besseres ein? Ich spürte die Sonne auf meiner Haut, das Wasser, das meine Füße umspülte, und den butterweichen Sand. Was genau tat ich hier eigentlich? Ich hatte den Mund für irgendeinen trockenen norddeutschen Schnack schon geöffnet, als ich ihm in die Augen sah und Sonne, Wasser, Sand um mich herum versanken.

Er strich mir eine Strähne, die mir ins Gesicht gefallen war, hinters Ohr. »Da bist du ja endlich.« Seine Hand glitt in mein Haar, er beugte sich zu mir und hauchte mir einen Kuss auf die Wange.

Eine kleine Stimme in meinem Kopf sagte: Anna. Dein Mund steht offen. *Ich seh aus wie die berühmte Kuh, wenn's donnert und blitzt.* Aber was hätte diese Einsicht mir in diesem Moment geholfen? Es war das zweite Mal in meinem Leben, das mir die Worte fehlten. Und wie beim ersten Mal sah ich zu, wie die kleine blaue Flamme ganz hinten in meiner Seele plötzlich heller wurde, größer, wärmer. Ich stand vor ihm und starrte ihn an.

Er hatte mich angelacht und nach meiner Hand gegriffen. »Kommst du?«

Ein Augenblick wie im Kino. Auf der Leinwand meiner Erinnerung kann ich uns sehen, den Strand, das Wasser. Er hatte mich kaum berührt, trotzdem fühle ich noch heute seine Lippen unterhalb meines Ohres. Ganz zart. Kann sein Aftershave riechen. Teure Zeder und dunkles Leder. Spüre die Flamme in mir, sehe, wie sie brennt und wärmt, und habe das Gefühl, zu schweben.

Die Welt war eine andere seit diesem Nachmittag am Strand. Dabei kannten wir uns erst ein paar Tage. Gleich am ersten Abend an Bord war er auf mich zugegangen und hatte mich angesprochen. Sich vorgestellt als Christian Egger aus Murnau. »Unbedeutendes Kaff vor den Toren Garmischs. Aber die Aussicht ist sensationell.« Mir einen Drink besorgt und sich mit mir unterhalten. Höflich, witzig, eloquent. Nach ein paar Minuten wollte ich mich verabschieden, ebenso zuvorkommend, aber bestimmt. Ich musste mich ja auch noch um die anderen Gäste kümmern. Er hatte mich einen Augenblick zu lange angesehen. Wortlos.

Es gab mehrere Arten von Kreuzfahrtgästen: die, die nicht weiter auffielen, weil sie von morgens bis abends am Programm und am Essen teilnahmen; die, die ununterbrochen auffielen, weil sie sich pausenlos beschwerten; und die, die so lustig und sympathisch waren, dass ich mir wünschte, sie würden nie von Bord gehen. Und nun gab es ihn. Eine Viertelstunde nach unserer Begegnung sang Sting: »*Every breath you take*«, und ich wusste, er meinte mich. Von da an liefen die Lovesong-Charts auf der Oceanstar rauf, runter und wieder rauf. Im ersten Hafen wurden Blumen geliefert. Orchideen. Von denen er abends eine am Revers trug.

Seit diesem Nachmittag am Strand spürte ich das erste Mal seit Jahren wieder mein Herz. Wie es schlug. Heiß und wild. Das Zentralorgan meines Körpers tat seitdem sowieso einige Dinge, die es vorher noch nie getan hatte. Zum Beispiel Wellen durch mich hindurchzuschicken, wenn sein Arm scheinbar unbeabsichtigt den meinen streifte. Mich tomatenrot werden zu lassen, wenn ich nur an ihn dachte. Oder, neu und sehr lästig, zu schmerzen, wenn er sich von mir verabschiedete.

Wie hatte das passieren können? Ich hatte mich doch immer

so bedeckt gehalten. Hütete mein ruhiges, blaues Flämmchen in den Tiefen meiner Seele wie einen Schatz. Wollte nicht, dass mir jemand nahekam. Zu nahe. Mein zweiter Name war doch Unverbindlichkeit. Und nun das.

Wovon auf der Oceanstar niemand etwas mitkriegen durfte. Während der zweiten Hälfte der Kreuzfahrt hatte ich es geschafft, meine fast zufälligen Begegnungen mit ihm belanglos aussehen zu lassen. Nur ich wusste seine Blicke und Gesten zu deuten. Eine ganze lange Woche lang. In der ich wie auf Wolken durch das Schiff geschwebt war.

»Du strahlst so.« Danni hatte mich von der Seite angesehen. »Hast du etwa im Lotto gewonnen?«

Als die Oceanstar schließlich wieder am Kreuzfahrtterminal im Hafen von Miami anlegte, hatte er sich unten an der Gangway aufgebaut und wartete auf mich – kaum zu erkennen hinter einem gigantischen gelben Blütenberg.

»Anna!«, hatte Danni über den Kai posaunt. »Das ist jetzt aber nicht dein Ernst! Ist das der Rosenkavalier? Sag mir nicht, die Blumen waren die ganze Zeit für dich!«

1

Anna

Oberbayern, Donnerstag, 1. Dezember 2022

Ich lächele mir selber in der Scheibe zu. Auf der anderen Seite des Glases zieht ein *Winterwonderland* vorbei. Sanfte Hügel, von Schnee bedeckt, so dick, dass er die Äste der Bäume nach unten biegt. Was für ein Kontrast.

Nichts von dem, was ich jetzt gerade tue, hatte ich damals geplant. Geschweige denn davon geträumt. Ich liebte meinen Beruf, liebte es, zur See zu fahren, Gäste zu haben, Verantwortung zu tragen. Und ich mochte die Routinen, den immer gleichen Tagesablauf. Tägliches Briefing, tägliches Troubleshooting auf und unter Deck, der abendliche Sundowner, Essen und ins Bett.

Bis zu dem Tag, als ich auf Christian traf. Ich kann es immer noch nicht fassen. So überrumpelt, wie ich gewesen war. Nur eins war mir damals schon klar. Lotto oder Liebe? War die Frage ernst gemeint?

Damals in Miami hatte ich nonchalant die Schultern gezuckt und war die Gangway hinabgeschwebt. Was hätte ich auch sagen sollen? Dass mein Jackpot schon zwei Wochen lang mit uns auf demselben Schiff unterwegs gewesen war? Als Christian mir inklusive Verbeugung die Blumen überreichte, hatten ein paar Kollegen sogar geklatscht.

Ich hauche auf die Scheibe der Regionalbahn, die mich von München nach Murnau bringt, und male ein Herz auf das Glas. Widerstehe dem Impuls, es sofort wieder wegzuwischen.

Nun ist es noch nicht allzu lange her, da kam Liebe nicht in meinem Wortschatz vor. Oder heiraten. Als Gast? Immer wieder gerne. Aber als Braut? Diese Position hatte es nie auf meine Bucketlist geschafft. Eine Direktion in Dubai oder Singapur. Mit Sicherheit. Aber »Ja« sagen? Wirklich nicht.

Mit dieser Einstellung war ich ziemlich allein. Wenn ich dem Algorithmus glauben wollte, der mir täglich Posts à la »single und trotzdem glücklich« einspielte, war mit sechsunddreißig der Zug sowieso schon lange abgefahren. Meine Schulkameradinnen jedenfalls hatten sich unendlich gestresst, um an ihrem dreißigsten Geburtstag unter der Haube zu sein. Präziser, an dem Geburtstag, an dem sie meinten, es sein zu müssen. Weil jeder danach fragte. Oder weil sie auf dem Klassentreffen nicht blöd dastehen wollten. An meinem dreißigsten hatte ich in einer Reggae-Bar in Kingston gefeiert, mit Kollegen, die nicht wussten, dass sie Partygäste waren. Aber jetzt? Ich lehne meine Stirn an das eisige Fenster. »Wahnsinn«, flüstere ich in meinen Schal. Heute, zweieinhalb Jahre nach der Oceanstar, hängt neben mir ein Kleidersack am Haken. Darin ein Hosenanzug, dreiteilig, schmal geschnitten, weiß. Ich fahre meinem zukünftigen Ehemann Christian Egger entgegen, um die romantischste Hochzeit *ever* zu feiern. Klein, intim, mitten im Winter, in seinem Hotel, dem Eggers, umgeben von der lieblichen Landschaft des Murnauer Mooses, vor der grandiosen Kulisse der Garmischer Alpen.

In den ersten Monaten, nachdem er von Bord gegangen war, hatten wir uns aufeinander zubewegt. Mit allem, was moderne Technik hergab, über Kontinente und Weltmeere hinweg. Mir war das recht gewesen. Ich musste noch zwölf Wochen lang meinen Vertrag als Hoteldirektorin auf der Oceanstar erfüllen und er zurück nach Oberbayern, um das Vier-Sterne-Wellnesshotel seiner Familie zu führen.

Die Distanz tat mir gut. Ließ mich atmen. Um kritisch auf die Flamme in meiner Seele zu schauen, die seit Neuestem groß und hell war und nicht mehr klein und blau. Mich vertraut machen mit einem neuen Lebensgefühl, das nicht mehr aus Arbeit, Routinen und noch mal Arbeit bestand, sondern aus hin- und hergeschickten Fotos, Unmengen an Textnachrichten und Chats in jeder freien Minute. Über alles und jedes, stundenlang.

Das erste Mal nach unserem Abschied in Miami hatten wir

uns in München wiedergetroffen. Im selben schicken Boutiquehotel, aber mit getrennten Zimmern. Waren durch den Englischen Garten spaziert, über den Viktualienmarkt flaniert, auf den Fernsehturm gefahren. Hatten die ganze Zeit geredet und gelacht. Händchen gehalten. Auf der Terrasse, mit Blick über die Stadt und die Alpen, hatte er mich das erste Mal geküsst. Das zweite Zimmer hatten wir bezahlt, aber nicht gebraucht. Seit diesem Wochenende war die Seefahrt schlagartig passé gewesen. Bloß kein Meer mehr zwischen uns. Oder doch? Wie nah wollte ich ihn an mich ranlassen? Wie weit weg wollte ich sein? War ich verknallt, die Flamme ein Strohfeuer und in sechs Wochen nur ein Haufen Asche übrig? Ich hatte keine Ahnung. Ich entschied mich für eine Direktion in einem Fünf-Sterne-Hotel in der Schweiz. Nicht genau um die Ecke, aber immer noch besser als eine Beziehung zwischen Zeitzonen und Ozeanen.

Einziger Nachteil: Wenn ich früher meine Freunde noch gesehen hatte, wenn wir in Hamburg anlegten, traf ich sie jetzt überhaupt nicht mehr. Kontakt hatten wir nur noch über Social Media. Sie schrieben, wenn ich etwas postete. »Langsam werde ich grün vor Neid.« So etwas in der Art kam dann von Ester, meiner besten Freundin aus Hamburger Schultagen.

Murnau hatte ich in der Zeit nur ein paarmal besucht. Gerade oft genug, um Christians Vater Sepp und ein paar seiner Freunde kennenzulernen. Statt in Bayern hatten wir uns an irgendeinem anderen schönen Ort getroffen. Natürlich in London, Paris und Kopenhagen, aber auch zum Nordlichtbestaunen in Lappland und Surfen in Portugal. Rein in den Koffer, raus aus dem Koffer.

Bis Christian vor einem halben Jahr auf dem Empire State Building vor mir auf die Knie fiel und mir einen Antrag machte. Mit ausgebreiteten Armen und einem kleinen Samtkästchen mit einem funkelnden Diamantring darin. Ich weiß noch ganz genau, wie ich hoch oben über Manhattan stand und dachte: *Ja. Das ist er. Der Moment.* Perlend wie Champagner waren Glücksbläschen in mir emporgestiegen und als funkelnder

Sternenregen über New York zerstoben. Lachend, weinend, stotternd brachte ich tatsächlich ein »Ja« über die Lippen. Die Leute um uns herum klatschten und johlten. Wie Amerikaner es taten, wenn jemand eine Riesenshow ablieferte. In meinem Leben war nichts mehr, wie es einmal war. *Ich war nicht mehr dieselbe.* Es kamen Seiten an mir zum Vorschein, von denen ich noch nicht mal mehr gewusst hatte, dass es sie gab. Seit zwei Jahren hatte ich das andauernde Gefühl, zu schweben. Mit Leichtigkeit durch den Tag zu gehen. *Erleichtert zu sein.* Aber unsicher. Noch wartete ich sekündlich darauf, dass sich das dunkle, schwere Tuch, das mich so viele Jahre niedergedrückt hatte, wieder auf mich herabsenkte. Doch es kam nicht. Stattdessen spürte ich einen warmen Aufwind unter mir, bereit, mich zu tragen, wenn ich flog. Und alles nur seinetwegen. Mit ihm war alles anders. *Ich* war anders, als ob ich mich plötzlich daran erinnerte, wie es war, lebendig zu sein. Und nicht nur am Leben. Mit Christian an meiner Seite. *Als ob er wüsste, dass jeder Umweg, den er nimmt, direkt zu meinem Herzen führt.*

»Zugestiegene Fahrgäste die Fahrkarten bitte.« Der junge Schaffner nickt mir freundlich zu, während er den QR-Code scannt. »Wir sind pünktlich. Trotz des Schnees. Weiterhin eine gute Fahrt.«

Glitzernde Eiskristalle stäuben vor dem Zugfenster auf. Aber ich schaffe es nicht, mich über die herrliche Winterlandschaft und den strahlenden Sonnenschein zu freuen. Mein Blick fällt auf die Uhr. Noch zehn Minuten, bis ich nicht nur die Zugtür öffnen, sondern ein komplett neues Kapitel in meinem Leben aufschlagen werde. Als verheiratete Frau.

Manchmal fremdele ich sehr mit dieser Vorstellung. Zu heiraten. Ehefrau zu werden. An der Seite eines Mannes. Seit meinen Teenagerjahren stand für mich fest, dass eine Ehe keine Option für mich war. Seit dem Tag, als der Umzugswagen vorfuhr und wir aus dem Kapitänshaus in Blankenese in eine Drei-Zimmer-Wohnung nach Barmbek zogen. Exakt an meinem siebzehnten Geburtstag. Dem Tag, an dem ich verstand, dass mein Vater das

Vermögen meiner Mutter in die Spielbank getragen hatte. An diesem Tag schwor ich mir, mein Leben niemals in die Hände eines Mannes zu legen.

Damals hatte ich mich in meinem Zimmer eingeschlossen. Aus dem Fenster gestarrt, das nicht mehr auf die Elbe ging, sondern auf die S-Bahn-Gleise. Alle zehn Minuten fuhr ein Zug vorbei. Kreischend. Tag und Nacht. Wenn ich im Bett lag und an die Decke starrte, schwebte ein schweres, schwarzes Laken auf mich herab, deckte mich zu und nahm mir den Atem. Ich stand nicht mehr auf. Aß nicht mehr. Wenn meine Mutter in mein Zimmer trat, drehte ich mich zur Wand. In den wenigen Stunden, die ich nicht in kompletter Erstarrung verbrachte, hatte ich mir den Kopf zermartert. Darüber, was ich tun sollte. Nach sechs Wochen stand es klar vor mir: Ich wollte weg. Raus, um am entgegengesetzten Ende der Welt zu leben. Möglichst weit entfernt von Barmbek.

Ich war aufgestanden und wieder zur Schule gegangen. Mechanisch. Wortlos. Meine Eltern hatten es heruntergespielt. Es war mir egal, was sie dachten. Oder taten. Ich hatte abgeschlossen. Mit Hamburg und einem Leben als Sieveking-Tochter. Ein Name, der in der Hansestadt eigentlich ein Versprechen war. Das sich für mich nicht mehr erfüllte. Kein Türöffner, sondern endlose drei Jahre mit einer verhärmten Mutter und einem bitteren Vater. Die vergangener Größe und einem verspielten Vermögen hinterhertrauerten, gefangen in ihrer eigenen Bedeutungslosigkeit.

Mit gerade neunzehn trat ich in der internationalen Hotelfachschule in Lausanne an. Selbstverständlich sprach ich damals bereits fließend Englisch und Französisch, Italienisch und Spanisch ganz passabel. Sogar ein paar Brocken Mandarin hatte ich drauf. Auf die Hotelfachschule folgten ein Jahr Adlon und dann, endlich, die Seefahrt. Viele Jahre kam ich nur nach Hamburg zurück, wenn mein Schiff auslief oder wieder anlegte. Kontakt zu meinen Eltern hatte ich keinen. Die schwere, dunkle Decke lag zusammengefaltet in einer Kiste, die in der hintersten Ecke meiner Seele stand.

Das Herzchen auf der Scheibe meines Abteils ist inzwischen verblasst. Vor dem Fenster der kleinen roten Regionalbahn ziehen immer noch verschneite Felder und Wiesen vorbei. Von Tutzing am Starnberger See waren wir erst nach Weilheim und dann in ein Dörfchen namens Huglfing geschaukelt. Bis zum Staffelsee kann es nicht mehr weit sein. Pfützen aus geschmolzenem Schnee stehen im Gang zwischen den Sitzreihen. Weiter vorn jammert ein Kind. Neben mir unterhalten sich zwei ältere Herren in einem Dialekt, der mich entfernt an Deutsch erinnert. Von dem Glamour New Yorks ist das Bähnchen, das mich nach Bayern aufs Land bringt, meilenweit entfernt. Was mir egal ist, denn mit jeder Sekunde fahre ich Christian und meiner Hochzeit entgegen. Was danach kommt? Keine Ahnung. Noch etwas, was ich zum ersten Mal in meinem Leben mache: den nächsten Schritt meiner Karriere nicht schon weit im Voraus planen.

Ich halte es nicht mehr aus, stehe auf, greife nach meiner Jacke, packe Koffer und Kleidersack und schiebe alles Richtung Ausgang. Werde durchgerüttelt, als der Zug eine Weichenanlage passiert, bis er quietschend und ruckelnd im Murnauer Bahnhof zum Stehen kommt.

»Murnau am Staffelsee. Ihre nächsten Anschlusszüge …«, quäkt es aus Lautsprechern über mir. Eiskalter Wind pfeift über den Bahnsteig, die Rollen meines Koffers mahlen mühsam durch den sulzigen Schnee. Ich sehe mich suchend um. Menschen in dicken Jacken und Wollmützen streben zwischen den schmutzig weißen Haufen hindurch Richtung Ausgang. Da, am Ende des Bahnsteigs schwenkt jemand etwas Rotes.

»Anna!«

Das ist er! Mein Herz hüpft, ein Lachen steigt in mir empor, ich lasse alles stehen und liegen und laufe ihm entgegen. Außer Atem halte ich an. Wie am Strand vor über zwei Jahren steht er vor mir, sieht mir in die Augen und streicht mir eine Strähne hinters Ohr.

»Da bist du ja endlich!«

Das Rote sind langstielige Rosen, die knistern und stechen,

als er seine Arme um mich schlingt und mich in die Höhe hebt. Ich spüre seinen Atem über mein Gesicht gleiten und Lippen, die den einen Punkt unterhalb meines Ohres berühren. In den Blumenduft mischt sich der Geruch von sehr teurer Zeder und dunklem Leder. Ich schließe die Augen und lasse eine türkisblaue Welle aus Glück über mich hinwegrollen. Wie richtig sich das anfühlt. Wenn es nach mir geht, kann ich den Rest meines Lebens auf diesem Bahnsteig verbringen.

»Komm«, sagt Christian und löst die Umarmung. »Mein Auto steht da drüben.« Er greift nach meinem Koffer.

Ich fange die Blicke der anderen Reisenden auf. Mein Zukünftiger sieht aber auch wieder unfassbar gut aus. Braun gebrannt von einer Wintersonne, wie sie nur auf einem Gletscher scheint, eine Sonnenbrille in den dunkelblonden Locken, ein Expeditionsanorak über einem gediegenen Trachtenjanker. Oberbayerischer Casual Chic eben.

»Tust du heute mal wieder alles, um deinem Ruf als attraktivster Hotelier des Werdenfelser Landes gerecht zu werden?« Ich bleibe vor seinem Jeep stehen. »Das Eggers«, prangt groß und golden auf seinen Türen. »Neu?«

»Das Branding? Oder mein Outfit? Ich komm aus dem Hotel. Das ist meine Arbeitskleidung. Und das mein Dienstwagen.« Galant hält er mir die Tür auf. »Entschuldige bitte, dass ich dich nicht in München abgeholt habe. Bei uns ist gerade die Hölle los. Und dann auch noch die Hochzeit. Wir arbeiten rund um die Uhr.«

Ich klettere auf den Beifahrersitz. *Dann auch noch die Hochzeit?* Ich ignoriere die Bemerkung und schnalle mich an. »Was machen wir mit dem angebrochenen Nachmittag?«

Er sieht in den Rückspiegel und setzt den Blinker. »Was schwebt dir denn so vor?«

Ich beuge mich, so weit es Sitz und Schaltknüppel zulassen, zu ihm hinüber. »Ich hab da die eine oder andere Idee. Allerdings müsstest du mir dafür mehrere Kleidungsstücke ausziehen.«

Er wirft mir einen langen Blick zu und fädelt sich in den Verkehr ein.»Darling«, seufzt er,»bring mich nicht in Versuchung. Ich muss heute noch arbeiten.«

In meinen Protest hinein hebt er einen Finger.»Ester und Maxi haben sich gemeldet. Sie kommen erst ganz spät am Abend. Du hast also keinerlei Verpflichtungen.« Nicht nur meine Trauzeugin, sondern auch seiner. Uralte Freunde, die nur zu gerne zugesagt haben, uns in dieser Dezemberwoche bis zur Hochzeit zu begleiten.»Ester hab ich letzten Mittwoch erst getroffen und mit ihr die Planung besprochen. Die kommt alleine klar. Und Maxi ist dein Trauzeuge.« Ich lege den Kopf schief und schiebe die Unterlippe vor.»Aber ich bin dein Gast, und du musst dich jetzt um mich kümmern.«

Christian lacht auf.»Du? Mein Gast? Darling, das hättest du wohl gerne. Du bist so viel mehr für mich.« Er deutet einen Luftkuss an.»Die gute Nachricht ist: Heute Abend geben mein Vater und ich dir einen Champagnerempfang im Kaminzimmer.«

»Aha.« Das dünne Stilett der Enttäuschung, das sich in mein Herz bohrt, tut ausgesprochen weh. Ich kämpfe gegen ein Zucken, hole Luft und frage:»Ist es fertig? Das Kaminzimmer?«

»Ja, ich bin gespannt, was du davon hältst. Ein paar Freunde und Kollegen kommen auch dazu. Alles ganz zwanglos. Bis dahin hast du Zeit, anzukommen und dich auszuruhen. Denn die schlechte Nachricht ist und bleibt: Ich muss bis heute Abend arbeiten.«

»Okay.« Ich krame in meiner Handtasche, ziehe einen Balsam hervor, betupfe meine Lippen. Um mich abzulenken. Mir nichts anmerken zu lassen. Ich weiß doch, was vor Weihnachten los ist im Hotel.

Christian parkt vor dem Hoteleingang, springt aus dem Wagen, hebt mein Gepäck aus dem Auto und drückt es einem Angestellten in Livree in die Hand.»Sergio kennst du ja schon. Er wird dich in deine Suite bringen. Protest ist sinnlos«, winkt er ab.»Wir sind noch nicht verheiratet. Meine zukünftige Frau bekommt ihr eigenes Refugium.« Er küsst mich.»Bis später.«

Da hat der Interior Designer aber alles gegeben, denke ich,

als ich drei Stunden später das Foyer Richtung Kaminzimmer durchquere. *Fast schon aggressiv gemütlich.* Mit altem, wurmstichigem Holz getäfelte Wände erzeugen den Eindruck einer Hütte in den Bergen, dazu stehen voluminöse Ledersessel lässig im Raum herum. Entspiegelte Panoramafenster lassen den Raum nahtlos in den verschneiten Garten übergehen. Samtblaue Dämmerung senkt sich über das Land, ein leuchtender Tag geht in eine kalte Nacht über. Über dem Outdoorpool steigen zarte Dunstschleier empor. Ein paar Gäste ziehen dort noch ihre Bahnen.

Ich sehe ihnen nach. Obwohl ich selbst den Wellnessbereich hatte besuchen wollen, war ich auf dem Sofa eingenickt und gerade noch rechtzeitig aufgewacht, um zu duschen und mich umzuziehen. Die Rosen zu bewundern, die in einer Vase neben einer todschicken italienischen Kaffeemaschine auf dem Sideboard stehen, einzuatmen und auch wieder aus. Den Kleidersack im Schrank zu verstauen. Wie Christian das rote Wollkleid mit den hohen Stiefeln wohl finden wird?

Dezent prasselt ein Feuer im Kamin. In der Ecke steht ein über und über geschmückter Tannenbaum und funkelt vor sich hin. Das Kerzenlicht eines riesigen Kranzes, der von der Decke hängt, bricht sich in seinen goldenen Christbaumkugeln. Es duftet nach Holz und Asche, vermischt mit nelkengespickten Orangen und Bündeln von Zimtstangen, die sich in hölzernen Schalen stapeln.

Eine Gruppe Männer steht vor dem Kamin. Sie halten halb volle Gläser in der Hand und stecken die Köpfe zusammen. Ich erkenne keinen von ihnen als Christians Freund, dafür einige Murnauer Geschäftsleute und den Bürgermeister. Haben die sich verlaufen? Oder sind seine Jungs wie immer zu spät?

Christian kommt mit zwei Champagnerflöten in der Hand auf mich zu. »Entschuldige, dass ich dich allein gelassen habe.« Er haucht mir einen Kuss auf die Wange, genau auf die Stelle, die mich immer noch erschauern lässt. »Du siehst bezaubernd aus.« Eine Hand legt er in meine Taille, mit der anderen stößt er sein Glas an das meine.

»Christian, sag mal, kommt eigentlich der Luki, der mir beim letzten Mal –«

»Moment«, unterbricht er mich. Drei Männer in edler Tracht durchqueren das Foyer. Sie nehmen den Raum in Besitz wie Menschen, die den großen Auftritt bereits gewohnt sind. Einer von ihnen, schlank, blond, gewinnendes Lächeln, kommt mir seltsam bekannt vor. Obwohl ich ihm mit Sicherheit persönlich noch nie begegnet bin. Daran könnte ich mich erinnern. Aber das Gesicht habe ich schon tausend Mal gesehen. Nur wo?

Christian löst seine Umarmung. »Sorry, die muss ich begrüßen.«

Blondschopf geht auf meinen Verlobten zu und ergreift seine Hand. »Grüße Sie, Christian. Danke für die Einladung. Sie haben nicht zu viel versprochen. Das Eggers ist ein sehr beeindruckendes Haus.«

Ich weiß, dass ich starre. Ich kenne diese Stimme. Der Mann, mit dem mein Verlobter gerade spricht, ist ein TV-Moderator. Ein sehr bekannter noch dazu. Meine Augenbrauen bewegen sich über meine Stirn nach oben. Was tut jemand aus dem Showbiz in Murnau? Im Eggers? Bei meinem Empfang? Eine Hand auf meiner Schulter unterbricht meine Gedanken.

»Anna?«

»Ja, Sepp?«

Christians Vater Josef Egger steht neben mir. So groß wie sein Sohn, die gleichen Augen, aber die doppelte Körpermasse. Das Gesicht zerfurcht von Arbeit und dem Leben in den Voralpen. Gekleidet in einen Trachtenanzug, von denen er etliche besitzen muss, denn ich kenne ihn nur so.

Sepp Egger verstärkt seinen Griff um meine Schulter und schiebt mich Richtung Gäste. Sein Atem riecht nach Alkohol. »Was meinst du? Soll ich ein paar Worte zur Begrüßung sagen?«

Die feste Umarmung holt mich aus meinen Gedanken in die Wirklichkeit zurück, macht mir seine Geste bewusst, fast als präsentierte er mich den Anwesenden. Nicht nur fast, es ist genau das, was er tut. Mich nach vorn ins Rampenlicht zu schieben. Der Moment fühlt sich plötzlich bedeutsam an. Aufregung kribbelt in meinem Bauch. Überrumpelt fällt mir keine bessere Antwort ein außer »Bitte«.

Er nickt mir sein Wohlwollen zu, löst seine Hand von meiner Schulter und schlägt mit einer kleinen Gabel an seine Champagnerflöte. »Liebe Anna, lieber Christian, liebe Freunde und Partner des Eggers. Es ist mir eine besondere Ehre, euch und Ihnen die zukünftige Ehefrau meines Sohnes vorzustellen: Anna Sieveking. Ja, wer hätte es gedacht, dass Christian tatsächlich einmal heiratet! Allein dafür müsste man dir eine Medaille verleihen, liebe Anna!« In sein bollerndes Lachen mischt sich Applaus.

Christian beugt sich von der anderen Seite zu mir. »Du weißt, dass du nichts von dem ernst nehmen darfst, was mein Vater erzählt, nicht wahr?«, flüstert er.

Sepp Egger hebt seinen Kelch. »Ich kann euch gar nicht sagen, wie glücklich ich bin, dass Anna und Christian sich gefunden haben. Denn nicht nur ist Anna ein Bild von einer Frau und ein wunderbarer Mensch, sie ist auch eine gestandene, um nicht zu sagen hoch qualifizierte Hoteldirektorin mit internationaler Erfahrung, die ein echter Zugewinn für uns und das Eggers sein wird. Deshalb, liebe Anna, herzlich willkommen im Eggers und auf eine gemeinsame erfolgreiche Zukunft.«

Ich neige meinen Mund an das Ohr meines Verlobten. »Christian, wovon bitte spricht dein Vater?«

Er drückt meinen Arm. »Moment noch. Jetzt sagt der Tourismusreferent des Landkreises ein paar Worte.«

Einer der Trachtenanzüge reckt sein Glas in die Höhe. »Liebe Familie Egger, liebe Anwesende, es ist mir Freude und Ehre zugleich, bei so einem wichtigen Moment anwesend sein zu dürfen. Nicht nur schlagen Sie beide, liebe Anna, lieber Christian, ein neues Kapitel in Ihrem Leben auf. Das gilt auch für uns Murnauer und die gesamte Tourismusregion. Ich bin mir sicher, wir werden von Ihrer beider Kompetenz und Ihren ambitionierten Plänen profitieren. Meine Meinung steht fest: Medical Spas gehört die Zukunft. Die auf Sylt und am Tegernsee schon begonnen hat. Murnau wird bald Teil dieser Vision sein. Darauf trinke ich und wünsche Ihnen und uns nur das Beste.«

Medical Spas? Wie ferngesteuert lächele ich. *Ich will doch nur heiraten.* Wovon sprechen die hier alle? Ich nippe und verziehe das Gesicht. Etwas schmeckt plötzlich bitter in meinem Champagner.

2

Anna und Christian

Murnau, Freitag, 2. Dezember 2022

»Darling?«

Kein Mensch hat jemals Darling zu mir gesagt. Höchstens beiläufig. So wie der Amerikaner neulich am Flughafen, dessen Gepäckkarre ich festgehalten hatte, während er mit seinem Koffer und der Schwerkraft kämpfte. Der mich angestrahlt und mir ein *»Thank you, darling!«* zugerufen hatte. So eine Art von Darling. Aber nie als *pet name*. Schatz, das ja. *Der* deutsche Kosename. Nichtssagend, belanglos, fürchterlich banal. Und soundtechnisch unglaublich aggressiv für den Rest des Planeten. Ssschhhatzzz. Ehrlich? Ich finde es grausam, wenn jemand Schatz zu mir sagt. Gott sei Dank ist Christian noch nie auf die Idee gekommen.

»Hasilein.«

Ich mache keinen Mucks. *Hasilein.* Das hör ich noch lieber als Darling. Tausendmal besser als Schatz. Oder womöglich Spatzerl. Ein bayerischer Lover hatte mich mal so genannt. Erst hatte ich es charmant gefunden, bis ich herausgefunden hatte, dass in Bayern alle Männer *sowohl* ihre Frauen *als auch* ihre Geliebten Spatzerl nennen. Nur, um sich ihre Namen nicht merken zu müssen. Oder sie nicht durcheinanderzubringen. Das Techtelmechtel war dann schnell vorbei gewesen. Wie so viele andere auch. Ich fand es gut, wenn meine Beziehungen intensiv, aber nicht verbindlich waren.

Bis zu Christian. Der mich Darling nennt. Oder Hasi. Und manchmal, so wie heute, auch Hasilein. So albern. Aber wahnsinnig süß.

Und ich will mich süß fühlen. Will von innen strahlen. Wie damals, in Blankenese. Als ich als Sechzehnjährige in der Mainacht das erste Mal zum Engtanz aufgefordert worden war.

Damals, als mein Leben noch leicht war, luftig. Als ein Licht in meiner Seele leuchtete.

Der Fremde hatte mich an sich gezogen, einfach so, drehte sich mit mir zu einem schmusigen Lovesong auf der übervollen Tanzfläche. Noch nie zuvor war ich einem Mann so nah gewesen. Hatte seine Hände auf mir gefühlt. Seinen Atem an meinem Ohr. Wie mein Herz geklopft hatte. Wie ich schwebte. Und strahlte. So wie heute. Während ich im Bett liege und von meinem Geliebten geweckt werde, der bald mein Mann sein wird. Jede Zelle meines Körpers funkelt. Leichte, luftige, süße Anna. Dass das Licht in mir überhaupt noch brennen kann nach all den Jahren, so wie damals, im Mai. Nach der langen, langen Zeit, in der ich rund um die Uhr geschuftet hatte, um zu verhindern, dass die dunkle, schwere Decke auf mich herabsank. Aber das ist jetzt vorbei.

Ich dehne mich ein bisschen.

Eine kräftige Hand tastet nach meiner Schulter und zieht mich samt dem Rest meines Körpers auf die andere Seite des Bettes. »Sag mal, Hasi, du tust doch nur noch so, als ob du schläfst.«

Warme, weiche Lippen finden meine, und ich versinke in einem innigen Kuss. Seine Hände gleiten sanft über meinen Körper. Ich antworte, indem ich meine Beine um ihn schlinge.

Er richtet sich auf und sieht mir in die Augen. »Du willst heute wohl überhaupt nicht mehr aufstehen, oder?«

Ich drehe langsam meine Hüften gegen seine. »Willst du das denn?«

Er stöhnt leise und erwidert meine Bewegung. »Wenn du mich so fragst, dann –«

Ping! Auf der gegenüberliegenden Seite der Suite erwacht der italienische Haufen Chrom auf dem Sideboard zu Leben. Wie zur Bestätigung, dass er eine Kaffeemaschine ist, zischt und faucht er einmal kräftig.

Ich lache auf. »Sag mir nicht, dass du das warst.«

Die Maschine rumpelt, quietscht und entlässt gluckernd zwei Cappuccini in bauchige Haferl.

Christian fährt sich über das Gesicht. »Gestern hielt ich das noch für eine gute Idee. Aber wenn ich es mir recht überlege ...«

Ich weiche seinen Händen aus, gleite aus dem Bett und tappe, so wie Gott mich geschaffen hat, Richtung Sideboard. Neben der Maschine stehen die Rosen in der hohen Vase. »Und den Cappuccino kalt werden lassen?« Ich streiche einmal über die samtig-festen Blütenköpfe, greife nach den Tassen und drehe mich um. »Zucker?«

Sein Blick wandert über meinen Körper. »Du reichst mir als Süßigkeit vollkommen aus. Komm her zu mir.«

»Oops.« Ich umkurve seinen gierigen Griff. »Was soll das Housekeeping denn von uns denken, wenn wir das Bett bekleckern?« Vorsichtig setze ich mich neben ihm in die weichen Kissen.

»Weißt du was? Die werden von mir bezahlt und machen das, was ich ihnen sage.« Er versucht, sich an den Tassen vorbei an mich heranzudrängen.

Ich recke die Haferl in die Höhe. »Christian. Erst der Kaffee. Dann die Belohnung.«

Er stöhnt noch einmal, diesmal lauter, und setzt sich mit einem Ruck auf. »Jawohl, Sir, Anna, Sir!«

»Jetzt tu nicht so. Wie spät ist es eigentlich?« Ich fische nach meinem Telefon auf dem Nachttisch. »Wow, schon acht Uhr durch.«

»Mist.«

Ich sehe ihn an. »Was ist?«

Er macht eine wegwerfende Handbewegung. »Ach, nur eine Verabredung. Ist aber nicht so wichtig, kann ich später auch noch machen.« Er stellt seine Tasse ab. »Wenn ich es mir recht überlege, will ich gar keinen Kaffee ...« Seine Lippen gleiten ganz sacht meinen Oberarm hinab.

Ein süßer Schauer wandert auf meiner Haut nach oben. »Du, kann ich dich was fragen?«, unterbreche ich ihn und meine körperliche Reaktion.

Er hebt den Kopf. »Immer. Das weißt du doch.«

»Dieser Empfang gestern. War der beruflich oder privat?«
Er richtet sich auf, legt den Arm um meine Schulter und zieht mich an sich. Sein Geruch, ein Gemisch aus Schweiß, Zeder und Leder, steigt mir in die Nase. »Beides. Hier in Murnau bin ich nie ganz privat, sondern immer der Christian vom Hotel. Und natürlich kommen zu so einem Empfang sowohl Kollegen als auch Freunde.«

Die ich nicht gesehen habe. »Und der Moderator? Der aus dem Fernsehen? Was wollte der gestern hier?«

»Der? Investieren.«

»Ins Eggers?«

»Das weiß ich noch nicht«, weicht Christian aus. »Ist alles noch nicht spruchreif. War aber gut, dass er dich kennengelernt hat.« Er dreht sich zu mir. »Bist du etwa sauer deswegen?«

Ich betrachte die Milchschaumreste in meiner Tasse. »Was heißt sauer? Eher verwundert. Ich hab mich gefragt, was diese Leute bei uns wollen, wenn es doch um uns und unsere Hochzeit geht.«

Er nimmt mir die Tasse aus der Hand, stellt sie auf dem Nachttisch ab und küsst mich. »Darling, ich verstehe dich. Aber du musst auch mich verstehen. In meinem Leben bist du das Wichtigste. Ich denke Tag und Nacht an dich. Ab und an ein kleines bisschen an das Hotel. Deshalb muss ich manchmal ein paar Dinge miteinander verbinden.«

Ich greife nach seiner anderen Hand auf der Bettdecke. »Ich hab ja Verständnis dafür. Es wäre halt ein smarter Move gewesen, wenn ich gewusst hätte, dass es ums Geschäft geht. Dann hätte ich dich unterstützen können.«

»Das würdest du tun?«

»Selbstverständlich. Schon vergessen? Ich bin vom Fach und werde demnächst deine Ehefrau. Da macht man so was.«

»Anna, du bist der tollste Mensch, der mir in meinem Leben begegnet ist. Und ich hab auch ein paar Pläne, von denen ich dir erzählen möchte. Aber das«, er zieht an meiner Bettdecke, »kann ich später auch noch tun.« Er fährt seine Hände aus und schnappt nach mir.

Ist er nicht hinreißend? Ich quieke wie ein Ferkel und tauche unter den Laken ab.

»Ja, wo ist sie denn, die zukünftige Frau Egger, wo ist sie denn?« Christian wirft ein Kissen nach dem anderen in die Luft und durchwühlt die Decken.

Ich lache, ziehe die Beine an und werfe mich auf die andere Seite des Bettes. Und fast darüber hinaus. Gerade noch schaffe ich es, nicht auf den Fußboden zu fallen. Plötzlich höre ich ein Geräusch von der anderen Seite des Zimmers.

»Ich krieg dich, ich krieg dich«, tönt es gedämpft aus dem Haufen hervor.

Ich hebe den Finger und streiche mit der anderen Hand über die Bettdecke. »Christian, ich glaub, da ist jemand an der Tür.«

»Papperlapapp.« Mit Haaren, die in alle Himmelsrichtungen vom Kopf abstehen, taucht er unter den Decken empor. »Das trauen die sich nicht.« Er macht erneute Anstalten, sich auf mich zu stürzen.

»Doch. Hörst du das nicht?«

Ein nachdrückliches Klopfen dringt vom Eingang zu uns herüber.

Genervt fährt Christian sich über den Kopf. »Jesusmariaundjosef, was ist denn jetzt schon wieder?« Er springt aus dem Bett, wirft seinen Bademantel über und öffnet die Tür mit einem Ruck. »Ja, bitte?«

Ich ziehe die Bettdecke bis an die Nase. Ist das ein Schluchzen? Vorsichtig recke ich den Hals und erkenne eine junge Frau in Hoteluniform, die händeringend in der Türöffnung steht. Wenn ich mich nicht irre, ist sie eins der Lehrmädchen, die an der Rezeption arbeiten.

»Herrschaftszeiten, Stanzi«, fährt Christian sie an, »hör auf zu heulen und sag mir, was passiert ist.«

Der Zeigefinger des Mädels zeigt zitternd in Richtung Garten. »Da im Pooo-oool …« Sie schlägt die Hände vors Gesicht.

Christian wirft mir einen Blick zu und zieht übertrieben fragend die Schultern hoch. »Okay«, sagt er zu der jungen Frau,

»sag den anderen, dass ich gleich unten bin. Und jetzt geh, ich muss mich anziehen.«

Die Tür fällt ins Schloss, und ich schlage die Bettdecke zurück. Christian steht vor dem Bett. Senkrecht auf seiner Stirn steht eine Zornesfalte, die ich noch nie zuvor gesehen habe.

»Spatzerl?«

Unwillkürlich reiße ich die Augen auf. Ohne dass ich es verhindern kann, wandert meine linke Braue über meine Stirn nach oben. *Eine Angestellte steht weinend an der Tür, und er vergisst meinen Namen?*

»Wir müssen das hier vertagen. Anscheinend bricht unten gerade das Chaos aus. Keine Ahnung, warum.« Mit zwei Schritten ist er im Bad und wirft die Tür hinter sich zu.

Ich setze mich auf und ziehe die Schultern hoch. Wenn jemand mir einen Kübel Eiswasser über den Kopf geschüttet hätte, würde ich mich nicht anders fühlen. Ernüchtert. Kalt. Ziemlich alleingelassen. Der bittere Geschmack des gestrigen Champagners liegt auf meiner Zunge. Oder ist das hier versteckte Kamera?

Plötzlich springt die Badezimmertür wieder auf. Ich fahre zusammen, als Christian ans Bett stürzt, sich durch die feuchten Haare streicht und mir einen flüchtigen Kuss auf die Lippen drückt. »Keine Ahnung, was das Drama soll. Und wie lange es dauert. Ich kann dir nicht versprechen, dass wir zusammen frühstücken können. Ciao.«

Mit zwei Schritten ist er durch die Tür und knallt sie hinter sich ins Schloss. Der Luftzug lässt die Stores an den Fenstern aufwehen. Stille senkt sich über die Suite.

Okay. Niemand springt aus der Kulisse. Kein mieser Scherz. Ich greife nach meiner Tasse. Kalt. Mit so einer heftigen Unterbrechung habe ich nicht gerechnet. Insgeheim hatte ich mir eine Woche erdacht, in der Christian ausschließlich für mich da gewesen wäre. Mit der Hochzeitszeremonie am Samstag als Höhepunkt.

Ganz schön naiv. Wer, wenn nicht ich, weiß nur zu gut, dass in einem Hotel im Minutentakt neue Herausforderungen auf die Leitung warten. Von einem verlorenen Kind über ein überschwemmtes Bad bis hin zum Notarzteinsatz ist alles dabei. Von einer Sekunde auf die andere. Wie hatte ich annehmen können, dass es im Eggers anders zugeht? *Aber doch nicht am ersten Tag.* Warum ausgerechnet jetzt? Kann diese Woche nicht so perfekt wie in einer Hollywood-Romanze sein? Oder wie jeden Sonntagabend in den Öffentlich-Rechtlichen?

Da muss die Heldin auch immer erst ein paar Irrungen und Wirrungen durchstehen, bevor sie den gut aussehenden Typen küssen darf. Gedankenverloren trinke ich aus meiner Tasse. Und verdrehe die Augen. Immer noch kein Herzkino, sondern *real life*.

Ich schwinge die Beine aus dem Bett, ziehe meinen Bademantel an und drücke auf dem Chromgebirge herum. Durch das Brummen der Maschine klingen Stimmen vom Garten durch das Fenster zu mir herauf. Mit der Tasse dampfendem Cappuccino in der Hand gehe ich hinaus auf den Balkon.

Die Morgensonne spitzt bereits zwischen den tief verschneiten Tannen hervor. Der noch blasse, aber wolkenlose Winterhimmel verspricht, dass es erneut ein strahlend schöner Tag wird. Noch ist es ruhig im Hotel. Nur am Outdoorpool stehen ein paar Leute. Einer gestikuliert mit beiden Händen aufgeregt durch die Luft. Ich zähle drei, nein vier, fünf Angestellte in Arbeitsuniform, die sich um Christian geschart haben.

Was auch immer da unten vorgefallen ist, barfuß und im Bademantel kann ich dem auf keinen Fall begegnen. Zehn Minuten später betrete ich, in Pulli, Jeans und Stiefel gekleidet, die Lobby. Die Instrumentalversion von »Driving Home for Christmas« tropft aus Lautsprechern über mir. »Sergio«, spreche ich den Bediensteten in Livree an, »was ist denn da draußen los?«

Der Mann fährt herum, starrt mich mit aufgerissenen Augen an, wirft die Hände empor und läuft eher, als dass er geht, in entgegengesetzter Richtung davon.

Betroffen schaue ich ihm nach. Wie sieht der denn aus? Hat

er einen Geist gesehen? Mein Blick wandert durch die Halle. Außer mir ist die Lobby menschenleer. *Reiß dich zusammen, Anna.* Vor ein paar Minuten hatte ich meinem Verlobten noch versprochen, ihn zu unterstützen. Und schon bietet das Universum mir die perfekte Gelegenheit, meinen Worten Taten folgen lassen. Ich richte mich auf, trete durch die Tür ins Freie, umrunde den mit Kugeln und Lichterketten geschmückten Weihnachtsbaum und gehe auf die Gruppe aus Angestellten und meinem Verlobten zu. Außer dem Gurgeln des Wassers, das deren leises Gespräch übertönt, ist es ruhig vor dem Haus. Vorsichtig lege ich Christian die Hand auf die Schulter und erschrecke selbst, als er zusammenzuckt. Mein Blick fällt über seine Schulter auf den Pool.

Im schrägen Einfall der Morgensonne glitzert die Oberfläche, als hätte jemand lässig eine Tüte mit tausend Diamanten auf ihr verteilt. Weite, geschwungene Becken mit türkisblauem Wasser wechseln sich mit kleinen runden ab, in denen es gluckert und gluckst, umgeben von einem pudrig weißen Rahmen aus Schnee. Immer wieder steigen Dunstschwaden empor und tragen den Geruch von Chlor zu uns herüber.

Fragend sehe ich meinen Verlobten an.»Christian, nun sag schon, was ist denn bloß passiert, dass ihr hier alle …? Oh mein Gott.« Ein Nebelschleier, der eben noch den Blick versperrte, zerfließt über dem Wasser und gibt die Sicht frei. Reflexartig fährt meine Hand zum Mund, während mein Gehirn die Puzzleteile, die meine Netzhaut ihm schickt, zu einem Bild zusammensetzt.

In der Mitte des großen Pools, langsam umhertreibend wie eine große Luftmatratze, befindet sich ein Mann. Er ist nur mit einer schreiend gelben Badehose bekleidet. Die Arme weit ausgestreckt, ohne einen Finger zu rühren, schwimmt er in der Morgensonne. Ein entspannter Anblick an einem herrlichen Wintertag. Wenn er nicht mit dem Gesicht nach unten im Wasser läge.

Mein leerer Magen wölbt sich nach oben, Cappuccino mischt sich mit Magensäften und legt sich als Säure auf meine Zunge.

Haltsuchend taste ich nach Christians Arm. »Ist er …?« Ich schaue auf.

Der Blick meines Verlobten ist auf einen Punkt in der Ferne gerichtet. »Tot? Ja. Genau.«

Ich kralle mich in seine Jacke. »Weißt du …?«

Christian streicht mir mit einer kleinen Geste über den Rücken. »Wer das ist? Der Maxi. Leider.«

Entsetzen reißt meinen Kopf herum. »Maxi! Bist du dir sicher?«

Er verzieht den Mund. »Unverkennbar seine Shorts. Hab ich ihm bei unserer letzten Mallorcatour geschenkt. Ich hab die gleichen.« Er zieht mich noch etwas fester an sich.

Ich ringe mit meinen Worten. »Was …?«

»Passiert ist? Keine Ahnung. Die Angestellten haben ihn vorhin gefunden. Notarzt und Polizei müssten auch gleich da sein.«

»Oh.« Mehr bringe ich nicht heraus.

»Anna?« Christian hebt mein Kinn, um mir in die Augen zu sehen. »Ich muss das hier in den Griff kriegen. Das ist ein Desaster. Wenn ich jetzt nicht aufpasse und konsequent gegensteuere, versaut mir die schlechte PR noch meine ganze Saison. Das braucht meine ganze Aufmerksamkeit. Kannst du bitte in deine Suite gehen und da auf mich warten? Tust du das für mich?«

Der durchdringende Ton eines Martinshorns zerreißt die morgendliche Stille. Ohne nachzudenken, nicke ich. Mechanisch. »Maxi ist unser Trauzeuge. War unser Trauzeuge. Dein Freund. Musst du da nicht, müssen wir da nicht …?«

Er schüttelt den Kopf. »Anna. Darauf kann ich jetzt keine Rücksicht nehmen. Ich …« Er sieht über meine Schulter. Abrupt lässt er meine Hände fahren. »*Holy shit*, auch das noch.«

Verständnislos drehe ich mich um. Vor meinen Augen fällt die idyllische Weihnachtskulisse des Eggers wie ein Kartenhaus in sich zusammen. Menschen, immer mehr Menschen strömen auf uns zu. Der Christbaum schwankt, als ein Notarzt an ihm vorbeifegt und ihn fast umwirft. Männer und Frauen, die meisten in Schutzanzügen, mit Aluminiumkoffern in den Händen, sind ihm dicht auf den Fersen. Ein Mann folgt ihnen nach, groß, braun gebrannt, dunkle Locken. Aufrechter Gang, fester Schritt, durchtrainiert. Ruhig. Während er geht, verschafft er sich mit prüfendem Blick einen Überblick. Sportlich, aber unauffällig gekleidet in einen hochgebirgstauglichen Anorak, Jeans und leichte Bergschuhe. Etwas an den Stiefeln leuchtet neongrün und korallenrot in der Morgensonne. Souveräner Auftritt, denke ich, kein Pfau. Gewohnt, Anordnungen zu geben. Er kommt direkt auf uns zu.

»Grüß Gott, Andreas Kienlechner, Kriminalpolizei Garmisch«, sagt er und streckt mir seine Hand entgegen.

»Anna Sieveking, guten Morgen.« Automatisch schüttele ich seine Rechte. Und runzele die Stirn. Dieser Blick. Mit dem er mich ansieht. Ist das üblich? Sehen Kripobeamte ihr Gegenüber so an? So ... *fest*? Und ausdauernd? Seine Augen wandern über mein Gesicht, als ob er darin etwas suchen würde.

Ich überlege angestrengt. Soll ich etwas sagen? Dass ich Christians Verlobte bin? Nicht nur Gast? Jetzt vertiefen sich auch noch die Lachfalten um seine dunkelbraunen Augen! Ich halte schwer an mich, ihm nicht ruckartig die Hand zu entziehen.

Der Kommissar löst seinen Griff, steckt seine Hand in die Hosentasche und nimmt die Schultern zurück. Nur mit dem Kinn nickt er Christian zu.

»Chrissi. Grüß dich.«

»Andi. Servus.«

Mein Blick zuckt zwischen den beiden hin und her. »Kennt ihr euch etwa?«

Um Andreas' Mund spielt ein Lächeln, das es nicht bis zu seinen Augen schafft.

»Ja«, antwortet Christian einsilbig.

Meine Augenbrauen treten das zweite Mal an diesem Tag ihre Wanderung an. *Leider, meinst du wohl.*

3

Andreas

Murnau, Freitag, 2. Dezember 2022

Ich krieg's nicht los. Ich kann machen, was ich will. Mit dem rechten Zeigefinger bearbeite ich meinen Daumennagel. Murnau hängt an mir wie eine Klette. Eingetreten wie Kaugummi im Schuh. Oder etwas ganz anderes. Ich will gar nicht darüber nachdenken.

Jesusmariaundjosef. Was bin ich so nervös? Ganz ruhig. Ich trete von einem Bein aufs andere, während ich die Kriminaltechniker dabei beobachte, wie sie den Pool weiträumig absperren. Markierungen aufstellen. Fotos machen. Systematisch, gründlich und effizient.

Ein Tatort. Womöglich. Kein Ort für Gefühle. Schon gar nicht für Nerven. Wir müssen Gas geben. Mit zusammengekniffenen Augen blinzele ich in die Sonne. Noch knirscht der Schnee unter meinen Stiefeln, aber vor dem Hoteleingang schimmert das Pflaster bereits feucht. Rund um das Becken ist die Spurenlage unübersichtlich und fragil, womöglich schmelzend im anbrechenden Tageslicht. Es hatten sich etliche Personen am Auffindeort aufgehalten. Deren Spuren von uns gesichert, die alle befragt werden müssen.

Ich stampfe in den Schnee. Wenigstens bin ich so schlau gewesen, heute meine neuen Bergschuhe anzuziehen. »Vroni?«

Eine der Technikerinnen hebt den Kopf. »Ja?«

»Brauchst du mich noch?«

»Nein, Andi, passt.« Sie wendet sich ab, ihre Aufmerksamkeit ganz bei einer kleinen Asservatentasche, die sie sorgfältig beschriftet. »Coole Stiefel übrigens.«

Ich sehe auf meine Füße. »Danke. Ich weiß.« Das schätze ich an meinem Team. Alles Profis. Routiniert. Lassen sich von nichts und niemandem aus der Ruhe bringen. Trotzdem immer für einen Spaß zu haben.

Ganz im Gegensatz zu mir. Am liebsten würde ich jetzt schnaufen. Gegen etwas treten. Oder fluchen. Von allen zwölfeinhalbtausend Murnauern muss ich ausgerechnet auf Christian Egger treffen. Den ich schon in der Schule nicht hatte leiden können. Was wir in Prügeleien auf dem Schulhof auch ausgetragen hatten. Bis wir rausgewachsen waren aus dem Schmarrn. Und uns einfach aus dem Wege gingen.

In der Oberstufe sahen wir uns kaum noch. Christian und mein Lebensstil passten einfach nicht zueinander. Wenn meine Freunde und ich eine Skitour gingen, kaufte Christian sich ein Ticket für die Zugspitze. Ich stieg am Tag einmal einen unserer Hausberge hinauf und fuhr einmal wieder hinab, mein Schulkamerad nahm die höchste und teuerste Seilbahn weit und breit. Für ihn war Luxus gerade gut genug, mir reichten mein altes Paar Ski, ein paar Felle und der Bergwald im Schnee.

Dass Christian nach der Schule ins Hotel eingestiegen war, hatte mich nicht weiter überrascht. In Bayern nannte man das eine g'mahte Wiesn. Auch dass er massiv investiert und das väterliche Landhotel in einen Wellnesstempel umgebaut hatte, passte zu ihm. Ab und zu hörte ich noch ein paar Storys, vor allem über sein ausuferndes Jetset-Leben mit schönen Frauen an den abgelegensten Orten, die dieser Planet zu bieten hatte.

Aber man sieht sich im Leben immer zweimal. Was in Murnau bedeutet, mindestens hundertmal. Auf Dauer kann sich hier niemand aus dem Wege gehen.

Ich bearbeite wieder mein Nagelbett. Es ist noch nicht mal Mittag, und ich bin eigentlich schon durch. Am frühen Morgen Christian Egger zu treffen reicht mir für den Tag. Bloß dass es nicht das ist, was mich wirklich ankäst. Wenn ich ehrlich bin, und das bin ich ab und zu, hat mich Christians Schlag bei Frauen immer mehr genervt als er selbst.

Das fing schon in der Schule an. Gut aussehend, wie er damals schon war, und so charmant, wie er immer tat, flogen ihm die Herzen zu. Eins nach dem anderen. Wenigstens war sein

Geschmack nicht meiner. Er stand auf die hübschen Modepüppchen, und ich fuhr auf die Stillen, die Empfindsamen ab. Was mich zu der Frage führt: Wen hatte Christian da eben im Arm gehalten? Wie hatte er es geschafft, ein Wesen für sich zu gewinnen, das, ihrem Blick nach zu urteilen, offensichtlich intelligent und feinfühlig ist? Und dann auch noch umwerfend aussieht? Keine aufgebrezelte Thusnelda. Im Gegenteil. Eine, wie soll ich sagen, zurückhaltende Schönheit. Aschblond, mittelgroß, sportlich, eine Frau zum Pferdestehlen. Überhaupt nicht Christians Kragenweite. Oder bin ich nur neidisch?

Ich werfe einen letzten prüfenden Blick Richtung Pool. *Reiß di zam, du hast hier einen Job zu tun.* »Kannst du schon was sagen, Steff?«

Die Gerichtsmedizinerin wendet ihren Blick nicht von der Leiche ab, neben der sie auf der Plane im Schnee kniet. »Keine erkennbaren Verletzungen. Keine Kampfspuren. Überhaupt keine Spuren. Wasser! Ich hasse Wasser. Und dann auch noch Chlor.« Unwillig schüttelt sie den Kopf. »Das kann alles sein. Plötzlicher Herztod. Ein Unfall. Fahrlässige Körperverletzung.« Sie dreht sich um und sieht mir in die Augen.

»Auch ein Tötungsdelikt?«

»Kann ich zum jetzigen Zeitpunkt nicht ausschließen. Ich brauche ihn auf meinem Tisch.« Sie winkt den Bestattern zu, die mit einem Metallsarg bereits wartend hinter der Absperrung stehen.

»Morgen?«

Die Gerichtsmedizinerin verdreht die Augen. »Ich hör dich, Andi. Das kannst du mir glauben.« Geschmeidig richtet sie sich auf. »Okay. Aber nur, weil du es bist.«

»Danke dir, Steff. Hast was gut bei mir.« Ich sehe mich suchend um. »Rosi? Kommst du?«

Eine junge Frau, drei Schritte weiter, sportlich in Stiefeln, Thermowanderhosen und Anorak, das Telefon am Ohr, nickt. »Klar, Chef.«

Chef. Das muss ich ihr abgewöhnen. Aber nicht jetzt. »Übernimmst du die Zeugin, die ihn gefunden hat?«

Sie tippt auf ihr Telefon und liest vor. »Konstanze Lechner, Auszubildende im zweiten Lehrjahr.« Sie sieht auf. »An der Rezeption hat auch noch ein Sergio Gonzales gearbeitet.«
»Dann übernimmst du die Lechner. Ich spreche mit Gonzales und Egger junior.«
»Und seiner Frau?«
Höre ich da eine Spitze? »Ja.«
Meine Kollegin nickt und sieht mich an, ohne die Miene zu verziehen.
Unwillkürlich drücke ich mein Kreuz durch. Wenn ich jetzt nur ein Wort dazu sage, rede ich mich hier um Kopf und Kragen.
»Na dann. Auf geht's.«
Eine Mischung aus Wärme, Zimt- und Orangenduft strömt auf mich ein, als die Türen zur Lobby auffahren. Höflich lasse ich meiner Kollegin den Vortritt, was diese mit einem Nicken plus Grinsen quittiert.
Aus dem Halbdunkel der Halle eilt Christian auf uns zu.
»Andi, ich hab ja Verständnis, dass dieser unglückliche Vorfall untersucht werden muss. Aber du musst auch Verständnis für mich –«
Ich hebe die Hand. »Christian, eins nach dem anderen. Ein Mensch ist zu Schaden gekommen. In deinem Hotel.« Den Seitenhieb kann ich mir nicht verkneifen. »Ich kann deine Aufregung und Sorgen verstehen. Meine Kollegin Brandstätter«, ich zeige auf Rosi, »und ich sind hier, um die Umstände aufzuklären. Aber«, ich sehe über ihn hinweg auf die Riege seiner Angestellten, »wir stehen auch für Fragen zur Verfügung und helfen, wo wir können. Im ersten Schritt werden wir jeden, der heute Morgen anwesend war, einzeln befragen. Wo können wir in Ruhe reden?«
Christians Schultern sacken nach unten, als ob er sich einer Übermacht geschlagen geben muss. »Wenn du das für notwendig hältst. Dahinten sind mehrere Besprechungsräume.«
Ich ignoriere den Vorwurf, der in seinen Worten mitschwingt.
»Frau Lechner?«, wende ich mich an die Auszubildende. »Folgen Sie bitte Frau Brandstätter hier? Christian, zu dir kommen

wir gleich.« Ich winke den Bediensteten in Livree zu mir und betrete mit ihm das Nebenzimmer. »Grüß Sie Gott, Kienlechner, Kriminalhauptkommissar, Garmisch. Sie sind?«

»Sergio. Sergio Gonzales, Empfang.«

»Bitte nehmen Sie doch Platz.« Ich lege mein Telefon auf den Tisch und aktiviere die Aufnahme. »Ich zeichne unser Gespräch auf. Ist das in Ordnung?«

»Ja, ja.« Gonzales setzt sich, legt große, schwere Hände in den Schoß und schlägt die Augen nieder.

Ich platziere mich ihm gegenüber. »Seit wann arbeiten Sie im Eggers, Herr Gonzales?«

»Seit fünfundzwanzig Jahren.« Über sein Gesicht geht ein Leuchten. »Für den Herrn Egger senior.«

»Aber jetzt ist Christian Egger der Chef, oder?«

Das Strahlen erlischt. Gonzales winkt ab. »Für mich immer noch der Senior.«

»Sie mögen den alten Herrn Egger?«

Sein Gesicht erhellt sich, als wenn ich auf einen Schalter gedrückt hätte. »Oh ja! Er war immer gut zu mir, hat sich um mich und meine Familie gekümmert.«

»Und Christian?«

Gonzales sinkt zusammen und verschränkt die Arme vor der Brust. »Auch.«

Will er etwas andeuten? Ist da etwas im Busch? Ich schiebe den Gedanken beiseite. »Okay. Erzählen Sie mir von heute Morgen.«

»Was genau?«

»Ist Ihnen etwas aufgefallen? War alles so wie immer? War irgendetwas anders als sonst?«

Gonzales schüttelt den Kopf. »Nicht wie immer. Der junge Herr Egger war nicht im Pool.«

Ich beuge mich vor. »Ist er das denn sonst?«

Nicken. »Ja. Immer der Erste.«

Das sieht ihm ähnlich. »Aber heute nicht?«

Gonzales legt die Hände vor sich auf den Tisch. »Nein. Aber sein Freund, der ...« Seine Handkante fährt quer über den Hals.

»Aha. Seinen Freund, kennen Sie ihn?«

»Nein. Er ist zum ersten Mal im Eggers. Kam gestern erst sehr spät bei uns an. Da war der Empfang für die junge Frau Egger schon vorbei.«

Die junge Frau Egger… »Also, Christian und sein Freund …«

»Maximilian Schmiedt. Unter dem Namen hat er eingecheckt.«

Ich ziehe mein Notizheft hervor und notiere mir den Namen. »Christian und Herr Schmiedt haben sich gestern Abend nicht mehr gesehen. Ist das korrekt?«

»Ja. Herr Schmiedt sagte beim Einchecken, dass er sich mit dem jungen Herrn Egger heute um halb acht zum Schwimmen verabredet hat.«

»Aber heute Morgen war Christian nicht da?«

»Nein.« Kleines Grinsen. »War bestimmt bei seiner Frau.«

Das kann ich mir vorstellen. *Oder besser nicht.* »Also, Sie sagen aus, dass Christian immer morgens der Erste im Pool ist, nur heute nicht. Stattdessen ist sein Freund Maximilian als Erster schwimmen gegangen?«

»Ja.«

»Und dann?«

»Dann ist die Stanzi raus und hat geschaut, wo er bleibt. Er hatte für acht Uhr Frühstück bestellt.« Er stockt und senkt den Kopf. »Sie hat so geweint. So viel geweint.«

»Sie hat …«

»Die Stanzi hat dem jungen Herrn Egger Bescheid gesagt, und ich hab die Polizei angerufen.«

»Sehr gut.« Ich stehe auf. »Vielen Dank. Meine Kollegen nehmen noch Ihre Personalien auf. Und übergeben Sie denen bitte auch den Meldeschein von Maximilian Schmiedt. Ich begleite Sie hinaus.« Ich führe ihn zurück in die Lobby. »Christian, kommst du bitte?«

»Kann meine Verlobte mit dabei sein?«

Jesus Christus. Verlobte. »Spricht nichts dagegen.«

Christian schließt die Tür zum Nebenzimmer und zieht einen Stuhl heran. »Andreas. Wann kann ich den Betrieb –«

»Christian«, gehe ich dazwischen, »dein Mitarbeiter sagte gerade aus, dass du morgens immer der Erste im Pool bist.«

Christian stockt. »Das ist richtig. Was tut das hier zur Sache?«

»Das weiß ich noch nicht. Ich stelle nur fest, dass du heute Morgen deine Routinen geändert hast.«

Anna legt Christian die Hand auf den Arm. »Dann war der Maxi dein Termin heut früh?«

»Ja«, antwortet Christian, ohne sie anzusehen. »Ich finde, meine privaten Angelegenheiten sind hier irrelevant. Prio eins ist, dass du eine Nachrichtensperre verhängst. Und zwar sofort! Ich will selbst entscheiden, was ich über diesen Vorfall bekannt gebe.«

Soso. Ich lehne mich zurück. »Nicht, dass es im vorliegenden Fall tatsächlich relevant wäre. Aber warum, wenn ich fragen darf?«

Christian sieht mich an, als ob er an meiner Zurechnungsfähigkeit zweifelt. »Das liegt doch auf der Hand, oder? Der Ruf des Eggers steht auf dem Spiel! Wenn das unkontrolliert an die Öffentlichkeit kommt, kann ich einpacken.«

Ich sehe aus dem Augenwinkel, wie das Erstaunen in Annas Gesicht zu Unglauben reift. Sie tastet nach seiner Hand. »Christian, Maxi ist tot. Dein Freund. Unser Trauzeuge. Was spielt denn dein Ruf da noch für eine Rolle?«

Er entzieht ihr seine Hand. »Das verstehst du nicht. Wann kann ich wieder aufmachen, Andreas? Meine Gäste warten. In jeder Sekunde verliere ich Unsummen.«

»Christian.« Anna greift erneut nach seiner Hand.

Er schenkt ihr keine Beachtung. »Es ist von enormer Bedeutung, dass der Betrieb weiterlaufen kann. *Business as usual.* Und dass deine Leute so schnell wie möglich von der Bildfläche verschwinden.«

Ich glaube, beziehungstechnisch tust du dir gerade keinen Gefallen. »Wir sind hier weg, sobald die Kriminaltechniker mit ihrer Arbeit fertig sind. Das dürfte nicht mehr allzu lange dauern. Wir müssten dann noch das Zimmer von Maximilian Schmiedt … Ja, bitte?«

Vroni, die Technikerin, steckt den Kopf durch die Tür.»Andi, schaust du mal?«

Ich bedeute den beiden, zu warten, und gehe an die Tür. Vroni hält einen Asservatenbeutel hoch. Verschiedenfarbige Kabel leuchten durch das Plastik. Vor ihren Füßen steht eine große Batterie.»Wir haben das da am Pool gefunden.«

Ich nehme ihr den durchsichtigen Plastikbeutel aus der Hand und drehe ihn von vorn nach hinten.»Ist es das, wofür ich es halte?«

»Teile einer Verkabelung? Offen liegende Kabelenden? Vielleicht eine Lichtschranke? Als Kriminaltechnikerin sage ich: Wahrscheinlich ja.«

Ich suche ihren Blick.»Kontakt zum Wasser?«

Sie nickt.»Sì.«

Ich nehme ihr den Beutel ab.»Danke dir.« Langsam ziehe ich die Tür hinter mir ins Schloss.

»Christian ...«

»Was?«, schnappt er.

»Christian, bitte«, geht Anna dazwischen,»Herr Kienlechner macht doch nur seine Arbeit.«

»Passt schon.« Dass er so aufbrausend sein kann, war mir nicht bewusst. Oder ich hatte es vergessen.»Wir haben diese zugegeben einigermaßen provisorische Installation am Pool gefunden. Dazu gehört noch eine Batterie. Sagt dir das etwas?«

Christian wirft einen kurzen Blick auf den Beutel, reckt sein Kinn in die Luft und schüttelt unwillig den Kopf. Seine Finger schlagen Trommelwirbel auf der Tischplatte.»Nein. Kenne ich nicht. Sollte ich?«

»Nun, wir haben Grund zu der Annahme, dass damit versucht wurde, das Wasser unter Strom zu setzen. Ob das funktioniert hat, müssen unsere Techniker noch herausfinden. Ich gehe auch davon aus, dass es sich nicht um Unmengen an Elektrizität gehandelt haben kann, aber zumindest so viel, dass derjenige, der in Kontakt mit dem Wasser kam, einen ordentlichen Schlag gekriegt haben muss.«

Christian sieht mich an. Die Genervtheit in seinem Gesicht

wechselt über Ungeduld zu Erkenntnis. »Scheiße. Du meinst, das galt mir?«

Ich nicke. »Davon ist auszugehen. Da wollte dir jemand mal so richtig an den Karren fahren.«

Christian sieht mich an, ohne mich zu sehen, sackt zusammen und vergräbt sein Gesicht in den Händen.

Anna rüttelt an seinem Arm. »Christian! Sag schon. Was hast du?«

Christian richtet sich auf und streicht sich die Haare aus dem Gesicht. »Maxi trug einen Herzschrittmacher.« Sein Kopf sackt wieder nach vorn, er knetet seine Hände und starrt die Tischplatte an.

Anna sitzt auf ihrem Stuhl neben ihm. Bewegungslos. Auch ich rühre mich nicht. Stille senkt sich über den Raum. Sekunden vergehen, tropfen langsam, eine nach der anderen, wie Kerzenwachs zu Boden.

In die Leere hinein erklingt zögernd Annas Stimme. »Und du meinst …?« Entsetzen steht ihr ins Gesicht geschrieben.

»Ich meine gar nichts«, fertigt er sie ab.

»Nun«, ich lehne mich zurück, »mir stellt sich das so dar, dass hier heute Morgen ein Anschlag verübt worden ist. Der dir galt, Christian. Aber nicht du, sondern dein Freund Maximilian ist ihm zum Opfer gefallen.«

4

Anna und Christian

Murnau, Samstag, 3. Dezember 2022

»Jaaaa, was bist duuuu denn für ein Hübscher?« Langsam, ganz langsam gehe ich Schritt für Schritt auf das große dunkelbraune Pferd zu. »Und soooo ein Braver.«
Die Nacht muss bitterkalt gewesen sein, denn der Schnee knirscht trocken unter meinen Füßen. Wir, der Wallach und ich, sind allein vor dem Hotel. Um diese Uhrzeit ist hier noch kein Mensch. Schon gar nicht bei minus elf Grad unter null.
»8:00 vor dem Haus. Zieh dich warm an. Ich freue mich auf dich. C.«
Mehr stand nicht in der Nachricht, die vorhin summend und brummend auf meinem Telefon angekommen war. Von Christian selbst keine Spur. Ich hatte die Nacht ohne ihn verbracht, war irgendwann eingeschlafen, obwohl ich mir vorgenommen hatte, auf ihn zu warten. Meinen Kaffee morgens im Bett hatte ich allein getrunken, gefühlsverkatert darüber grübelnd, welch ein Unterschied doch zwischen den letzten beiden Tagen lag. Zwischen Cappuccino zu zweit inmitten von zerwühlten Kissen gestern und einem Kaffee mit mir selbst in einem makellosen Bett heute. Die Rosen senkten langsam ihre Köpfe.
Ich stopfe meine Handschuhe in die Jackentasche, rücke noch etwas näher an das Tier heran und streiche ihm vorsichtig über den Hals. »Und ein Guuuuter bist du auch noch, nicht wahr?«
Das Pferd, das mich um zwei Köpfe überragt, dreht seine Ohren nach vorne, schnaubt leise und stupst sanft an meine Schulter. Leise klimpert das Zaumzeug. Er gibt mir noch einen Stüber und wiehert.
»Ah, sooo, gefällt dir das? Soll ich weitermachen?« Meine

bloßen Hände gleiten die Linie an seiner schwarzen Mähne entlang. Wie weich er sich anfühlt.»Jaaaa, so ist gut.« Ich mache einen Schritt auf ihn zu. Als hätte er darauf gewartet, lehnt sich der Wallach gegen mich – oder lehne ich mich an ihn? –, ich schlinge meine Arme um seinen Hals und vergrabe mein Gesicht in seinem Fell. Der Geruch des warmen, großen Tieres umfängt mich wie eine weiche Decke.»Mmh, riechst du gut.« Vorsichtig streiche ich über seine Nüstern. Er spitzt die Lippen und knibbelt zart an meiner Hand.»Entschuldige bitte, ich hab gar nichts für dich dabei. Oho!« Ich lache auf, als er seine Stirn an meiner Schulter reibt. Was für ein wunderbares Wesen, bestimmt fünfmal mehr Volumen als ich, pure Muskeln und Kraft. Und gleichzeitig sensibel, intelligent und herzzerreißend vertrauensvoll. Tränen wallen in mir empor. Schnell wische ich mir über die Augen und räuspere den Kloß in meiner Kehle herunter. Das Tier tritt einen Schritt zurück.»Jaaaa, mein Brauner«, beruhige ich ihn, »hab ich dich erschreckt? Das wollte ich nicht.« Der Wallach reibt erneut seinen Kopf an meiner Seite. Sei nachsichtig mit dir, sage ich mir, der gestrige Tag ist ein Schock gewesen. Und eine Offenbarung.

Was soll ich denken? Und was tun? Das erste Mal in meinem Leben bin ich vollkommen ratlos. Und verwirrt. Obwohl das auch nicht stimmt. Im Grunde bin ich nicht durcheinander. Ich weiche aus, ducke mich weg, um die Realität nicht anzuerkennen. Hier, am frühen Morgen, vor dem Hotel, mit einem Pferd, das meine Nähe sucht, bin ich allein. Und das ist kaum zu ertragen für jemanden wie mich. Lieber bin ich bedrückt als einsam.

Sei nicht ungerecht, weise ich mich zurecht. Ester ist doch da. Ganz so, wie ich meine Freundin seit Jahrzehnten kenne und schätze, war sie gestern im Laufe des Tages einfach aufgetaucht, hatte keine Fragen gestellt, sondern war an meiner Seite geblieben. Und nicht mehr von ihr gewichen. Saß freundlich lächelnd neben mir, wenn das Personal eine Nachfrage hatte, hatte Tee mit mir getrunken und gemeinsam mit mir dem Kaminfeuer zugeschaut. Gegen meine Schwermut half das leider auch nicht.

Christian hatte ich seit der Befragung durch Andreas keine fünf Minuten mehr am Stück gesehen. Kaum hatte die Polizei das Feld geräumt, war er davongehetzt. Wenn ich durch die Lobby ging, sah ich ihn im Gespräch mit Gästen, Schultern klopfend und Drinks ausgebend. Das zu dritt geplante Mittagessen hatte er noch vor der Suppe beendet. Eine dringende Angelegenheit in der Küche. Während des Abendessens war er von Tisch zu Tisch gegangen.

»Bei mir wird es heute spät«, hatte er mir zugeflüstert, als ich nach dem Dessert zu ihm gegangen war. »Am besten, du wartest nicht auf mich.« Also war ich allein in meine Suite gegangen.

Ich hätte das Gleiche gemacht, sage ich mir und streichele das Pferd. Mich um den Betrieb und die Gäste gekümmert. Nicht um die Befindlichkeiten anderer Leute.

Und dennoch fühle ich tief in mir ein Loch. Dumpf, schwarz und leer. Das Licht, das mich die letzten Jahre gewärmt hat, ist nur noch ein Flämmchen in der hintersten Ecke meines Herzens. Alle Vorfreude auf gemeinsame Tage mit Christian und die Leichtigkeit, die ich hatte, wenn ich mit ihm zusammen war, hatten sich in Luft aufgelöst.

Gedankenverloren streichele ich das Pferd über den Hals. »Was meinst du? Was ist schlimmer? Dass Maxi tot ist? Ja, das ist entsetzlich. Aber wie Christian sich verhält? Nicht schön.« Das Pferd schüttelt den Kopf. »Beides furchtbar? Ja, genau, ich kann mich auch nicht entscheiden.«

Als ob ein böser Geist in ihn gefahren war. *Business as usual? Nachrichtensperre? Vorfall?* Mein Gott, wie konnte ein Mensch so herzlos auf den Tod eines Freundes reagieren? Und dann diese Schärfe, mit der er den Kommissar behandelt hatte!

Überhaupt, dieser Kommissar. Was wollte der von mir? Immer wieder war sein Bild in meiner Erinnerung aufgeblitzt, immer wieder hatten seine dunkelbraunen Augen mich forschend angesehen und sich die Falten um seine Augen vertieft.

Was ist bloß los mit mir? Wieso irritiert mich dieser Mann so sehr? Oder bin ich aus der Spur, weil ich mit Christians Reaktion nichts anfangen kann?

Ein Gähnen steigt in mir auf. Mühselig hatte ich mich vorhin aus den Kissen gequält. Stundenlang hatte ich mich in der Nacht hin und her gewälzt, ohne die eine Stellung im Bett zu finden, in der ich hätte einschlafen können. Vollkommen groggy hatte ich in aller Herrgottsfrüh nach meinem Telefon getastet, das mir brummend die Ankunft von Christians Nachricht mitgeteilt hatte.

Ich lehne meine Stirn gegen die des Pferdes. »Sag, was machst du denn hier so allein am frühen Morgen? Hm?«

»Mit uns einen Ausflug.«

Erschreckt fahre ich herum. Christian steht hinter mir, strahlt mich an und schlingt seine Arme um mich. Im ersten Moment verspüre ich einen Widerstand. Steif wie ein Stock stecke ich in Christians Armen fest. Was denkt der Mann sich eigentlich dabei, mich so lange allein zu lassen? Doch dann steigt der Geruch von teurer Zeder und dunklem Leder in meine Nase, ich lächele, gebe nach und sinke an seine Brust.

Ein Wiehern, deutlich lauter als vorhin, erklingt in meinem Rücken. Der Wallach tritt schnaubend von einem Fuß auf den anderen, schüttelt seine Mähne und versetzt mir mit der Nase einen kleinen Schubs.

Christian lacht auf. »Kaum lass ich dich mal fünf Minuten allein, schon gibt es einen neuen Mann in deinem Leben. Und einen eifersüchtigen noch dazu.« Er klopft dem Pferd auf den Hals. »Ja, mein Brauner, so ist gut.«

Ich sehe ihm zu, wie seine Hände das Tier berühren. *Schöne Hände.* »Wozu brauchen wir ein Pferd?«

Christian greift hinter sich nach einem Paar Ski, das an der Hauswand lehnt. »Zum Skijöring.«

»Nicht dein Ernst. Das ist doch diese Sache, bei der man sich auf den Dingern da« – ich zeige auf die Ski – »von einem Pferd hinterherziehen lässt? Und du bist der Meinung, das soll ich machen? Du bist vielleicht gut. Ich hab doch keine Ahnung, wie das geht.«

Christian winkt lässig mit der Hand. »Das kann jeder. Allemal eine Frau wie du, supersportlich und eine hervorragende

Skiläuferin. Komm. Ich reite, und du fährst.« Ohne Umwege hilft er mir in die Ski, kontrolliert das Geschirr, schwingt sich in den Sattel und wirft mir die Leinen zu. »Wir fangen erst mal langsam an. Geh in die Knie. Ganz weich. Den Rumpf anspannen, Bauch fest, Po zusammenkneifen. Genau so. Du machst das super! Und schön locker bleiben. Auf geht's!« Er schnalzt und drückt dem Wallach die Hacken in die Seiten. Das Tier geht im Schritt über die verschneite Wiese vor dem Haus. Die Leinen, die am Geschirr befestigt sind, spannen sich an.

Der Ruck kommt nicht überraschend, aber heftig. Nur mühsam kann ich die Spur halten. Fast wirft mich der Zug des Tieres um. Aber nur fast. Ich gehe in die Knie, stabilisiere den unteren Rücken und lehne mich gegen die Leinen. Als Christian sich nach mir umsieht, lache ich ihn an. Von Sekunde zu Sekunde fühle ich mich sicherer. Im Schritttempo verlassen wir das Hotelgelände, überqueren die Straße und biegen in den noch menschenleeren Wanderweg ein. Vor uns liegt das weiß zugedeckte Moor in der blassen Morgensonne.

»Dürfen wir das überhaupt?«, rufe ich Christian zu.

»Seh ich etwa aus wie ein Mann, der um Erlaubnis fragt?« Er wirft einen Blick über seine Schulter und hat sein jungenhaftes Lächeln im Gesicht. »Außerdem ist um diese Uhrzeit hier kein Mensch. Komm! Jetzt geben wir ein bisschen Gas.« Er schnalzt mit der Zunge und lässt den Wallach stärker antreten.

Sofort habe ich das Gefühl, mit hundert durch das Moos zu jagen. Schnee stiebt auf und klatscht mir ins Gesicht. Sonnenstrahlen blenden mich, tief verschneite Bäume huschen vorbei, ein Reh springt davon. Aus meiner Körpermitte steigt ein Ballon heller Freude auf und zerplatzt in meiner Kehle. Ich jauchze, als wir über eine kleine Kuppe springen. Und fühle mich dabei leicht wie eine Feder.

»Alles klar dahinten?«, ruft Christian.

»Und wie!«

»Dann lass uns mal eine kleine Pause machen.«

Wir werden langsamer. Vorsichtig pariert Christian den Wallach durch, kommt vor einer Bank im freien Feld zu stehen, springt ab und läuft mir entgegen. Japsend falle ich ihm in die Arme. »Das war super! Hätten wir schon viel früher einmal machen sollen.«

»Sag ich doch.« Er tritt auf die Bindung, reicht mir die Hand und hilft mir aus den Ski. Ohne hinzusehen, greift er in die Satteltasche und befördert ein Handtuch und ein paar Karotten zutage. Krachend zerbeißt das Pferd die gelben Rüben. Er nickt mir zu. »Schau mal in die Tasche auf der anderen Seite.«

Ich umrunde das Tier und ziehe eine Thermoskanne hervor. »Cappuccino?«

»Ganz schön hohe Ansprüche, Darling. Muss ich schon sagen. Da sind noch ein paar Energiestangen, die die Küchenbrigade gestern in einer ruhigen Minute gemacht hat. Etwas tiefer, die findest du.«

Langsam schlürfe ich einen Kaffee mit Milch und knabbere an einem Riegel, während ich Christian dabei zusehe, wie er das Pferd versorgt. Es trocken reibt, Hufe auskratzt, auf den Hals klopft. Fürsorglich, freundlich. Ich fühle mich wie befreit. Worüber reg ich mich auf? Jeder hat mal einen schlechten Tag. Und ich weiß auch nicht, wie ich reagieren würde, wenn Ester auf einmal tot im Pool liegen würde. Womöglich wäre ich dann auch ein wenig gereizt.

»Wollen wir?«, fragt Christian und sieht mich erwartungsvoll an.

»Erst ein Kuss«, antworte ich und lache, als der Wallach empört wiehert, während Christian mich in die Arme schließt. »Und eine Frage.«

Christian hält mich im Arm. »Lass mich raten. Du findest, dass ich mich gestern, sagen wir mal, schlecht benommen habe, oder?«

Blut schießt mir in die Wangen. Bin ich so leicht zu durchschauen? »Ich würde schon gerne wissen, warum du so harsch mit dem Kommissar umgegangen bist. Und warum dich Maxis Tod anscheinend gar nicht trifft. Kennst du den Kommissar eigentlich?« Ich schlage die Augen nieder.

»Ja. Aus der Schule.« Christian hebt mein Kinn. »Anna. Schau mich an.«

Zögernd sehe ich ihm in die Augen. Warme, freundliche Augen. Die Flamme tief in meiner Seele strahlt ein paar Lux heller. »Ich höre dir zu.«

»Du kannst dir nicht vorstellen, was für ein Stress Maxis Tod mir bedeutet. Nicht nur habe ich einen engen Freund verloren, ich musste mich um das Hotel kümmern, dass mein Vater und mein Großvater aufgebaut haben. Und ich kann dir versichern, dass solche Vorfälle eine echte Gefahr für ein Unternehmen darstellen.«

Ich schlucke einen Kloß in meinem Hals herunter. »Aber musstest du so …?«

»Du hast recht, ich war zu ruppig. Zu Andi. Und zu dir. Und das tut mir leid. Verzeihst du mir?« Er zieht mich an sich und küsst mich.

Der Wallach trompetet sein Missfallen über das Moor und stampft mit den Hufen.

Christian grinst mich an. »Eifersüchtig. Sag ich doch.«

Ich kann nicht anders und lache, erleichtert und froh zugleich. *Hör endlich auf, Gespenster zu sehen!*

Christian nickt mir zu. »Wollen wir?«

Er wartet, bis ich in den Skiern stehe, steigt auf und lässt das Pferd antreten. Jetzt bin ich die Geschwindigkeit schon gewohnt, lehne mich wie beim Wasserski gegen den Zug und fahre sogar ein paar Kurven durch unsere Spur. Viel zu schnell sind wir zurück vor dem Hotel. Meine Skier gleiten die letzten Meter durch den Schnee, bis ich stehen bleibe und mich schnaufend auf meine Oberschenkel stütze. Christian pariert, stemmt sich am Sattel ab und springt neben mir auf den Boden. Völlig außer Atem lehne ich mich an ihn.

Noch immer ist es ruhig vor dem Haus. Nur Sergio eilt die Einfahrt herunter. In der Ferne startet ein Auto. Von der anderen Seite des Gartens klingen leise Stimmen vom Pool herüber.

Christian richtet sich auf. »Ah, da kommt Sergio ja schon. Ich hab ihn angewiesen, sich um deine Skier zu kümmern«, sagt er und drückt seinem Angestellten die Zügel in die Hand, »nicht wahr, Sergio?«

Ich sehe Sergios Gesichtsausdruck. Professionell, aber regungslos. Ein Windstoß fegt durch die hohe Tanne in der Einfahrt, lässt Schneekristalle durch die Luft wirbeln, die im Licht der Morgensonne strahlen.

Forschend betrachte ich meinen Verlobten. So gut müsste er mich inzwischen kennen, dass er wissen sollte, dass ich nie und nirgends die Chefin raushängen lasse. Schon gar nicht die Frau des Chefs. Ich lege Wert darauf, mich um meine Sachen selbst zu kümmern.

Hinter Christian rollt langsam das Auto heran. »Danke«, antworte ich, beuge mich hinunter, drücke die Bindung auf und greife nach meinen Skiern. »Das mache ich schon selbst.«

Im Schritttempo fährt der Wagen hinter uns vorbei, mein Blick fällt auf die Seitenscheibe, während ich mich aufrichte. Ich schrecke zusammen. Sergio und der Wallach spiegeln sich im Glas, mit Christian im Vordergrund. Ein Gesicht, das ich bisher nur lächelnd kenne, verträumt, mir zugewandt. Der Mann, der mich aus der Scheibe ansieht, ist vollkommen teilnahmslos. Kalte, leere Augen beobachten mich, wie ich die Skier aufhebe, seine Lippen zu einem Strich zusammengepresst.

Erschreckt fahre ich hoch, stehe vor ihm und schaue ihm in die Augen. Sie sind so warm und freundlich wie eh und je. »Wie du willst, Darling.«

5

Andreas

Murnau, Samstag, 3. Dezember 2022

»Andi? Servus.« Eine Frau, Mitte fünfzig, die die Murnauer Polizeiinspektion in dem Moment passiert, als ich gerade durch die Tür sprinten will, nickt mir freundlich zu. Mit Sicherheit geht sie zufällig vorbei, will weder zur Polizei noch zu mir. Aber sie kennt mich. Eine ehemalige Nachbarin, Lehrerin, Freundin meiner Eltern? Ich habe nicht die leiseste Ahnung. »Servus«, grüße ich vorsichtshalber und schaue, dass ich an ihr vorbei ins Gebäude komme. Ich kann mich nicht nur nicht erinnern. Vielmehr habe ich keine Zeit. Nein, keine Lust. Dieser Fall beschäftigt mich mehr, als mir lieb ist. Und auch das stimmt nicht. Nicht der Fall beschäftigt mich, sondern diese Frau.

Ich habe sie gegoogelt. Anna Sieveking. War nicht schwer zu finden. Sechsunddreißig, Hoteldirektorin bei einem großen Touristikunternehmen. Das Netz ist voller Fotos von ihr. Die halbe Nacht habe ich jedes einzelne davon betrachtet. Und hatte plötzlich eine Idee davon, was es heißt, jemanden zu stalken. Jedes neue Bild von ihr gab mir einen Kick. Sie in schneeweißer Galauniform an Deck eines Kreuzfahrtschiffes. Sie, wie sie mehr oder weniger prominente Menschen im Namen der Reederei an Bord begrüßt. An weit entfernten Orten dieser Welt. Kapstadt, Rio, Palau. Sehr souverän, lächelnd, wahnsinnig sympathisch. Das ist Dopamin direkt in die Venen. Sie ist smart, kompetent, weit gereist. Was tut jemand wie sie in Murnau? Im Eggers? Mit Christian? Vor allem mit dem?

Eines ist mir bei unserer kurzen Begegnung gestern klar geworden. Diese Frau ist nicht nur intelligent, gut ausgebildet und erfolgreich, sie ist auch empfindsam. Hat ein mitfühlendes Herz und einen soliden Wertekanon. So viel kann ich jetzt schon über sie sagen. Damit passt sie null Komma null in Christians Beuteschema. Was will der Typ denn bloß von ihr? Und, viel wichtiger, sie von ihm? Und was davon geht mich etwas an? Ich puste Luft in meine Backen, drücke sie wieder hinaus und öffne die Tür zu dem geborgten Büro, das uns die Murnauer Kollegen für die Ermittlungen überlassen haben. »Servus.«

»Servus, Chef.«

Auch das noch. Mir bleibt wirklich nichts erspart. Rosemarie Brandstätter, jung, fit, mit einem klaren Verstand ausgestattet, seit Kurzem Kommissarin, ist der Neuzugang in meinem Team. Sehr selbstbewusst. Aber sie muss noch viel lernen. »Kannst du bitte damit aufhören?«

»Womit?«

»Mich Chef zu nennen.«

»Aber du bist es doch.«

»Zunächst mal sind wir Kollegen.«

Sie grinst mich an. Sonst noch Probleme?, sagt ihr Blick.

Ich gebe ein undefinierbares Geräusch von mir, stelle meinen Rucksack ab und hocke mich auf die Schreibtischkante. »Mei. Also. Wo stehen wir?«

Sie tippt nachlässig auf ihrem Laptop herum. »Wenn du mich fragst, hat sich jemand an diesem Aufschneider rächen wollen und den Falschen erwischt. Woher kennt ihr euch eigentlich?«

Das geht dann doch runter wie Öl. »Woher ich den Egger kenne? Wir sind zusammen zur Schule gegangen. Woher sonst?«

»Klar. Woher sonst. Und ihr wart damals schon die allerbesten Freunde.«

»Was soll das jetzt wieder heißen?«

»Na, es war nah dran, und er hätt sich eine von dir gefangen gestern.«

Ich spüre deutlich, wie mein Blut in Richtung Kopf wandert. »Du übertreibst.«

»So?«

»Außerdem tut das nichts zur Sache.«

»Unabhängig davon, dass ich deine Reaktion gestern schon, sagen wir, spannend fand, kann ich dir so nicht zustimmen.«

Ich sehe sie an. Überrascht. »Wieso?«

Rosi kippelt mit ihrem Stuhl. »Na, wenn du schon einen Rochus auf diesen Egger hast, dann haben andere den auch. Und einer von denen will ihm ans Leder.«

Ich schiebe anerkennend die Unterlippe vor. »Interessanter Gedanke. Da könnte etwas dran sein.« Ich starte meinen Rechner. »Also. Was haben wir bis jetzt?«

»*Peace, happiness and pancake.* Und zwar nur.« Sie steht auf und zieht ein großes Whiteboard hervor, auf dem schon Fotos und Berichte kleben. »Das, was ich über den Geschädigten selbst herausgefunden habe, bietet bisher keine Anhaltspunkte.« Sie zeigt auf ein Foto eines gut aussehenden, aber harmlos wirkenden Mittdreißigers. »Maximilian Schmiedt, siebenunddreißig, alleinstehend, wohnhaft in Frankfurt, Banker«, sie verzieht den Mund, »auch noch Investmentbanker, eine Heuschrecke also. *Anyway*, er hat das Leben eines gut situierten Singles geführt. Weder Frau noch Hund noch Katz, aber eine Eigentumswohnung, ein dunkelblaues Cabrio und ein sehr ordentlich gefülltes Bankkonto. Der Mann hat seine Freizeit damit verbracht, essen zu gehen, zu feiern und All-inclusive-Cluburlaub zu machen. Sagen zumindest seine Profile im Netz. Bei einer dieser Reisen hat er wohl auch Christian kennengelernt. Zumindest wird der seit sechs Jahren auf Social Media von ihm getaggt. Die beiden haben etliche Urlaube miteinander verbracht. Jungssachen, Malle, Sölden, Formel 1. So weit, so banal.«

Soll ich sie für diese Bemerkung tadeln? »Hm.«

»Das Einzige, was heraussticht, ist seine Herzschwäche. Die ist wohl erblich. Ich hab mit seinem Arzt gesprochen. Sein Vater ist schon einen plötzlichen Herztod gestorben. Seit fünf Jahren trägt er einen Schrittmacher. Der Arzt meint, seitdem sei alles paletti.«

Reichlich flapsig, die neue Kollegin. »Hm.«

»Ja, was soll ich sagen, ich finde nichts Ungewöhnliches, nicht die geringste Ungereimtheit. Keine Schulden, keine stalkende Ex-Freundin, keine Drogen. Keine Hinweise, dass irgendetwas in seinem Yuppie-Leben aus dem Ruder gelaufen ist. Ich habe seine Mails und seine Anrufe gecheckt, nichts.«

Sie hebt den Finger. »Und sag jetzt nicht wieder ›Hm‹.«

Yuppie? Ob Christian damit auch gemeint ist? Ich grinse. »Na gut. Dein Fazit?«

Rosi hebt die Schultern. »Klarer Fall von ›zur falschen Zeit am falschen Ort‹. Es ging nicht um ihn. Sondern um Egger.«

Nicht nur ein loses Mundwerk, sondern auch noch forsch, die junge Dame. Aber, das muss der Neid ihr lassen, genau auf den Punkt. »Okay, das sehe ich auch so. Was sagt die KTU?«

Meine Kollegin schlägt eine grüne Mappe auf. »Nicht viel. Einfache, aber wirksame Konstruktion. Batterie, offenes Kabel, Wasser. Im Grunde war es ein Kuhdraht.«

»Ein was?«

Rosi sieht mich an, als ob ich nicht bis drei zählen kann. »Kennst du doch! Kuhdraht aka Weidezaungerät. Im Grunde ein einfacher Draht, der mit einer Batterie unter Strom gesetzt wird. Tausendfach in der Landwirtschaft im Einsatz. Liegt bei der BayWa im Regal. Da kommt jeder ran. Aber …«

Aus dem Augenwinkel sehe ich meinen Posteingang. Und stutze. Das kann nicht sein. Ich habe über sechzig Mails bekommen. Seit gestern. Was ist los mit diesem Fall? »Ja?«

»Dieser Kuhdraht war benutzt. Um nicht zu sagen, uralt und heruntergenudelt. Sowohl an der Batterie als auch den Kabeln hafteten Haare.«

Mühsam reiße ich mich von meinem Bildschirm los. So viele Mails stressen mich kolossal. Aber das muss warten. »Genug für eine Analyse?«

»Ja. Das meiste stammt von Rindviechern, wen wundert das. Aber auch ein menschliches Haar war dabei.«

»Abgleich?«

»Nicht im System. Wäre auch zu schön gewesen. Die DNS-Analyse sagt, männlich, weiß, braune Augen, eher dunkle Haare.«

»Interessant. Was sagt uns das?«

Meine Kollegin reißt die Augen auf. »Uns? Oder willst du wissen, was ich denke?

»Rosi. Bitte.«

Sie zuckt die Schultern. »Ein Mann? Hier aus der Gegend? Der Landwirt ist? Oder Zugang zu landwirtschaftlichem Know-how oder Weidewirtschaft hat? Kann sein, muss aber auch nicht sein. Batterie und Kabel könnte er auch gestohlen haben. Zeig mir jemanden in der Marktgemeinde, der so etwas nicht in seinem Garten stehen hat. Oder tatsächlich um seine Wiese. Allein um die Leut davon abzuhalten, bei ihm einzusteigen, die Äpfel vom Baum zu reißen oder in die Ecke zu pieseln.« Sie sieht mich erwartungsvoll an.

Ich muss mich beherrschen, nicht mit den Augen zu rollen. »Weiter.«

»Okay. Das nimmst du einfach mit und baust es woanders wieder auf. Und bis jemand merkt, dass was fehlt, vergehen Tage.«

»Damit hast du sicherlich recht. Außer die Viecher stehen auf Nachbars Grund.«

»Mei.« Rosi klappt ihren Laptop auf. »Vielleicht machen wir aber auch aus einer Mücke einen Elefanten. Dieser«, sie malt mit Zeige- und Mittelfingern Anführungszeichen in die Luft, »Anschlag könnte auch einfach nur ein richtig grober Scherz sein. So aus der Freinachtliga, Klopapier ums Auto, Rasierschaum im Briefkasten, Mist vor der Schultür.«

Ich ziehe skeptisch meine Mundwinkel nach unten. »Na ja. Du redest von Sachbeschädigung. Aber das war mindestens Körperverletzung.«

Rosis Mundwinkel zeigen weiterhin nach oben. »Schwere, mit Todesfolge, vollkommen richtig. Ich will das überhaupt nicht kleinreden, aber für mich schmeckt das zunächst mal nach Wut und Heimzahlen.«

Bedächtig wiege ich meinen Kopf. »Dann sprechen wir über Vorsatz.«

»Auf jeden Fall.«

»Heimtücke?«, schiebe ich hinterher.

»Keine Ahnung. Und eine schwierige Frage. Maximilian Schmiedt war ja nicht das Ziel. Ob Christian Egger arg- und wehrlos gewesen wäre, wenn er einen Schlag gekriegt hätte, wissen wir nicht. Schmiedt war es auf jeden Fall. Aber uns fehlt jeder Hinweis auf ein Motiv.«

Wo sie recht hat, hat sie recht. »Noch etwas?«

»Ja. Wie die DNS-Analyse schon festgestellt hat, suchen wir nach einem Mann. Das ist kein Szenario, das sich eine Frau ausdenkt.«

Ich lächele mild. »Eine These voller Vorurteile. Aber wir suchen nach einem Mann, der einen Elektrozaun bauen kann.«

Rosi seufzt. »Das gilt, glaube ich, für so ziemlich jeden hier.«

Die Frau kann so motivierend sein. »Okay. Dann lassen wir das erst einmal so stehen. Wir sind uns einig, dass Schmiedt nicht das Ziel war. Was wissen wir über Egger?«

»Neben der Tatsache, dass er ein brutaler Angeber ist?«

»Rosi. Zum wiederholten Mal. Bitte.«

»Ja, ja, nicht hilfreich. Mei, allzu weit bin ich noch nicht gekommen. Ich hab mal seine Social-Media-Accounts gecheckt. Er führt ein durchschnittliches Werdenfelser Jetset-Leben. Aber seine Freundin ist der Knaller.«

»Rosi!«

Sie klimpert mit den Lidern. »Nein, echt. Hast du die dir mal genauer angeschaut?«

Und ob. »Was hat das mit unserem Fall zu tun?«

Meine Kollegin stemmt die Hände in die Hüften. »Na, die Frage wird doch wohl erlaubt sein, was eine Frau wie die von einem Kerl wie dem will. Da stellen sich mir schon ein paar Fragen.«

Nicht nur dir. »Das geht uns nichts an.«

»Findest du?« Sie bläst die Backen auf. »Also, ich weiß nicht. Die Konstanze Lechner hat zu Protokoll gegeben, dass die beiden heiraten wollen. Im Hotel. Nächsten Samstag. Wusstest du das?«

Das trifft mich hart und unvermittelt. Nächsten Samstag? Das ist in einer Woche! »Nein. Aber wie ich schon sagte, das geht uns nichts an.«

Rosi mustert mich mit einem kritischen Blick. »So. Wie

du meinst.« Sie wühlt in ihren Papieren.»Da ist noch etwas anderes. Die Lechnerin hat außerdem gesagt, dass Egger Restrukturierungsmaßnahmen plant. Ich übersetze das mal mit ›Entlassungen‹. Erzählt hat er wohl was von frischem Wind und neuen Teams.«

»Okay. Hat sie gesagt, wen er rauswerfen will?«

»Nein. Aber wenn du willst, hake ich da mal nach.«

Ich nicke.»Tu das.«

Sie tippt auf ihrer Tastatur.»Okay. Ich grabe weiter. Es gibt da noch eine Sache, über die ich gestolpert bin, die musst du dir anschauen. Hier.« Sie dreht ihren Laptop um.

Ein großer Raum voller Menschen, eine Leinwand, ein Rednerpult.»Wo ist das?«, frage ich.

»Nicht ganz klar. Ich tippe mal aufs Griesbräu.«

»Okay. Und was schauen wir uns da an?«

»Das ist ein Video von einer Bürgerversammlung vom vergangenen Herbst. Christian Egger hat auf Einladung des Bürgermeisters seine neuen Pläne für das Hotel vorgestellt.«

»Und? Was hat das mit unserem Fall zu tun?«

Meine Kollegin schenkt mir einen Blick aus der Rubrik ›Jetzt wartest du's halt einfach mal ab‹.»Ich spring mal nach vorn. Hier.«

Wildes Geschrei klingt plötzlich aus dem Lautsprecher. Personen springen auf und fuchteln mit den Händen. Ein Mann reckt eine Faust in die Höhe.

»Nur über meine Leich!«, kreischt es durchs Büro.

»Na! Über deine, Egger!«

Rosi stoppt das Video.»Und?«

»Wow.« Ich reibe mir über das Gesicht.»Eine ganz normale Versammlung, gell, da bei uns in Bayern. Kriegt aber durch unseren Fall ein anderes Geschmäckle, nicht wahr?«

Rosi nickt.»Sehe ich auch so.«

»Um was geht es da überhaupt? Und warum mandeln die sich so auf? Das sind nämlich selbst für einen Christian Egger heftige Reaktionen.«

Rosi springt auf und zeigt auf einen Zeitungsartikel am

Whiteboard. »Dein Schulfreund will ein riesengroßes Resort aus dem Hotel seines Vaters machen. Der jetzige Wellnesstempel ist ihm anscheinend nicht mehr gut genug. Und das ist bei der Versammlung eingeschlagen wie eine Bombe. Die haben ihn in Grund und Boden geschrien. Vor allem Mitglieder einer Künstlergruppe namens«, sie wühlt in ihren Papieren, »warte, ich hab's gleich, ›Kunst und Kultur im Blauen Land‹ und einige Mitglieder des Heimat- und Trachtenvereins haben sich lautstark gegen seine Pläne geäußert. Verrat am kulturellen Erbe Murnaus und an der Kulturlandschaft. Jedes zweite Wort ist da ›Kultur‹. Na ja, du hast es gehört, die haben gebrüllt wie die Ochsen.«

»Ist ersichtlich, wer die Morddrohung ausgestoßen hat?«

Rosi schüttelt den Kopf. »Nein. Ich glaube auch nicht, dass wir das jetzt noch feststellen können. Es ist drunter und drüber gegangen bei der Versammlung, da weiß keiner mehr, was der andere gesagt, geschweige denn geschrien hat.«

Ich runzele die Stirn. »Und du hältst diese Künstler oder die Trachtler für willens und fähig, den Pool des Eggers unter Strom zu setzen?«

»Wenn unsere einzig brauchbare These derzeit ist, dass Christian Egger das Ziel des Anschlags war, weil er jemanden oder mehrere gegen sich aufgebracht hat, müssen wir uns diese Hundskrüppel auf jeden Fall näher anschauen. Ich halte grundsätzlich jeden Menschen für fähig, alles zu tun. Du doch auch.« Sie steht auf und greift nach ihrer Jacke. »Trachtler und die Künstler haben Glühweinstände auf dem Weihnachtsmarkt. Suchen wir sie heim und werden wir mal ein bisschen ungemütlich.«

Zu dieser frühen Stunde ist die kleine Fußgängerzone noch fast menschenleer. Eine Allee aus Miniatur-Weihnachtsbäumen steht vereinsamt die Straße entlang Spalier. Ein Paketbote mit einer Sackkarre und einem schwindelerregend hohen Turm aus Kartons sucht sich seinen Weg zwischen den Schneehaufen. Nur die Tür des Zeitungsladens steht schon offen. Es ist bitterkalt.

»Hoffentlich ist das jetzt nicht wieder eine meiner Schnapsideen«, knurrt Rosi in ihren Schal.

Die Hände in die Taschen meines Anoraks gestopft, nähere ich mich mit Rosi dem Untermarkt. Hell reckt die Maria-Hilf-Kirche ihren Turm in den Winterhimmel empor. Die Glühbirnen an der hohen Tanne hinter der Mariensäule hängen blass wie hingetupfter Zuckerguss in dem tiefdunklen Grün.

»Positiv denken. Heute ist Samstag, einer von dreien vor Weihnachten. Die Leute gehen shoppen. Wenn die Trachtler und die Künstler ihre Vereinskassen aufbessern wollen, müssen die später top vorbereitet in ihren Standln stehen, sonst wird das nichts mehr mit dem Weihnachtsgeschäft. Schau, wenn man vom Teufel spricht. Da sind ja schon ein paar von den Typen.«

In der Seitentür eines Standls stehen zwei Männer, beide mit dem Rücken zu uns. Einer lungert mit hängenden Armen teilnahmslos herum. Der andere hat sich abgewendet, nein, korrigiere ich mich, er dreht uns seinen Hintern zu. Vornübergebeugt in das Innere seines Standls wirft er leere Kartons hinter sich. Im hohen Bogen, einen nach dem anderen. Ab und an sammelt der andere sie auf und reißt sie lustlos in Stücke. Neben dem Eingang stapeln sich Altpapier und neue Glühweinkartons.

»Hallo«, sagt Rosi und weicht aus, als eine Pappkiste an ihr vorüberfliegt.

Keine Reaktion. Die nächste Verpackung segelt an uns vorbei und landet im Schnee. Der andere bückt sich ächzend.

»Hallo!«, sagt Rosi, diesmal lauter. Sie tritt näher an die Tür und zuckt zusammen, als ein Karton an ihre Stirn prallt. »Jesses! Jetzt reicht's aber! Sie! Stehen S' mal auf!«

Der Mann wirft einen Blick über seine Schulter. »Ja, was stellst dich denn so damisch hin, du blöde Plunzen!«, blafft er sie an.

Mit einer Handbewegung zückt Rosi ihren Dienstausweis. »Brandstätter, Kripo Garmisch. Sie sind?«

»Mei.« In Zeitlupe richtet er sich auf und dreht sich noch langsamer um. »Die Kripo.« Jeder Millimeter Renitenz. »Jesusmaria.« Er fährt sich durch die schütteren grauen Haare und wischt seine Hände anschließend an einer speckigen Cordhose ab. »Weißgerber, Schorschi. Was verschafft mir das Vergnügen?« In seinem Unterkiefer wird eine dunkle Zahnlücke sichtbar.

»Gehört Ihnen das Standl?«, fragt Rosi, die Stimme erhoben. Ich muss mir ein Grinsen verkneifen. Rosi hat ihren Hüterin-von-Recht-und-Ordnung-Ton hervorgeholt.

»Gehören nicht. Ich beziehungsweise wir von der Künstlergruppe haben ihn gemietet.« Weißgerber zeigt auf das Schild, das über der geschlossenen Ausgabeklappe hängt.

»Kunst und Kultur im Blauen Land«, rankt sich dort in schnörkeliger Schrift von links nach rechts. »Das ist kein Verbrechen, oder? Kann ich jetzt weiterarbeiten?«

»Wenn ich es sage«, herrscht Rosi ihn an. »Waren sie bei der Versammlung im Griesbräu letzten Herbst anwesend, bei der Christian Egger sein neues Hotel vorgestellt hat? Wo es anschließend zu tumultartigen Zuständen gekommen ist?«

Weißgerber lacht auf. »Hä? Wegen dem Schmarrn kommts ihr jetzt zu mir und haltets mich von der Arbeit ab?« Er schüttelt den Kopf und macht Anstalten, sich abzuwenden.

»Herr Weißgerber.« Rosis Stimme klirrt eisig. »Was Schmarrn ist und was nicht, entscheide immer noch ich. Beantworten Sie meine Frage.«

Er stopft seine Hände in die Hosentasche. »Ja, war ich.«

Rosi baut sich breitbeinig vor ihm auf. »Und gehören Sie zu den Personen, die Herrn Egger bei der Veranstaltung bedroht haben?«

Weißgerber lacht erneut, diesmal höhnisch. »Hat er sich beschwert, der Chrissi? Ist ihm drei Monate später eingefallen, dass ihm was nicht passt? Sagen S' ihm, dem feinen Herrn Egger, wenn ihm was nicht taugt, kann er gern bei uns vorbeikommen. Wir erklären es ihm.« Er spuckt in den Schnee.

»Ist das eine Drohung?«

»Gott bewahre!« Er grinst schäbig.

»Sagen Sie, wo waren Sie am Morgen des 2. Dezembers?«

Ich runzele die Stirn. Wieso fragt Rosi ihn nach seinem Alibi?

Weißgerber misst sie mit einem kritischen Blick. »Brauche ich jetzt einen Anwalt, oder was?«, knurrt er zurück.

»Zum wiederholten Mal: Beantworten Sie meine Frage«, entgegnet Rosi ihm kühl.

»Daheim. Allein. Das ist, soviel ich weiß, noch immer erlaubt.« Weißgerber stemmt die Hände in die Hüften. »Aber wenns ihr schon mal da seid, ihr Kriminaler, will ich eins mal ganz klarstellen: Wir sind hier in Bayern. Gott sei Dank. Und nur weil einer sagt, dass ein anderer ein Lackl ist, ein ganz ausgeschamter, ist er noch lange kein Verbrecher. Mir san immer noch mir. Host mi?«

6

Anna und Ester

Murnau, Sonntag, 4. Dezember 2022

Ach. Das Foto hatte ich ganz vergessen. Christian und ich, dick eingemummelt in Anoraks, mit glänzenden roten Nasen. Strahlend. Eng umschlungen, Seite an Seite in einem Haufen Schnee. Im Hintergrund liegen Schlittenhunde, die sich ausruhen, nachdem wir vorher mit ihnen durch finnische Wälder gerast waren.

Finde den Fehler.

Ich sitze in meiner Suite auf dem Sofa, mein Telefon in der Hand, und warte auf Ester. Allein. Kein Christian, der kurz noch mal vorbeischaut, bevor meine Freundin und ich uns auf den Weg machen, Murnau zu erkunden. Vor mir steht eine Tasse auf einem Tischchen. Der Cappuccino darin ist kalt geworden, denn ich sitze hier schon eine ganze Weile. Viel zu lange. Ich hatte die Tour für den späten Vormittag geplant, weil ich gemeint hatte, den Morgen mit Christian im Bett zu verbringen. Das war, bevor sein Trauzeuge tot im Pool gefunden wurde, Christian aufstand und verschwand.

Da sitze ich nun wie bestellt und nicht abgeholt und scrolle durch meine Fotos. Keine gute Idee. Das Bild aus Lappland ist ein knappes Jahr alt. Ich weiß genau, wie wir diesen Tag genossen hatten. Wie wir mit den Hunden durch den Schnee jagten, den Wind im Gesicht, die Kälte nicht spürten, aber uns. Mir war die ganze Zeit über so leicht und warm gewesen.

Jeder Blick, den Christian mir geschickt hatte, war Futter für meine Seele, jede Geste eine Bestätigung. Wie er den Handschuh, den ich verloren hatte, aufgesammelt und mir wieder angezogen hatte. Wie er mich angesehen hatte, wenn ich vom Schlitten gestiegen und auf ihn zugegangen war.

Und heute? Ist der Schnee auf dem Foto womöglich der von gestern? Tränen steigen in meine Augen, ich wische sie weg. Was ist bloß los? Ich kann kaum die Augen offen halten, so sehr lastet ein Gewicht auf mir. Scheppernd landet mein Telefon neben meiner Tasse auf dem Tisch. Die Luft wird mir knapp, stöhnend rappele ich mich in die Höhe, öffne die Balkontür und sauge die frische Winterluft in meine Lungen. Wieder ein herrlicher Morgen. Hinter den verschneiten Tannen ragt die Alpenkette in den noch blassblauen Himmel. Es ist so wunderschön hier. Was um Himmels willen drückt mich heute so nach unten?

Wenn ich das bloß wüsste. So durcheinander war ich schon lange nicht mehr. Orientierungslos. Die Koordinaten, die bis vorgestern mein Leben bestimmt hatten, existieren heute nicht mehr. Mein Job? An den Nagel gehängt, um die Hochzeit und einen ausgiebigen Honeymoon zu genießen. Meine Singlewohnung in der Schweiz? Gekündigt und in Kisten verpackt. Mein zukünftiger Ehemann? Nicht wiederzuerkennen. Wenn ich nicht wüsste, das ist Murnau, würde ich sagen, das ist Barmbek. Schnell schaue ich an die Decke. Kein dunkles, schweres Tuch in Sicht.

Ich verschränke die Hände hinter dem Kopf und recke mich. Fakt ist: Den Christian, wie er sich in den letzten Tagen gezeigt hat, kenne ich nicht. Mein Christian ist ein warmherziger, liebevoller Mensch, der mich zärtlich berührt, aufmerksam zuhört, mich beschenkt und umsorgt. Auf gar keinen Fall jemand, der mich herrisch anblafft, tagelang ignoriert und andere Menschen von oben herab behandelt. So wie den Kommissar.

Der Kommissar. Seine forschenden Augen tauchen vor mir auf. Ich sehe die kleinen Falten um die Augen, die sich vertiefen, wenn er lacht. Ein kleines Glücksbläschen steigt in mir empor, zerplatzt und schüttet ein Löffelchen Sternenstaub über mir aus. Ich lächele, atme ein und schiebe das Bild beiseite. Dafür habe ich jetzt keine Zeit.

Es klopft. »Komm rein«, rufe ich.

»Bist du fertig?« Ester steckt den Kopf zur Tür herein. »Hopp, hopp, hopp. Zieh dich an, ich will dir etwas zeigen.«

Ein paar Minuten später drehe ich mich zu ihr um. »Das ist aber nicht der Weg ins Zentrum.« In unsere Skianoraks gepackt, mit Mützen, Schals und Handschuhen, hatten wir das Hotel Richtung Fußgängerzone verlassen, waren durch stille Straßen gegangen, die Berge im Rücken. Schmucke Einfamilienhäuser mit dicken Schneehauben reihen sich links und rechts wie Perlen an einer Kette, die Gärten unkenntlich unter der weißen Last. Ester untergehakt steige ich eine schmale, mit Bäumen gesäumte Straße empor.

»Überraschung. Ich dachte, ein bisschen *change of scenery* täte uns gut.« Ester drückt meinen Arm.

»Von Überraschungen habe ich ehrlich gesagt die Nase voll.« Ester schweigt, lächelt und tätschelt meinen Arm. Wir überqueren die Bahngleise und bleiben vor einer Gartenpforte stehen. Vor uns, leicht erhöht, steht inmitten eines verschneiten Gartens ein kleines Haus mit sonnengelbem Sockel, weiß getünchtem Erdgeschoss, rotem Mansardenwalmdach und hellblauen Fensterläden.

Ich hebe fragend die Schultern. »Ein Haus. Mit Garten. Im Winter. Hübsch. Das wolltest du mir zeigen? Können wir jetzt gehen? Du wolltest doch in die Fußgängerzone und auf den Weihnachtsmarkt.« Ich mache Anstalten, mich umzudrehen.

Ester zieht an meinem Arm. »Ich wusste gar nicht, dass du dich so anstellen kannst.« Sie schiebt die Gartenpforte auf. »Komm.«

Ich bleibe im Gartentürchen stehen. »Du willst da reingehen? Dürfen wir das denn?«

»Aber ja. Nun komm schon.«

Ich folge meiner Freundin über einen schmalen gefegten Weg zu einer kleinen Tür im Parterre. Mein Blick bleibt an der Fassade hängen. »Irgendwie kommt mir das Haus bekannt vor.«

»Denk mal scharf nach. Wo hast du das schon mal gesehen? Kleiner Tipp – Abifahrt nach München.«

»Ester, das ist siebzehn, achtzehn Jahre her. Und wir sind auch nicht in München.«

»Dummerchen. Ich hab ja auch nicht gesagt, dass es um *Mün-*

chen geht, sondern um etwas, was wir damals in München *gesehen haben*, was dich schwer beeindruckt hat und wovon du heute noch erzählst.«

Achselzuckend scharre ich mit dem Fuß.»Mein Gott, was soll das schon gewesen sein? Außer dass wir dumme Hühner waren? Das erste Mal in unserem Leben in einer anderen großen deutschen Stadt. Beeindruckt haben mich nur die Bilder von Jawlensky und Münter.« Ich drehe mich um und kichere.»Ich werde das nie vergessen. Eine Rotte gelangweilter Gymnasiasten im Lenbachhaus. Die Führerin versuchte vergeblich, unser Interesse zu wecken. Ganz schön peinlich im Nachhinein. Ich weiß noch, wir sind von Raum zu Raum gegangen, die verzweifelte Frau vorneweg, und plötzlich stehe ich vor Jawlenskys Meditationen. Vor Münters Landschaftsbildern. Ich wäre am liebsten eingezogen. Ihre Bilder haben mich geradezu aufgesogen. Moment.« Ich lege meine Hand auf Esters Schulter.»Ist das etwa *ihr* Haus?«

»Gabriele Münters? Die Kandidatin hat hundert Punkte.«

Mein Blick gleitet über die gelb-weiß-blaue Fassade.»Hier hat sie gelebt?«

Ester nickt.»Mit Wassily Kandinsky.«

Ich verziehe die Stirn, wende mich ab Richtung Haus und atme hörbar aus.

»Was hast du?«, fragt Ester.

Ich stecke meine Hände in die Taschen meines Parkas und krame darin herum, als würde ich dringend etwas suchen.»Was meinst du? Hat er sie im Stich gelassen?«

Ester forscht in meinem Gesicht.»Das ist es, was dich interessiert, wenn du vor ihrem Haus stehst? Spannend.« Sie verzieht skeptisch den Mund.»Therapiestunde, *my dear*?«

Mein Blick wandert durch den verschneiten Garten.»Hat er sie verlassen? Wenn du mich fragst: Keine Ahnung. Wir waren ja nicht dabei. Es war Krieg. Beide sind ausgereist, obwohl die Münter es eigentlich nicht musste, lebten in unterschiedlichen Ländern. Nur die beiden wissen, was zwischen ihnen wirklich passiert ist.«

»Objektiv betrachtet ist also nichts vorgefallen zwischen Münter und Kandinsky?« Ester sieht mich an.

»Entschuldigst du ihn?« Ich bin selbst erstaunt, wie empört ich auf einmal klinge.

Überraschung liegt in Esters Blick. »Kandinsky? Natürlich nicht. Das kann ich ja gar nicht.«

Ich nicke. »Das ist ja das Problem. Das kann keiner. Obwohl mich diese Frage und ihr Schicksal lange Zeit beschäftigt haben. Ich weiß nicht, was sie von ihm erwartet oder er ihr versprochen hat. Stell dir vor, München, Anfang des 20. Jahrhunderts. Die beiden hatten das, was man heute eine Affäre nennt. Er elf Jahre älter als sie, verheiratet, ein halbwegs erfolgreicher Maler, sie seine Schülerin. Für damalige Verhältnisse auch in Künstlerkreisen ein gesellschaftlicher Skandal. Das hat die beiden aber anscheinend nicht besonders interessiert. Sie sind zusammen gereist, haben zusammen gemalt, Frankreich, Marokko. Ah!« Ich hake mich wieder bei ihr unter. »Bis sie dieses Haus kaufte, beide nach Murnau zogen und sämtliche Künstler von Rang und Namen ihnen folgten. Der ›Blaue Reiter‹ entstand. Eine Sensation. Eine tolle Zeit.«

»Bis zum Krieg.«

»Ja, bis zum Ersten Weltkrieg. Zeitenwende. Franz Marc hat sich freiwillig gemeldet und ist mit sechsunddreißig Jahren bei Verdun vom Pferd geschossen worden. Kandinsky und Münter reisten aus. Erst waren sie gemeinsam in der Schweiz, dann ging sie nach Schweden, er nach Moskau. Wo er kurz darauf geheiratet hat. Fast fünfzehn Jahre waren sie zu diesem Zeitpunkt zusammen. Sie sind einander danach nie wieder persönlich begegnet.«

Ester nickt schweigend und betrachtet versonnen das kleine Haus im Schnee. »Wie friedlich es hier ist.«

Ich sehe sie an. »Wusstest du, dass Kandinskys Witwe sogar Unterlassungen erwirkt hat, damit niemand behaupten kann, ihr Mann habe Münter die Ehe versprochen?«

Ester schiebt ihre Brauen zusammen. »Nein. Aber wieso beschäftigt dich das?«

Ich drehe mich um und gehe langsam den schmalen Weg hinauf. »Nur so«, sage ich leichthin über die Schulter.

»Pfft«, macht Ester. »Nur so? Das glaube ich dir nicht.«

»Ich habe viel über Gabriele Münter gelesen. Viele Ausstellungen besucht. Ihr Werk, ihre Geschichte haben mich fasziniert. Ich halte sie für eine der großen Künstlerinnen des 20. Jahrhunderts. Für mich ist sie es, die die entscheidenden Schritte auf dem Weg zur Abstraktion unternimmt. Letztlich ist sie total unterschätzt.«

»Und das treibt dich um, weil …?«

»Das fragst du noch? Ich finde nicht, dass ihr die Aufmerksamkeit zukommt, die ihr gebührt. Alle reden von Kandinsky, Marc, Jawlensky. Ihr Name steht nicht im Almanach des Blauen Reiters. Angeblich aus Bescheidenheit. Finde ich nicht in Ordnung.«

»Anna«, lacht Ester, »was ist los mit dir? Wieso echauffierst du dich über eine Frau, die lange vor deiner Zeit gelebt hat? Die du gar nicht kennst?«

»Ich habe nicht das Gefühl, sie nicht zu kennen. Im Gegenteil. Ich fühle mich ihr sogar sehr nahe. Es hat mich immer betroffen gemacht, dass Kandinsky, nachdem er sie in Schweden besucht hatte, kurz darauf in Moskau geheiratet hat. Ich glaube, diesen Vertrauensbruch hat sie nie verwunden.« Ich lasse meinen Blick über den tief verschneiten Garten schweifen.

Ester hakt sich bei mir unter. »Anna. Ich kenne dich. Lange. Verdammt lange sogar. Was ist los?«

»Wieso fragst du mich das?«

Ester lacht. »Waren wir nicht übereingekommen, dass wir Fragen nicht mit Gegenfragen beantworten wollen?«

»Ernsthaft? Waren wir das?« Ich schließe kurz die Augen. Sammele mich. »Nichts ist los.«

»Anna. Bitte.«

»Christian und ich haben uns ausgesprochen.«

»War das denn nötig?«

»Ich denke schon. Ich hatte Fragen, die er mir alle beantwortet hat. Jetzt geht es mir wieder besser.«

»Und wieso ging es dir davor schlecht?«

Ich sehe sie von der Seite an. »Maxi ist tot. Ist das nicht Grund genug?«

»Klar.« Ester nickt. »Aber ich wäre nicht deine Freundin, wenn ich nicht wüsste, dass da noch mehr ist.«

Ich stöhne. »Ester. Lass mich bitte.«

»Anna. Komm schon. Irgendetwas bedrückt dich doch.«

Mein Gott, wie kann diese Frau nerven. Vor allem, wenn sie recht hat. »Ja, weißt du, Christians Reaktionen vorgestern ... als der Maxi tot im Pool lag ... die waren ... heftig?«

Ester nickt vor sich hin. »Genauer.«

Dass sie nie, ausnahmslos nie meine Komfortzone respektieren kann. Beziehungsweise meine Höhle, in der ich hocken will, wenn ich nicht über unangenehme Dinge reden möchte. »Christian ist ziemlich aus der Haut gefahren.«

Erstmals sieht Ester auf. »Etwa dir gegenüber?«

»Auch«, antworte ich zögernd. »Ein bisschen. Aber wie er den Kommissar angefahren hat ... So hab ich ihn noch nie erlebt.«

»Hat der Kommissar ihm denn einen Anlass gegeben?«

»Das ist es ja. Nicht wirklich. Der war sehr professionell. Aber da gibt es wohl uralte Animositäten zwischen den beiden. Die beiden kennen sich aus Schulzeiten und haben sich wohl noch nie besonders gut verstanden.«

»Also, du sagst mir, dass der Kommissar seinen Job gemacht hat und Christian ausfallend wurde? Und als Erklärung bietest du mir Kinderkabbeleien an? Erwachsene Menschen sollten wegen etwas, das fünfzehn, zwanzig Jahre her ist, niemanden mehr anpfeifen.«

»Das denke ich auch. Christian hat das gestern so erklärt, dass er megagestresst war wegen des Hotels. Und wegen Maxis Tod. Deshalb hat er die Beherrschung verloren.«

»In der Reihenfolge? Erst das Hotel, dann Maxi?«

Ich bleibe stehen. »Ester, was soll ich dazu sagen? So hat er es mir gegenüber dargestellt. Gestern konnte ich es nachvollziehen.«

»Wenn du mich fragst: nicht sehr souverän.«

»Aber menschlich. Er hat sich entschuldigt, und dann muss es auch irgendwann wieder gut sein.«

Ester nickt langsam. »Weiß die Polizei schon, was vorgefallen ist?«

»Den allerletzten Stand habe ich nicht. Aber sie vermuten, dass Christian Ziel der Aktion war.«

Ester sieht auf. »Wirklich? Aber das wirft dann schon einige Fragen auf.«

»Nämlich welche?«

»Zum Beispiel, wen Christian sich zum Feind gemacht hat.«

»Christian? Feinde? Spinnst du? Christian hat keine Feinde. Nur Freunde.«

Nachdenklich durchforscht sie mein Gesicht. »So? Das lass ich mal so stehen.« Ester dreht sich um, ihren Arm immer noch unter meinen geschoben. »Komm, gehen wir, sonst wird das nichts mehr mit unserem Bummel.«

Zehn Minuten später dreht sie sich zu mir um. »Ist es nicht hübsch hier?«

Obwohl ich mich nicht daran erinnern kann, wann mir weniger nach Weihnachtsmarkt zumute war als heute, muss ich ihr recht geben. Der kleine Platz in der Fußgängerzone namens Untermarkt zwischen Rathaus, Kirche und Weihnachtsbaum wird von einfachen Holzbuden gerahmt. Erste Besucher beugen sich über Holzspielzeug und kuschlig aussehende Lammfelle. Es riecht nach Glühwein und Bratwurst. Ich nehme die Schultern zurück. Es hat ja doch keinen Sinn. »Ester, es ist zwar viel zu früh, aber genau deswegen gebe ich einen aus.«

»Endlich mal ein wahres Wort.« Sie grinst. »Einen weißen, bitte.«

»Gebongt, Ester.« Ich drücke ihren Arm. »Das war eine gute Idee von dir, hierherzugehen.«

»Nicht wahr?« Sie strahlt mich an. »Aber eins muss ich noch loswerden. Zu dem, was du eben gesagt hast.« Sie wird ernst. »Christian? Nur Freunde? Ich bin der Meinung, so etwas gibt es nicht.«

Ich schließe kurz die Augen, klappe sie wieder auf und sehe mich um. Dass sie immer das letzte Wort haben muss. Aber das ist mir jetzt egal. Ich nicke ihr zu und drehe mich um. Welchen Stand soll ich nehmen?

Einige Buden scheinen von Gastro-Profis betrieben zu werden, aber offensichtlich sind die Vereine auch vertreten. »Heimat- und Trachtenverein«, steht über einem Stand, in dem bärtige Männer mit Filzhüten dunkelrote Tassen mit Glühwein befüllen. »Kunst und Kultur im Blauen Land«, verkündet eine Leuchtschrift über einem anderen. »Zwei weiße, bitte«, bestelle ich bei einem knorrigen Typen mit wirrem grau meliertem Haarschopf.

Er nickt und befüllt routiniert zwei graue Krügerl mit schnörkeligem Aufdruck. »Sechzehn Euro, bitte.«

Was für ein Vogel. Urig. Aber die Preise sind alles andere als gemütlich. Als ich ihn fragend ansehe, schiebt er hinterher: »Acht Euro sind Pfand. Ich hab aber nichts dagegen, wenn du den Krug mit heimnimmst. Warte.« Er fischt zwei Kabelbinder aus einer Plastiktüte, einen roten und einen blauen, windet jeweils einen um einen Henkel und schiebt sie mir über den Tresen. »Hier. Jetzt könnt ihr sie auseinanderhalten. Ich bin übrigens der Schorschi.« Er grinst mich an und entblößt eine Zahnlücke im Unterkiefer.

»Grüß dich. Ich bin die Anna.«

»Anna«, er strahlt mich an, »willkommen im Blauen Land.«

7

Andreas

Murnau, Montag, 5. Dezember 2022

»Ja, geh, der Andi. Schaust auch mal wieder eini.«

Kein »Servus«. Kein »Grüß Gott«. Aber der erste Satz schon ein Vorwurf. Am frühen Morgen. Montagmorgen, wohlgemerkt. Es war mir von Anfang an klar gewesen, dass es ein Fehler war, hier anzuhalten, um Brotzeit zu kaufen. Aber was soll ich machen? Es ist Wochenanfang, ich bin wieder in der Marktgemeinde, und mein Lieblingsbäcker hat geschlossen. Ruhetag. Am ersten Tag der Arbeitswoche. Heutzutage schämt sich wirklich niemand mehr, sondern verkauft es als Work-Life-Balance.

»Servus, Kathi.« Ich hänge mir ein Lächeln ins Gesicht. Von der lass ich mich nicht provozieren. »Zwei Kaassemmeln, bitt schön.«

Meine ehemalige Klassenkameradin Katharina, bereits zu Schulzeiten etwas, wie man in Bayern sagt, fester, Mitglied im Trachten- und Schützenverein und Ehrenvorsitzende des inoffiziellen Christian-Egger-Fanclubs, schaut mich äußerst sparsam an. »Mit oder ohne Kerndl?«

Meinen Gesichtsausdruck habe ich vorsichtshalber festgetackert. »Mit, bitt schön.«

Bist unter die Ökos gegangen?, sagt ihr Blick. »So? Kaffee?«

»Na, passt.«

Lustlos stopft sie zwei Körnerbrötchen mit Käse in eine Tüte und dreht sich zur Kasse. »Und? Was tust du da?«

Als ob ich ihr eine Auskunft schuldig wäre. Bloß dass in dem Moment der kleine Teufel auf meiner linken Schulter das Kommando übernimmt. »Ermittlungen.«

Wie vom Blitz getroffen lässt sie die Semmeltüte fallen und

hängt quer über der Vitrine. »Geh! Na! Beim Chrissi im Hotel? Gibt's denn schon was Neues?«

Ich muss spontan ein Husten spielen, inklusive Hand vor dem Mund. Was für eine Reaktion. Wie ein Dackel, der nach einem Würstel schnappt. Ich ringe mein Lachen zu Boden, schüttele den Kopf und nuschele etwas von »laufenden Ermittlungen«.

Sie reißt die Augen auf. »Wie jetzt? Weißt denn schon was? Darfst nix sagen, gell?«

Ich presse die Lippen zusammen und fahre mir mit Zeigefinger und Daumen über den Mund.

»Ah so. Topsecret! Verstehe. Und? Hast den Chrissi gesehen? Wie schaut er denn aus?« Ihr Blick spricht von Sehnsucht und Neugier. Wenn sie könnte, würde sie noch ein bisserl weiter über die Auslage robben.

Genau deswegen bin ich hier weg. Für den Bruchteil einer Sekunde trete ich zurück, sehe meine Klassenkameradin, wie sie ist: genauso drall wie vor fünfzehn Jahren und die gleiche Klatschtante. Keine einzige Frage, wie es mir denn gehe oder vielleicht ihrer alten Flamme Christian. Schierer Voyeurismus und Lust am Elend anderer. Ich komme zurück vor den Tresen und kann auf einmal strahlen wie ein Honigkuchenpferd. »Oh ja! Dem Chrissi geht's super. Und seiner Verlobten auch.«

Das holt meine Ex-Kameradin von der Vitrine runter, zurück auf den Boden der Tatsachen. Rumpelnd fällt sie auf ihre Füße. »So. Ich hab da auch was läuten hören. Ernsthaft, meinst du nicht, dass die bloß sein Gspusi ist? Die soll ja aus Norddeutschland sein. Aus Hamburg, hab ich gehört.« Sie strengt sich an, ihre Augen noch ein bisschen weiter aufzusperren.

Ich muss schon wieder lachen. Verstehe. Hamburg liegt in Afrika, und dann kann das ja nix werden. »Mei. Du hast schon recht, sie ist mehr der hanseatische Typ. Aber im Gespräch ist sie sehr kompetent. Und hübsch ist sie auch. Die Hochzeit ist schon nächsten Samstag.«

Kathi tippt sich an Stirn. »Hübsch findest du die? Und kompetent? Dann sag's ihr halt, du Feigling. Am besten heiratest sie gleich dazu, wenns du so auf sie abfährst. Ach nee«, sie patscht sich auf die rechte Wange, »mei, das macht ja schon der Chrissi.« Sie haut auf ihre Kasse ein. »Drei Euro. Aber passend!« Fast fällt mir die Ladentür noch ins Kreuz. Mit meiner Semmeltüte in der Hand schleiche ich Richtung Polizeiinspektion. *Dann sag's ihr halt, du Feigling.* Das nennt man kalt erwischt. Da ist die Kathi so ordinär, wie sie breit ist. Und doch so hellsichtig. Schau mich einer an. Mitte dreißig und immer noch solo unterwegs. Aber die Klappe riesengroß. Jedes Wochenende in den Bergen. Immer ein neuer Gipfel, eine neue Abfahrt, eine Hütte, in der ich noch nicht war. Während alle anderen sich verbandeln, Häuser bauen, Kinder in die Welt setzen. Aber ich bin immer noch allein. Nur, weil mir der Mut fehlt, einmal zu einer zu sagen, dass sie mir etwas bedeutet. Und was kommt dabei raus? Mein Lieblingsfeind hat eine Frau, wie ich sie mir immer gewünscht habe. Was bist du doch für ein Lapp, Andi Kienlechner!

»Servus.« Ich halte die Klinke der Tür zu dem Büro, das die Murnauer Kollegen uns überlassen haben, in der Hand. Zwei Schreibtische gegenüber plus zwei Stühle, ein Sideboard mit Drucker und Kaffeemaschine, zwei Fenster. Meine Kollegin Rosi Brandstätter lümmelt eher, als dass sie sitzt, auf ihrem Stuhl und scrollt durch ihr Handy.

»Servus, Chef.« Sie nimmt den Blick nicht von ihrem Display. Erst Kathi, dann das. Es reicht. »Chef.« Ich werfe meine Semmeltüte auf den Schreibtisch. »Was willst du mir damit sagen?«

»Wieso?« Sie wirft mir einen knappen Blick zu und widmet sich wieder ihrem Telefon. »Was ist daran falsch? Du bist doch mein Chef.«

»Korrekt. Aber wenn du so viel Wert auf eine förmliche Anrede legst, bin ich immer noch Kriminalhauptkommissar Kienlechner.«

Sie sieht von ihrem Display auf. »Du willst, dass ich dich mit Kriminalhauptkommissar anrede?«

Na also. Ich habe ihre Aufmerksamkeit. »Eben nicht. Also

lass bitte das eine. Und das andere auch. ›Andi‹ reicht. Wo stehen wir?«

Rosi schwenkt ihr Telefon durch die Luft. »Das Video? Von der Griesbräu-Versammlung? Du erinnerst dich?«

»Ja klar.«

»Ich hab gerade die Angaben der Trachtler überprüft. Beziehungsweise erst mal einen sauberen Anschiss kassiert.«

»So?«

»Ja.« Rosi lacht. »Von wegen Respekt vor der Obrigkeit. Was ich denn will. Und überhaupt. Das gehe mich gar nichts an. Erst als ich klargemacht habe, dass wir in einem Todesfall ermitteln, wurden die Herrschaften gesprächiger.«

»Und?«

Sie hebt nachlässig die Schultern. »Passt.«

Ich schalte meinen Rechner an. »Das habe ich vermutet. Aber gut, dass du es überprüft hast. Was noch?«

Rosi lässt ihr Handy sinken, steht auf und hockt sich auf meine Schreibtischkante. »Ich habe bei der Bank angefragt. Das Unternehmen Egger ist verschuldet.«

Ich bewege die Achseln. »Was bringt uns diese Information? Mich würde es eher wundern, wenn das nicht der Fall gewesen wäre. Christian hat massiv investiert. Im Zweifelsfall spart er mit den Zinsen einfach Steuern.« Ich tippe mein Passwort in die Tastatur.

»Wir suchen doch nach Hinweisen in seinem Umfeld, oder?«

»Klar.«

Rosi beugt sich zu ihrem Schreibtisch und fischt nach einem Zettel. »Dann schau dir das mal an. Nicht, dass er Schulden hat, ist interessant, sondern wie diese zustande gekommen sind.«

»Was ist das?«

»Ein Zeitungsausschnitt über den Umbau.«

Ich hebe die Augenbrauen. »Du kennst den Inhalt. Kannst du mir nicht einfach sagen, was drinsteht? Oder soll ich das jetzt noch mal lesen?«

Rosi steht auf und befestigt das Papier am Whiteboard. »Okay, dann erzähle ich es dir. Vor zehn Jahren hat Christian angefangen, das Landhotel seines Vaters auszubauen. Wie immer in solchen Fällen ist er mit seinen Plänen zur Gemeinde gegangen, es gab ein Genehmigungsverfahren, die Behörden haben ihr Okay gegeben. Er brauchte Geld, das bekam er von der Bank. Sicherheiten waren ja da. So weit, so normal.«

»Und? Weiter?«

»Christian hat sich nicht an die Baugenehmigung gehalten. Und zwar so richtig gar nicht. In dem Artikel steht drin, dass er zu hoch gebaut hat. Nicht nur ein paar Zentimeter. Im Landratsamt ist ein anonymer Hinweis eingegangen ...«

»Nicht dein Ernst.«

»Ein besorgter Bürger. Laut Artikel ging es ihm um die Sicherheit auf der Baustelle.«

»Aha.«

»Was meinst du, wie die Finanzämter von Steuerhinterziehungen erfahren? Das sind die gleichen Denunzianten.« Rosi zuckt mit den Schultern. »Wie auch immer. Die Baustelle ist kontrolliert worden, die Arbeiten wurden eingestellt. Und zwar, halt dich fest, nicht nur einmal, sondern zweimal. Für jeweils drei Monate hat die Baustelle geruht. In der allerbesten Jahreszeit. Es kam, wie es kommen musste.«

»Nämlich?«

»Christian konnte die Termine mit den Baufirmen nicht einhalten, die sind abgerückt, um woanders zu arbeiten, mussten wiederkommen, um weitermachen zu können. Immer ein Megaaufwand. Das machen solche Unternehmen nicht umsonst. Und da musste Christian nachschießen. Und zwar massiv.«

»Und was bringt uns das?«

»Ich suche nach Ungereimtheiten, nach Widersprüchen, an denen wir ansetzen können.«

Wie soll ich es erklären? Ich reibe mir die Augen. »Okay. Wie du gemerkt hast, bin ich kein Mitglied im Christian-Egger-Fanclub. Das, was du da beschreibst, ist der Christian, wie ich ihn kenne: Er meint, dass für ihn keine Regeln gelten. Finde ich persönlich sehr unangenehm. Ein Unsympath zu sein ist aber kein Straftatbestand. Ich sehe immer noch nicht, wie uns das weiterbringt.«

»Also ich finde, das liegt auf der Hand. Nach außen vermarktet sich Christian Egger als erfolgreicher Werdenfelser Hotelier. Aber nach innen hat er Probleme. Ich hab mal mit dem Bauamt gesprochen. Denen stellen sich die Fußnägel auf, wenn sein Name fällt.«

Jetzt wird es interessant. »Hat er sich mit denen gestritten?«

»Und wie! Es hat wohl so was von gekracht. Er muss unangekündigt in der Gemeinde aufgetaucht sein und rumgebrüllt haben. Hat mir die Sekretärin erzählt. Ihr Chef hat ihn wohl wortlos vor die Tür gesetzt, ihm einen staubtrockenen Brief geschrieben und ihm mit Abbruch gedroht.«

Jetzt kann ich mir ein Grinsen nicht verkneifen. »Und wie hat er es geschafft, dass er weitermachen durfte?«

»Was blieb ihm übrig? Er ist zu Kreuze gekrochen. Hat einen Teil selber wieder rückgebaut und einen anderen Teil mit einer Tektur genehmigen lassen. Dann durfte er weitermachen.« Sie hockt sich wieder auf meinen Schreibtisch und schlägt die Beine übereinander. »Aber wenn du mich fragst, hat der ordentlich Federn dabei gelassen.«

Ihr Ansatz gefällt mir. »Und du meinst, weil das Image, das er verkauft, nicht mit der Realität übereinstimmt ...«

Sie springt vom Schreibtisch. »Genau! Da liegt der Hund begraben. Bei Christian Egger ist nicht drin, was draufsteht. Wir sollten hier weitergraben.« Sie greift nach ihrer Tasse. »Die Kollegen zwei Häuserl weiter haben eine super Kaffeemaschine. Ich hol mir einen. Willst du auch was? Cappuccino? Latte?«

»Nein, danke.«

Rosi reißt die Tür auf. »Weißt du, was auch sein kann?«

»Nein.«

Sie steht schon halb auf dem Flur. »Diese Lechner, diese Auszubildende, hat doch etwas von Restrukturierung erzählt. Das ist –«

»Das nette Wort für ›Entlassung‹, ich weiß. Du wolltest da nachhaken.«

»Stimmt. Vielleicht hat Egger jemandem mit Kündigung gedroht, und der rächt sich nun? Überprüfe ich.« Krachend fällt die Tür ins Schloss.

Ich betrachte die Wand, den Rahmen, das Blatt. Weiß. Leer. Und doch ... Ich stehe auf und gehe näher ran. Da eine Schramme. Und hier eine Macke. Wie alles, wenn man etwas genauer hinschaut. »Soso, Christian Egger, hast du auch ein paar Kratzer im Lack?«

Gedankenverloren trete ich ans Fenster. Nichtssagende Aussicht. So etwas Ähnliches wie ein Hof, eher eine Fläche zwischen den Gebäuden, Mülltonnen, ein paar Haufen schmutziger Schnee. Nichts, was den Blick festhält oder die Gedanken daran hindert, auf Wanderschaft zu gehen.

Was, wenn Rosi recht hat mit ihrer Theorie? Dass Christian finanziell unter Druck steht? Sosehr mir das persönlich auch gefallen würde, aber finanzielle Herausforderungen sind das tägliche Brot eines jeden Unternehmers. Was daran könnte uns in dem Fall weiterbringen?

Ich kratze mich am Ohr. Was mache ich hier eigentlich? Christian steht nicht im Fokus unserer Ermittlungen. Aber er war Ziel des Anschlags und könnte uns zum Täter führen. Wo in seinem scheinbar so perfekten Leben ist der Konflikt begraben, der uns der Wahrheit näherbringt? Dass er auf Gedeih und Verderb darauf angewiesen ist, dass der Laden läuft? Seinem Verhalten nach zu urteilen schon. Dass er auf gar keinen Fall einen Skandal riskieren will? Bestimmt. Dass mehr, viel mehr dahintersteckt? Keine Ahnung! Aber dass da noch mehr ist, könnte erklären, weshalb er so dünnhäutig auf den Tod seines Freundes und die kurzzeitige Schließung seines Hotels reagiert.

Ich reibe mir über die Augen. Ein Gesicht, freundlich, warm, umrahmt von aschblondem Haar, steigt vor mir auf. Anna. Ich schließe die Augen. Es kann doch jetzt nicht sein, dass ich an sie denke. Und doch ...

Was mir in dem ganzen Szenario unerklärlich bleibt, ist diese Frau. Beziehungsweise Christian und sie. Was tut ein Mensch wie sie in Christian Eggers Leben? Ich kenne ihn seit ewigen

Zeiten, ich kenne seinen Geschmack. Hübsch muss sie sein, am besten noch hübscher. Alles andere ist egal. Oder war es in der Vergangenheit.

Muss ich etwa die Möglichkeit in Betracht ziehen, dass Christian von Annas Charakter, ihrer Warmherzigkeit und Integrität angezogen wird? Ich schließe die Augen und schüttele den Kopf. Quatsch, auch eine Anna macht aus einem Saulus keinen Paulus. Das ist nicht der Grund.

Will er sich mit ihr schmücken? Ja, sie ist gut aussehend, das sieht ein Blinder mit dem Krückstock, das kann ich offen zugeben und es mir anschließend von meiner Schulkameradin um die Ohren hauen lassen. Ich stöhne ungeniert. Schließlich bin ich allein. Mir gefällt sie, aber sein Stil ist sie überhaupt nicht. Punkt. Nicht so offensichtlich *glossy* wie all die anderen vor ihr. Keine *trophy wife*. Was genau will er dann von ihr?

Wenn es weder ihr Charakter noch ihr Aussehen ist, was ist es dann? Ich ziehe meine Stirn in Falten. Geld? Wer so hart arbeitet wie sie, hat nicht geerbt. Bleibt nur der Beruf. Anna ist Hoteldirektorin. Und zwar eine gestandene, mit Erfahrung auf internationalem Parkett. Braucht er so eine Kompetenz in seinem Hotel? Soll sie eine Aufgabe erfüllen? Ist ihr das klar? Hat er sie verplant? Braucht er sie womöglich? Dringend?

Für sie wäre es, man kann es drehen und wenden, wie man will, ein Abstieg. Die Marktgemeinde ist kein Luxusliner, die Region zwar schön, aber immer noch Provinz. Sie arbeitet an den besten Adressen, die diese Welt zu bieten hat. Hatte sie nicht zuletzt eine Direktion in einem Fünf-Sterne-Haus in der Schweiz?

»Pfft.«

Ich atme scharf aus. Wenn das, was ich gerade denke, korrekt ist, wenn Christian eine Frau heiratet, die er unbedingt benötigt, um seine hochfliegenden Pläne zu retten, obwohl sie nicht sein Typ ist, dann steht ihm das Wasser nicht nur bis zum Hals. Dann steht es bis Oberkante Unterlippe.

8

Anna und Christian

Murnau, Dienstag, 6. Dezember 2022

»Vor dem Hotel. 19:00. Ich freue mich auf dich. C.« Das war die Nachricht, die mich vor zwei Stunden erreichte, nachdem ich einmal mehr meinen Tag ohne Christian verbracht hatte. Ich schließe den Reißverschluss meines Anoraks. Freue ich mich auf ihn? Nicht wirklich. Ich nicke Sergio, der eine Girlande aus Tannenzweigen mit bunten Kabelbindern am Treppengeländer befestigt, im Vorbeigehen einen Gruß zu und durchquere die Eingangshalle. Was soll das? Sieht so mein Leben als zukünftige Ehefrau aus? Zweimal in der Woche von meinem Mann zu einem Date beordert zu werden? Und das war es dann gewesen?

Wenn ich es zusammenzähle, habe ich Christian in den letzten beiden Tagen vielleicht eine Stunde lang gesehen. Aufgeteilt in Fünf-Minuten-Brocken. Nie allein. Geschweige denn hinter verschlossenen Türen. Und schon gar nicht nachts in meinem Bett.

Heute Morgen hatte mich Ester zum Friseur begleitet. Ein Termin, den ich bereits vor Wochen ausgemacht hatte. In meiner Phantasie hatte ich nämlich eine Brautfrisur. Weiche Hollywoodwellen oder einen eleganten Chignon. Oder doch lieber lang und glatt? Monatelang hatte ich mich durch die Foto-Apps im Internet gescrollt, keine Entscheidung treffen können und eine Auswahl an den Murnauer Friseur geschickt. Mit dem Ergebnis, dass es mir heute Morgen total egal gewesen war. Das Gespräch mit dem jungen Mann war entsprechend surreal verlaufen. Ich beantwortete all seine Fragen mit »Machen Sie einfach, was Sie wollen« und stürzte einen Sekt nach dem anderen herunter. Den frühen Abend hatte ich allein in meiner Suite verbracht.

Und jetzt das. Was auch immer Christian vorhat, mir ist nicht danach. Als die Türen auffahren und mich kalte Luft umflutet, steht Christian mit ausgebreiteten Armen vor mir.

»Ta-da!« Er strahlt über das ganze Gesicht. Neben ihm in der Hoteleinfahrt steht ein kompakter kleiner Schlitten, dick mit Fellen ausgeschlagen, den Braunen vorne eingespannt. Als das Tier mich erblickt, hebt es den Kopf und wiehert leise.

An Christian vorbei gehe ich auf den Wallach zu und streiche ihm über die Nüstern. »Hallo, mein Hübscher. Das ist aber schön, dass du mich besuchst.« *Mein Gott, jetzt tu nicht so, als ob er nicht da ist!* Schnell drehe ich mich um und gebe meinem Zukünftigen einen flüchtigen Kuss. »Schon wieder das Pferd? Was hast du vor?«

Als ob er mich verstanden hätte, senkt der Wallach den Kopf und gibt mir einen kleinen Stüber in die Schulter.

Christian grinst. »Siehst du? Eifersüchtig. Kann ich gut verstehen.« Er schlingt seine Arme um mich, hebt mich hoch und wirbelt mich durch die Luft.

Ohne dass ich es verhindern kann, macht mein Herz einen Satz. Ein Lächeln steigt in mir empor, ich schließe die Augen und gebe mich der Bewegung hin. *Wenn er will, kann er umwerfend sein.* »Christian! Lass mich runter. Mir wird schwindelig.«

»Das hör ich gerne.« Er gibt mir einen Kuss.

Ich verdrehe die Augen. *Der Mann ist der Wahnsinn. Aber so einfach kriegt er mich nicht.* Bevor ich mich erneut küssen lasse, schiebe ich ihn mit beiden Händen von mir weg. »Nun sag schon. Wozu schon wieder das Pferd? Was hast du vor?«

»Okay? Ganz wie du möchtest, Hasi.« Er deutet einen kleinen Diener an. »Nachdem wir es neulich sportlich angegangen sind und ich die letzten Tage wieder wenig ...«

»... bis gar keine ...« Ich versetze ihm einen Knuff.

»... richtig, gar keine Zeit für dich hatte, hab ich mir gedacht, ich überrasche dich mit einem Candle-Light-Dinner. Nur wir zwei, im Kaminzimmer. Keine anderen Gäste, keine Störung, nur du und ich. Aber weil der Küchenchef noch nicht ganz fertig ist, drehen wir vorher noch eine Runde mit dem Schlitten. Was sagst du?« Er strahlt mich an.

»Christian, das ist wahnsinnig süß von dir.« In dem Moment, in dem ich es sage, meine ich das auch. Er hat die Fähigkeit, mit immer neuen Überraschungen Freude in unser Leben zu bringen. Ich beuge mich zu ihm und gebe ihm einen Kuss auf die Wange.

Der Wallach wiehert leise und stampft mit den Hufen.

»Siehst du, nicht nur eifersüchtig, sondern auch noch stur. Er glaubt, du gehörst nur ihm.« Christian klopft dem Pferd auf den Hals, hilft mir in die Kutsche, setzt sich neben mich und zieht eine große Flasche mit goldenem Etikett unter dem Sitz hervor. »Komm, wir stoßen erst mal an.«

»Champagner?«

Zu der Flasche gesellen sich zwei Gläser. Dazu dieses jungenhafte Lächeln, das ihm so viele Sympathien einbringt. Auch immer wieder meine.

»Wenn das kein Abend für Champagner ist, dann weiß ich es auch nicht mehr.« Routiniert lässt er den Korken ploppen, gießt ein und stößt mit mir an. »Auf die Frau, mit der ich den Rest meines Lebens verbringen werde.«

Urplötzlich glühen meine Wangen feuerrot, und ich habe das Bedürfnis, dem Champagner in meinem Glas beim Perlen zuzusehen. Mir fällt nichts Besseres dazu ein, als »Wollen wir?« zu sagen.

»Darling. Alles, was du willst.« Christian greift nach den Zügeln und schnalzt mit der Zunge.

In gemächlichem Tempo gleiten wir die Hoteleinfahrt hinunter und biegen in die kleine verschneite Straße Richtung Wald ein. Der Wallach fällt in einen gleichmäßigen Trab. Schnee stiebt auf, und Glöckchen an seinem Zaumzeug klingeln leise bei jedem Schritt. Über mir funkeln die Sterne. Ich kann sogar die Milchstraße sehen. Frische, kalte Winterluft weht mir um die Nase. Und mit ihr löst sich mein Trübsinn in Wohlgefallen auf. In Momenten wie diesen kann ich über mich nur den Kopf schütteln. Das Leben kann so leicht sein. Und schön. Schön mit Christian. Ich hake mich bei ihm unter und schaue dabei zu, wie die Schneehauben auf den Bäumen im Licht der Laternen glitzern. Die bohrende Stimme in meinem Kopf ignoriere ich. »Was für ein Abend. Danke dir.«

»Nur für dich, Darling. Und das ist ja noch nicht alles. Der Küchenchef serviert uns seine allerneuesten Kreationen. Vielleicht sind wir auch ein ganz kleines bisserl seine Versuchskaninchen. Aber ich bin trotzdem gespannt. Du auch?«

»Natürlich. Es ist toll, dass du jemanden auf dem Posten hast, der sich solche Mühe gibt.« Ich kuschele mich an ihn. »Wo fahren wir hin?«

Christian lässt den Wallach in den Schritt fallen. Wir biegen von der Straße in einen Waldweg ab. »Schau, da drüben hat mein Vater seinen Hochsitz.«

»Aber den willst du mir jetzt nicht bei Dunkelheit zeigen, oder?« Ich recke den Hals. »Brennt dahinten ein Feuer?«

Der Schlitten schwankt, als wir über eine dicke Wurzel gleiten. Plötzlich öffnet sich eine kleine Lichtung. Zwischen verschneiten Tannen taucht eine kleine Hütte auf, kaum als solche zu erkennen unter einer dicken Schneehaube. Vor dem Eingang steht eine Feuerschale, aus der Flammen in den Winterhimmel schlagen. Christian bringt den Schlitten zum Stehen.

»Komm, steig aus«, er reicht mir die Hand, »und nimm dein Glas mit.«

Innerlich ziehe ich den Hut. Die Location ist an Romantik kaum zu überbieten. Eine knorrige Hütte, blütenweißer Schnee, lodernde Flammen und über uns ein Sternenmeer. Mehr geht nicht. Ich trinke aus und reiche ihm mein Glas. »Ich bin beeindruckt. Wie hast du bei all dem Stress das denn hingekriegt?«

»Darling, für dich ist mir nichts zu viel.« Er gießt nach und stößt mit mir an.

Ein schöner Mann, Champagner, ein zauberhafter Ort. Ich nippe, lege den Kopf ins Genick und sehe gerade noch, wie eine Sternschnuppe über uns verglüht. Habe ich mir etwas gewünscht? Nein, Champagner hin oder her, ich bin vollkommen nüchtern. Alles, was ich möchte, ist Klarheit. Und die nagt an mir. »Hast du noch einmal nachgedacht?«

Er nimmt mir das leere Glas aus der Hand und wirft mir einen Blick zu. »Worüber?«

Ich fasse mir ein Herz. »Was der Grund dafür sein könnte, weshalb jemand den Pool unter Strom gesetzt hat?«

»Wir müssen langsam zurück, sonst geht noch was kaputt in der Küche, und mein Koch wird sauer.« Er fasst nach meiner Hand, geleitet mich zurück zum Schlitten und nimmt neben mir Platz. Dann greift er nach den Zügeln und schnalzt mit der Zunge.

Gehorsam setzt der Wallach sich wieder in Bewegung. Ohne den Blick von dem Pferd vor uns zu wenden, schüttelt er den Kopf. »Um deine Frage zu beantworten: Nein.«

Wir biegen wieder auf die kleine Straße ein. Langsam kenne ich die Gegend. »Nein?«, wiederhole ich. Ich habe ja mit allem gerechnet, aber nicht damit, dass er meine Frage einfach vom Tisch wischt. »Warum nicht?«

Noch ein kurzer Blick. »Was meinst du, Hasi? Ich verstehe die Frage nicht.«

Und ich verstehe nicht, wie jemand die Frage nicht versteht. Aber gut, vielleicht drücke ich mich unverständlich aus. Ich mache einen neuen Anlauf. »Beschäftigt es dich nicht, dass jemand dir Schaden zufügen wollte?«

Der bereits bekannte Blick. »Schaden? Darling, du übertreibst. Das war maximal ein Scherz. Ein schlechter, okay, aber auch nicht mehr. Lass mich raten.« Wieder ein Blick. »Du fragst dich, wer das gewesen sein könnte? Richtig?«

Dann versteht er mich doch! »Genau!«

Christian lässt die Zügel über die Kuppe des Wallachs tanzen. »Das liegt doch auf der Hand.«

»Nämlich?«

Er hebt nachlässig die Schultern. »Wer auf so etwas kommt, kann nur ein fehlgeleiteter Mensch gewesen sein. Und mit so etwas gebe ich mich nicht ab. Das ist nicht mein Niveau.«

»Okay?« Ein interessanter, wenn auch irritierender Ansatz. Ich hingegen würde mich sofort fragen, was ich getan habe, dass jemand mir schaden will. »Und du meinst nicht, dass dir jemand etwas übel genommen haben könnte? Wofür er sich jetzt rächen will?«

»Was sollte mir jemand übel nehmen?«

In mir rumort es. So weit hergeholt ist es nun auch nicht, was ich ihn frage. Oder will er mich nicht verstehen? »Das weiß ich nicht. Deshalb frage ich dich ja.«

»Anna. Ernsthaft, hör auf damit. Du kennst mich doch. Da gibt es nichts.«

Ich spüre deutlich, dass ich ein wenig ungeduldig werde. Ich drücke mich doch sehr verständlich aus. Oder etwa nicht? »Und Neid?«

»Auf was?«

»Christian! Das ist doch offensichtlich. Auf das Hotel? Auf deinen Erfolg? Vielleicht auch auf uns?«

Er lacht spöttisch. »Jetzt spinnst du aber.«

Ich stelle meinem Verlobten eine meiner Meinung nach berechtigte Frage und werde ausgelacht? »Wieso spinne ich? Glaubst du nicht, dass unser Leben anderen Leuten, denen es nicht so gut geht, sauer aufstößt?« Vor uns taucht wieder die Hoteleinfahrt auf.

»Ah, papperlapapp.«

Etwas sticht in meinem Herzen. Und überhaupt: Papperlapapp? Ist das alles, was ihm dazu einfällt? Nimmt er mich überhaupt ernst? »Meinst du nicht, dass jemand, der von außen auf dein Leben, auf unser Leben schaut, negative –«

Wir halten vor dem Hotel. »Darling, komm, lass uns einfach den Abend genießen.« Er steigt aus und reicht mir die Hand.

Ich zögere, wäge ab, gebe nach, lächele ihn an und ergreife seine Rechte. »Du hast recht. Ich freue mich auf unser Abendessen.«

Eine halbe Stunde später sieht Christian mich über sein Glas hinweg an. »Und? Was sagst du?«

Ich lehne mich zurück, lasse meine Flöte gegen die seine klingen. Wir haben einfach weitergemacht mit dem Champagner. Der mir langsam etwas zu Kopf steigt. Ich wende meinen Blick von den Flammen im Kamin ab. »Hervorragend. Was für eine tolle Idee, ein Petersilienwurzelsüppchen mit mariniertem Krebsfleisch zu verbinden. Das musst du auf die Karte setzen.« Ein Leuchten zieht über sein Gesicht. »Nicht wahr? Der Küchenchef hat noch viel verrücktere Einfälle. Aber ich hab ihm gesagt, das muss warten, bis ...«

Ich sehe ihn an. Warte darauf, dass er seinen Satz beendet. Doch es kommt nichts. Ich runzele die Stirn. »Bis was passiert?« Christian weicht meinem Blick aus. »Ach, nichts.« Unwillkürlich rücken meine Augenbrauen auf meiner Stirn zusammen. Seit wann antwortet mein Verlobter nicht auf meine Fragen? »Bis das neue Resort fertig ist?«

»Darüber möchte ich jetzt wirklich nicht sprechen. Danke schön«, sagt er, als die Bedienung den Teller abräumt, »der nächste Gang kann jetzt kommen.«

Das ist das zweite Mal heute Abend, dass er ein Gespräch abbricht. Weil er entscheidet, ob er auf meine Fragen antworten will oder eben nicht. Etwas steigt in mir empor, das nicht aus Glücksbläschen besteht, sondern saurer Galle. »Christian, ich habe dich in den letzten Tagen in Ruhe gelassen, weil ich weiß, unter welchem Druck du stehst. Wer, wenn nicht ich, kann einschätzen, wie viele Probleme du im Hotel lösen musstest.«

»Danke, Darling. Es ist gut zu wissen, dass du an meiner Seite bist. Vor allem, weil ich Großes vorhabe.«

Irritiert lasse ich mein Glas sinken. Wovon redet er? Ich an seiner Seite? Er hat Großes vor? Darum geht es mir doch gar nicht. Hört er mir überhaupt zu? »Der Stress der letzten Tage kann aber keine Entschuldigung dafür sein, dass du mit mir über einige Dinge nicht reden willst. Erst Maxis Tod und dann die Ermittlungen hier im Haus. Was weißt du darüber, und warum weiß ich das nicht? Und dann das Resort. Medical Spa! Ich finde, ich habe ein Recht darauf, zu erfahren –«

Christians flache Hand knallt auf den leeren Platz, an dem eben noch sein Teller stand.

Ich zucke zusammen, als hätte ich in eine Steckdose gefasst. Und genauso weh tut es auch.

»Jetzt ist aber bald mal gut«, schnauzt er mich an.

»Chris…ti…an«, stottere ich, unfähig, mehr als seinen Namen herauszubringen. Was habe ich getan, eine solche Reaktion in ihm hervorzurufen?

Er funkelt mich an. »Ist es dir nicht möglich, mir nach einem harten Arbeitstag ein Dinner in Ruhe und Frieden zu gönnen? Kann ich hier nicht einfach in diesem schönen Raum sitzen und mein Abendessen genießen?«

Ein Teller wird vor mir abgesetzt. Ich erkenne Nudeln, eindeutig handgemacht. Es duftet nach Salbei. Köstlich. Nur mir krampft es gerade den Magen zusammen. Dieses Essen ist nicht für mich. Nicht in der Gesellschaft dieses Mannes. Das weiß ich genau. Hoch konzentriert, um mit meiner zitternden Hand nichts umzuwerfen, nehme ich meine Serviette vom Schoß und lege sie vorsichtig neben meinem Teller auf den Tisch. »Selbstverständlich kannst du das«, sage ich. »Ich wünsche dir einen schönen Abend.« Ich stehe auf, drehe mich um und gehe.

Nach all den Tagen, in denen ich allein durch diese Flure gegangen bin, finde ich blind den Weg zu meiner Suite. Tränen laufen mir über das Gesicht, meine Finger zittern, als die Tür hinter mir ins Schloss fällt. Die Schlüsselkarte gleitet zu Boden, ich schaffe es noch, die Schuhe von den Füßen zu streifen, Richtung Bett zu taumeln, mich fallen zu lassen, hinab in ein dunkles Meer.

9

Anna und Ester

Lenggries, Mittwoch, 7. Dezember 2022

»Hoppala.«

Der Sechsersessel, mit dem wir gerade einen riesigen Stahlmast passieren, macht einen kleinen Satz, sackt ein wenig durch und schnurrt anschließend gleichmäßig zwischen verschneiten Tannen Richtung Gipfel. Ester sitzt neben mir, stylish verpackt in einen weißen Skioverall, der jedem Bondgirl zur Ehre gereicht hätte. Ihr Kopf ist komplett unter einem mattschwarzen Helm und einer orangefarbenen Schneebrille verborgen. Ich selbst habe mich für eine türkisfarbene Kombi entschieden, ebenfalls inklusive Helm und verspiegelter Brille. Über die ich froh bin, denn Ester hätte bestimmt meine verquollenen Augen entdeckt. Obwohl ich heute Morgen über eine halbe Stunde lang eine Lage Concealer nach der anderen aufgetragen hatte.

Es ist schneidend kalt. Ich umfasse die Schlaufen meiner Skistöcke etwas fester. »Wie bist du denn auf die Idee gekommen, ausgerechnet in Lenggries zum Skifahren zu gehen? Garmisch hätte es doch auch getan.«

Ester verzieht ihre mit Frostschutz bemalten Lippen zu einem Lächeln. »Weil's schön sein soll. Und familiär. Und weil die Hütten super sind. Sagen zumindest die einschlägigen Bewertungsportale.«

Erstmals an diesem Tag ist mir zum Lachen zumute. »Verstehe. Nicht wegen der Pisten, sondern wegen des Après-Ski sind wir also hergekommen. Pass auf, wir sind gleich da.« Ich hebe den Sicherheitsbügel an, rutsche auf meinem Sitz nach vorn und drücke mich ab, als der Lift hinter mir um die Kurve fährt. Mit Schwung steche ich meine Stöcke in den Schnee und verlasse den Ausstiegsbereich. Nach wenigen Metern kante ich an, stoppe und drehe mich um. »Schön hier.«

Über uns spannt sich der Himmel in einem Blau, wie man ihn nur im Winter und nur im Hochgebirge findet. Gleißend scheint die Sonne auf uns herab. Knapp an der Baumgrenze lehnen sich ein paar knorrige Tannen an den Fels, niedergedrückt von riesigen Schneehauben. Verschneite Gipfel umkreisen uns. Wie es aussieht, sind wir am tiefsten Punkt einer Schüssel.

»Okay. Das muss dieses Hochtal sein.« Ester zieht einen Pistenplan aus der Tasche. »Schau, hier stehen wir gerade. Da und da gehen Lifte noch weiter rauf. Die Stanzi von der Rezeption hat mir von einem sogenannten Idealhang vorgeschwärmt. Um dahin zu kommen, müssen wir den Lift da drüben nehmen.«

Ich fädele mit meinen Fäustlingen in die Schlaufen meiner Stecken ein. »Na dann. Auf was wartest du? Los, Ester, ich will deinen Stockeinsatz sehen!« Ich skate in die Kurve und gebe Gas. »Wer als Letzte da ist, gibt einen aus!«

Zwei Stunden später treten wir blinzelnd aus dem Dunkel der Hütte ins helle Sonnenlicht. Mein Tablett in den Händen recke ich mein Kinn. »Schau, da an der Wand, da wird gerade ein Platz frei.«

Ester rutscht neben mir auf die Bank. Sie lacht mich an. »Sieh nur. Was für eine Aussicht. So hab ich's gern.« Sie sieht mich forschend an. »Komm, lass uns anstoßen. Prooost!«

Ich gebe mir redlich Mühe, ihr strahlendes Lächeln zu erwidern, stoße mit meinem Glühweinbecher an den ihren. »Prost.«

»Ach komm, sei kein Frosch. Ein kleiner Glühwein darf schon sein.« Ihre Augen wandern über mein Gesicht. »Wie geht es dir heute?«

Hoffentlich hält der Concealer, was er verspricht. Vorsichtshalber weiche ich ihrem Blick aus. »Gut. Stell dir vor, Christian hat mir heute Morgen Blumen geschickt. Und eine ganz süße Karte.«

Ester schiebt ihre Gabel in einen riesigen Haufen gelb glänzender Kässpatzen, der sich auf ihrem Teller türmt. »Wie nett.«

Ich nicke enthusiastisch. »Ja, das finde ich auch. Weißt du, Ester, ich muss aufhören damit.« Vorsichtig puste ich in meine Suppe.

»Womit?«

Langsam schiebe ich den Löffel in den Mund. Nicht ganz das Petersilienwurzelsüppchen von gestern Abend. Aber dafür stressfreier. »Mit dieser Fragerei und Bohrerei. Christian ist mein Mann. Noch nicht, aber bald. Ich muss lernen, ihm zu vertrauen.«

Ester kaut versonnen auf ihren speckigen Nudeln. »Du weißt, wie sich das anhört. Das ist übrigens sehr, sehr gut.« Sie belädt ihre Gabel erneut mit Fett und Kohlenhydraten.

»Was denn?« Ich bearbeite meinen Teller, als ob mein Leben davon abhinge.

»Lernen, ihm zu vertrauen.« Ester rollt die Augen. »Das heißt für mich, dass du ihm aktuell nicht vertraust. Warum auch immer. Liege ich da richtig?«

Ich zucke die Schultern, voll konzentriert auf meinen Löffel und meine Suppe. »Ester, du kennst meine Eltern. Ich bin jetzt nicht in einer Umgebung aufgewachsen, die für vertrauensbildende Maßnahmen bekannt ist.«

»Du meinst, weil dein Vater das Vermögen deiner Mutter verspielt, sie mit ihm gebrochen hat, die beiden aber immer noch verheiratet sind, nur seit Jahrzehnten nicht mehr miteinander sprechen?«

Ich verschlucke mich und ringe mühsam nach Luft. Es war mir nicht klar, wie offensichtlich das für Außenstehende ist. »Genau«, huste ich.

Meine Freundin klopft mir auf den Rücken. »Kann ich nachvollziehen. Aber, Anna, das kann im Umkehrschluss auch nicht heißen, dass du jedem blind vertrauen musst.«

»Was heißt hier ›jedem blind vertrauen‹? Wir reden von Christian. Meinem Verlobten. Und zukünftigen Ehemann.«

»Anna, die Blumen kann auch der Concierge bestellt haben. Zumindest hat er sie dir gebracht. Das weißt du, das weiß ich.«

Schon wieder so ein Stechen in meinem Herzen. Das mir die

Tränen in die Augen treibt. Wieso machen das neuerdings alle mit mir? Ich lege den Löffel betont langsam auf den Tisch. »Was hast du gegen Christian? Wieso machst du ihn mir dauernd madig?«

»Das tu ich doch gar nicht.« Ester spielt mit ihren Kässpatzen. »Ich hab übrigens ein paar Erkundigungen eingeholt.«

»Na toll.« Ich merke, wie ich rot anlaufe. Und das liegt nicht an der Temperatur meiner Suppe. »Das wird ja immer besser. Meine Trauzeugin geht hinter meinem Rücken gegen meinen Verlobten vor. Großartig.«

»Ich ignoriere deine Bemerkung jetzt mal.« Ester rückt näher an mich heran. »Ich habe mich bei meinen Kollegen in der Bank umgehört. Und die haben ihre Fühler Richtung Murnau ausgestreckt. Es ist so, wie ich vermutet habe: Christian war mit diesem Moderator und zwei Investoren aus Österreich bei seiner Hausbank und hat ein Projekt vorgestellt.«

Wie beiläufig nehme ich den Löffel wieder in die Hand. »Das Medical Spa. Weiß ich schon.«

»Arbeitstitel ›Blaues Land‹.«

»Was soll das denn heißen?«

»Ich finde den Namen ja auch eher mystisch. Aber Christian will damit wohl eine Verbindung herstellen zu den kulturellen Wurzeln Murnaus.«

»Zum Blauen Reiter?« Ich verziehe skeptisch den Mund. »Na ja, nicht alles, was hinkt, ist ein Vergleich. Aber ja, von dem Medical Spa weiß ich.«

»Und was genau? Dass es sich um ein Hundertfünfzig-Millionen-Projekt handelt?«

Wieder muss ich mein Besteck ablegen. »Nein.«

»Geplant sind gerade einmal fünfundfünfzig Zimmer.«

»Fünfundfünfzig Zimmer?« Aus alter Gewohnheit stellt mein Gehirn Zahlenreihen zusammen, rechnet, überschlägt. Ich runzele die Stirn. »Hast du das mal kalkuliert? Was um Himmels willen soll denn eine Woche kosten?«

»Das geht bei siebentausend Euro los. Eine, Zitat, ›neue Welt des Luxus‹.«

»Bei der Investitionssumme hört sich das realistisch an.« Ich kann nicht anders, als sie betroffen anzusehen. »Aber siebentausend Euro? Meinst du, dass das marktfähig ist?«

»Das ist die Frage. Denn das ist noch nicht mal die Suite.«

»Funktioniert das denn überhaupt in Murnau? So schön, wie – sprechen wir es aus – dieses Dorf auch ist ...«

»Markt, Anna, kein Dorf. Seit dreizehnhundertfünfzig.«

»Meinetwegen Markt. Ich sehe trotzdem nicht die Klientel, die so ein Luxusprojekt in jedem Falle bräuchte, um rentabel zu sein. Am ersten Abend, als du noch nicht da warst, hat ein Tourismusmensch vom Landkreis gesagt, dass es Medical Spas auf Sylt gibt und am Tegernsee. Da kann ich mir das vorstellen. Aber doch nicht in Murnau.«

»Genau da haben die Banker wohl auch nachgehakt. Ich habe keine Ahnung, ob und wie die Entscheidung gefallen ist. Aber meiner Meinung nach ist es sehr fraglich, ob die Bank da mitgehen wird.« Ester legt ihre Hand auf meinen Arm. »Und da ist noch was.«

»Ja«, sage ich. Plötzlich fühle ich mich wieder schwer und unendlich müde. Das ist einfach alles *too much* für mich.

»Ein Kollege hat mir im Vertrauen gesagt, dass es um Christians Bonität nicht zum Besten bestellt ist. Er hat im letzten Jahr über drei Monate nur die Zinsen und keine Tilgung bedient. Zwar in Absprache mit der Bank. Aber dennoch. Auf Deutsch, es hapert bei der Liquidität. Und das wird gar nicht gerne gesehen. Vor allem, wenn man noch mal Geld möchte. Sehr viel Geld. Du weißt, da ist Vertrauen alles.«

Was zu viel ist, ist zu viel. Ich vergrabe mein Gesicht in meinen Händen.

Erschreckt legt Ester ihren Arm um meine Schulter und zieht mich an sich. »Was hast du? Hab ich dich verletzt?«

Durch meine Finger sehe ich Ester an. Mein letzter Schutz, bevor sie sieht, dass mir die Tränen herunterrollen. »Ich weiß einfach nicht mehr, was ich denken soll.«

»Was heißt hier ›soll‹, Anna?« Ester drückt mich. »Du bist volljährig, niemand schreibt dir vor, was du sollst. Du bist selbst für dich verantwortlich. Das bedeutet aber auch, dass es keine Ausreden gibt. Mit anderen Worten: *Get real.*«

Ich fummele ein Taschentuch aus meinem Anorak. »Das sagst du so einfach. *Get real, get real!* Bist du der Meinung, dass ich mich unrealistisch verhalte?«

»Ich meine zumindest, dass du als Erwachsene und als Geschäftsfrau verschiedene Szenarien durchspielen solltest. Und zwar nicht nur den *best case*, in dem der Himmel voller Geigen hängt ...«

»Und eine Herde Einhörner munter Regenbögen pupst ...«, wiederhole ich mit einem halben Lächeln einen Running Gag aus unserer Studienzeit.

»Richtig!« Ester hebt ihren Glühweinbecher.

»Sondern auch den *worst case*, bei dem die, du weißt schon, an die Decke fliegt«, flüstere ich.

»Leider.«

Ich habe schon wieder das Bedürfnis, mein Gesicht mit den Händen zu bedecken. »Jetzt sitze ich hier und heule dir etwas vor.«

Ester streichelt meinen Arm. »Ist schon okay. Weißt du, was ich mich frage?«

»Nein. Was denn?«

»Was weißt du eigentlich über ihn?«

»Was meinst du? Alles natürlich!«

»Wirklich? Anna, nichts für ungut, aber die letzten Jahre waren doch einfach nur ein Traum.«

»Ja«, flüstere ich, »und wunderschön.«

»Du weißt, ich gönne dir das von Herzen, aber ich habe den Verdacht, dass du keine Ahnung hast.« Ester zieht ihr Telefon hervor. »Hast du ihn mal gegoogelt?«

Ich setze mich aufrecht hin. »Na klar. Aber da gibt es nichts.«

»Wirklich? Das kann ich mir nicht vorstellen.«

Trotzig schiebe ich die Unterlippe vor. »Mein Gott, das übliche Geseier von Menschen, die auf seinen Erfolg neidisch sind. Was Hinz und Kunz im Internet verbreiten, hat mich doch noch nie interessiert.«

Ester lacht auf. »Das meine ich ja auch nicht. Mir geht es nicht um den einen gehässigen Kommentar unter einem Foto auf Instagram. Den kannst du getrost ignorieren. Aber im Internet gibt es eben nicht nur dummes Zeug, sondern auch die eine oder andere Information, die dir dein Verlobter nicht direkt unter die Nase gerieben hat. Was ich aus menschlicher Sicht nachvollziehen kann.«

»Und was willst du jetzt von mir?«

»Ich will, dass du hinsiehst. Dir ist schon klar, dass eine Ehe ein knallharter Vertrag ist, nicht wahr? Mit enormen Konsequenzen? Und du willst mir allen Ernstes erzählen, dass du keine Due Diligence bei deinem Vertragspartner gemacht hast?«

»Ob ich ihn überprüft habe? Natürlich nicht. Ich liebe ihn doch!«

»Oh mein Gott. Kein Worst-Case-Szenario, keine Due Diligence.« Ester schüttelt den Kopf. »Als ob Liebe etwas mit dem Vertrag zu tun hat, den du demnächst unterschreiben willst. Manchmal frage ich mich, wie du es geschafft hast, überhaupt durchs Leben zu kommen, du Schaf. Und wie die Gäste in deinen Hotels mit heiler Haut davongekommen sind. Von den Gefahren auf See einmal ganz zu schweigen.«

Bockig gebe ich den Schneebrocken unter dem Tisch einen Schubs.

Ester wirft einen Blick auf ihr Display. »Okay, wir haben Netz. Dann lass uns doch mal sehen, was das Internet alles weiß, was du nicht wissen willst.«

»Ester, muss das sein? Können wir nicht einfach hier sitzen, die Aussicht genießen und Glühwein trinken?«

»Und uns genauso dämlich verhalten wie all die Weiber, über die wir schon auf der Uni gelacht haben? Die komplett naiv und vollkommen blauäugig den Erstbesten geheiratet haben? Nur weil er ihnen etwas von Liebe erzählt hat? Um dann Jahre zu brauchen, den Kerl wieder loszuwerden? Was sie ein Heidengeld gekostet hat? Anna. Bitte. Beleidige nicht meinen Verstand.« Sie lässt ihr Telefon sinken und wirft mir einen langen Blick zu. »Dass hier etwas nicht in Ordnung ist, musst du zugeben.«

Ich kaue auf meiner Unterlippe herum. Denke nach. Über einen Empfang ohne Freunde, aber mit Bürgermeister, Investoren und Fernsehmoderator. Über einen umhertreibenden Mann in gelber Badehose in einem hellblauen Pool. Über ein Pferd, aufstiebenden Schnee und eiskalte Augen in einer Autoscheibe.

»Anna? «

»Ja, du hast recht. Und ich bin ja auch nicht blöd. Willst du mir sagen, dass ich mir etwas vormache?«

»So ähnlich.«

»Okay. Aber traurig sein darf ich schon.« Eine dicke Träne fällt in meinen Glühwein.

»Okay. Bade du in Selbstmitleid.« Ester schwenkt ihr Telefon. »Hier. Was hältst du davon: ›Tumultartige Szenen bei der Bürgerversammlung. Pläne von Christian Egger stoßen auf breiten Widerstand bei Murnauer Bürgern‹?«

Ich putze mir die Nase. »Von wann ist das?«

Ester zieht die Augenbrauen zusammen. »Der Artikel ist zwei, drei Monate alt.«

»Christian hat mir nie davon erzählt.« Und ich habe es nicht gelesen.

»Davon rede ich ja. Hier, das ist auch interessant. Ist schon älter: ›Umbau des Eggers erneut gestoppt‹. Anscheinend hat er sich nicht an die Auflagen der Baugenehmigung gehalten.«

Ich schweige und starre in meinen Becher. Was soll ich auch dazu sagen? Ich habe tatsächlich keinen blassen Schimmer.

»Soll ich weitermachen?«

»Ester, was willst du von mir? Ich hab's kapiert! Ja, du hast recht. Ich habe die letzten zweieinhalb Jahre einfach nur genossen. Ich habe nicht gefragt. Und nicht hingesehen. Zu meiner Entschuldigung muss ich sagen, dass es bisher auch keinen Anlass gab, Nachfragen zu stellen. Denn es war alles in Ordnung! Einfach alles!« Meine flache Hand landet neben meinem Teller auf dem Tisch.

Erschrocken lässt Ester ihr Smartphone sinken. »So habe ich das nicht gemeint.«

Ich hole Luft. Glätte meine Stirn. Und hebe meine Mundwinkel. »Das weiß ich. Du bist meine Freundin und passt auf mich auf. Ich bin dir ja auch irgendwie dankbar. Aber auch nur irgendwie.«

Ester schiebt ihr Telefon in die Tasche auf ihrem rechten Ärmel. »Und darum hören wir jetzt auf damit. Heute ist ein wunderschöner Tag, viel zu schön, um Trübsal zu blasen. Deshalb stecken wir jetzt den Kopf in den Sand, nein in den Schnee.« Sie greift nach ihren Handschuhen. »Weißt du, ich meine nicht dich. Ich wundere mich nur seit Jahrzehnten über meine Geschlechtsgenossinnen. Hoch ausgebildet, weit gereist, mit beiden Beinen mitten im Leben. Aber sobald ihnen ein Kerl schöne Augen macht, werfen sie alles über Bord. Ihre Intelligenz, ihren gesunden Menschenverstand und ihr Urteilsvermögen. Und ich frage mich, warum das so ist.«

Ich stülpe meinen Helm über. »Und zu welchem Ergebnis bist du gekommen?«

Ester verzieht den Mund. »Ich vermute, dass sie glauben, dass sie die Ausnahme sind. Dass ihr Mann ihnen nicht nur die halbe Wahrheit erzählt. Dass er nicht schauspielert, um sie einzulullen. Dass Manipulation, Abwertung und Desinteresse, die sie bei anderen sehen, sie nicht betreffen werden.«

Ich sehe sie an, überrascht. »Aber?«

»Spoileralarm: Betrifft sie doch. Jede Einzelne von uns ganz persönlich. Aber hey, was soll's? Das Leben kann so schön sein.« Sie steht auf, lacht und rückt ihre Brille zurecht. »Wer als Erste am Lift ist, hat gewonnen.«

10

Andreas

Garmisch, Mittwoch, 7. Dezember 2022

»Einen doppelten Espresso, bitte.«

Der Barista mit Tattoos bis zur Kehle nickt mir zu. »Kommt.«

Ich mag es, wenn es einen Tresen gibt. An den ich mich lehnen und an dem ich anderen bei der Arbeit zusehen kann. Das entspannt mich. So wie jetzt. Der Mann versteht sein Gewerk. Kein Handgriff zu viel, mit denen er gemahlenen Kaffee aus der Mühle in den Siebträger füllt, das Mehl festdrückt, in das Gewinde eindreht, eine Tasse unter dem Handtuch hervorzieht und in die Maschine stellt.

»Sonst noch was?«

Ich versuche, freundlich dreinzuschauen. »Passt.« Wenn er ein Guter ist, fragt er nicht nach.

Er quittiert meine Antwort mit einem Blick, sieht dem Kaffee dabei zu, wie er in die Tasse fließt, platziert mein Gedeck auf dem Tresen, legt noch einen Amaretto dazu und ist schon bei dem nächsten Gast.

Das gibt Trinkgeld. Ich stütze mich mit dem Ellenbogen ab, löffele Zucker in den Doppio, schließe die Augen und nehme einen Schluck. Ich liebe diese kleine Bar, eingebaut in eines der letzten alten Häuser Garmischs, über und über mit Lüftelmalerei bedeckt. Der Kaffee ist ehrlich, die Preise vernünftig, das Publikum entspannt.

Alles, was ich über die letzten drei Stunden nicht sagen kann. Ohne mich groß vorher anzukündigen, bin ich von Hotel zu Hotel gegangen und habe mal auf den Busch geklopft. Was die Garmischer Hoteliers denn so von einem Christian Egger und seinen Plänen halten.

Mehr als ein genervtes »Christian *who*?« habe ich nicht gekriegt. Einige hatten zwar von ihm gehört, kannten das Eggers, fanden es auch okay, aber urteilten mit klassischer Werdenfelser Überheblichkeit, dass dieses Haus keine Konkurrenz für sie darstelle. Andere wussten tatsächlich über Medical Spas Bescheid, kannten aber nur das Haus am Tegernsee. So etwas in Murnau? Wirklich? Ein Hotelier aus altem Schrot und Korn hatte mich über den Rand seiner Lesebrille hinweg angesehen: »Das glaube ich erst, wenn ich es sehe.« Persönlich kannte Christian Egger keiner.

Wen wundert's, denke ich und spüre, dass mein Telefon in meiner Jackentasche vibriert. »Rosi«, nehme ich den Anruf entgegen, »was gibt's?«

»Che... Andi, ich hab was.«

Ich lege Geld auf den Tresen und trete ins Freie. »Mach schnell, ich bin gleich verabredet.«

»Ich hab mich noch einmal im Eggers umgehört.«

Meinen Atem als weiße Fahne vor mir herschiebend gehe ich Richtung Mohrenplatz. »Bist du Christian über den Weg gelaufen?«

Rosi kichert. »Gott bewahre. Ich hab mit den Köchen an der Küchentür geratscht.«

»So?« Ich halte mir das linke Ohr zu, als ich an der Schlittschuhbahn entlang Richtung Gastwirtschaft gehe. Das Geschrei der Kids auf dem Eis ist ohrenbetäubend.

»Die haben mir erzählt, dass sich hartnäckig das Gerücht hält, dein Freund plane tatsächlich Entlassungen. Stellen sollen nicht mehr doppelt besetzt werden.«

Ich bleibe vor dem Eingang stehen. Schon vor der Tür kann ich das Rotkraut und den Schweinsbraten riechen. »Sind sie das denn jetzt?«

»Ja, klar. Nicht alle, aber irgendwer ist immer krank oder hat Urlaub. *And the show must go on.* In der Küche sollen allein fünf Stellen wegfallen. Aber darüber lachen die da nur. Die kriegen jede Woche drei Jobangebote, die können sich die Arbeit aussuchen. Und das Gehalt gleich dazu. Wer wohl nicht mehr lacht, ist Sergio Gonzales.«

Ich ziehe meine Hand, die schon auf der Klinke liegt, wieder zurück.»Der soll gehen?«

»Ja. Sagen zumindest die Buschtrommeln.«

»Dann könnte er etwas gegen Christian haben.« Ich werfe einen Blick auf die Uhr.»Ich muss Schluss machen. Überprüfe das bitte.«

»Mach ich.«

Ein erster Hinweis auf ein Motiv? Ich schiebe die Tür zur Gastwirtschaft auf und trete ein. Sofort überfluten mich warme Luft und Stimmengewirr und hüllen mich ein. Im Vorbeigehen halte ich eine Bedienung auf.

»Franzi! Grüß dich. Hast du zwei Plätze für mich?«

In ihrem Blick liegt die unausgesprochene Frage, ob ich noch alle Tassen im Schrank habe.»Du weißt schon, wie spät es ist, Andi?«

»Zwölfe?« Ich setze mein schönstes Lächeln auf.

Sie rollt mit den Augen.»Weils du's bist.« Sie schiebt mich in eine Nische, räumt in Schallgeschwindigkeit den Tisch ab und wischt ihn sauber. Betont langsam steckt sie den»Reserviert«-Aufsteller in ihre Schürze.»Du schuldest mir was.«

»Ist eh klar.« Ich recke mich und winke.»Da kommt mein Gast. Bringst uns zwei alkoholfreie Weißbier, bitt schön?«

»So? Ganz der korrekte Staatsdiener?« Sie versetzt mir einen Knuff und verschwindet im Getümmel.

»Sepp! Grüß dich.«

Josef Reindl, Kriminalhauptkommissar a.D., zieht eine Pudelmütze vom Kopf. Sein kahler Schädel glänzt im Licht der Deckenlampen. Aus einem runden, zerknitterten Gesicht blitzen mich dunkle Knopfaugen an.»Der Wahnsinn, was da draußen los ist. Die Leute stehen Schlange, um aufs Eis zu kommen.« Er schüttelt meine Hand.»Andi! Habe die Ehre.«

»Mir war auch nicht klar, was für eine Attraktion die Eisbahn für Garmisch ist. Ich komm praktisch nie hierher.«

Die Bedienung wirft Bierfilzl auf den Tisch und setzt mit Schwung zwei Weißbiergläser zwischen uns ab.»Wollts ihr was zum Essen?«

Ich sehe meinen ehemaligen Vorgesetzten fragend an.»Was magst du?«

»Meine Frau und ich leben seit Neuestem gesund.«

Franzi nickt.»Dann nimmst die vegetarischen Krautwickerl.

Man glaubt es nicht, aber die sind gut.« Sie sieht mich mit hochgezogenen Augenbrauen an. Trau dich und bestell etwas anderes, steht in Blockbuchstaben in ihrem Gesicht geschrieben.

»Für mich auch«, beeile ich mich zu sagen.

Sie quittiert die Bestellung mit einem knappen Nicken.»Na also.« Mit fliegenden Röcken rauscht sie davon.

Reindl lässt sein Glas an meines klicken.»So. Was verschafft mir die Ehre deiner Einladung?«

»Darf ich mit meinem Vorgänger nicht Mittag essen?« Ich versuche, erstaunt auszusehen. Was gründlich danebengeht.

Mein Gegenüber verzieht sein Gesicht zu einem nachsichtigen Schmunzeln. Er nimmt einen tiefen Schluck aus seinem Glas.»Geh. Schmarrn. Wo drückt der Schuh?«

Erleichtert verstaue ich meine aufgesetzte Freundlichkeit wieder im Schrank.»Vom Todesfall im Eggers hast du gehört?«

Reindl hebt kaum merklich die Schultern.»Das halt, was in der Zeitung steht. Und das ist nicht viel. Was genau brauchst du?«

In einem plötzlichen Anflug von Ermattung lasse ich die Schultern fallen.»Ich merke, ich bin schon zu lange weg. Um den Fall einordnen zu können, fehlen mir die letzten zehn, fünfzehn Jahre.«

»Dazu musst du mich erst mal ins Boot holen. Was ist die Todesursache?«

»Herzversagen. Das Opfer trug einen Herzschrittmacher.«

»Plötzlicher Herztod?«

»Naheliegend, aber vielleicht auch nicht. Wir haben eine fast schon primitive, aber wirksame Konstruktion am Pool gefunden, die das Wasser unter Strom gesetzt hat.«

Reindl verzieht nachdenklich den Mund.»Tötungsabsicht?«

»Wir vermuten eher nein. Die Strommenge hätte ausgereicht, um jemandem einen Schlag zu versetzen, ähnlich einem Weidezaun.«

»Daran dachte ich auch gerade. Aber ...«

»Aber weil der Geschädigte einen Herzschrittmacher trug, der versagte, als er den Stromschlag bekam, ist er daran verstorben.«

Reindl pfeift durch die Zähne. »Dann ist das womöglich schwere Körperverletzung mit Todesfolge. Als Privatmann kann ich heute sagen: tragisch. Und du vermutest ...«

»Dass nicht der Geschädigte, sondern Christian Egger das Ziel war.«

»Aha!«

Franzi platziert zwei Teller zwischen uns. »Einen guten!« Ohne eine Antwort abzuwarten, verschwindet sie wieder im Getümmel.

Reindl beugt sich über den Tisch. »Bevor ich mich meinem Essen widme, verrate mir noch, wie du darauf kommst.«

»Der Egger ist da selbst draufgekommen. Normalerweise ist immer er der Erste morgens im Pool. An dem fraglichen Tag war es der Geschädigte.«

Reindl schüttelt den Kopf. »Eijeijei. Und weil Egger gesund ist, also an dem Stromschlag nicht gestorben wäre ...«

»Das nehme ich an. Mächtig eine gefangen hätte er sich aber schon. Ich schließe mich der Meinung Eggers an, dass er das Ziel war und nicht sein Freund.« Ich versuche einen neutralen Gesichtsausdruck.

»Ich kommentiere das nicht weiter. Das ist jetzt dein Job und nicht mehr meiner. Gott sei Dank.« Er schaut verschmitzt. »Wie auch immer. Und was willst du jetzt von mir?« Er schiebt sich eine Gabel in den Mund. »Das ist sehr gut.«

Ich beachte mein Essen nicht. »Du kennst doch die Familie Egger aus deiner Zeit. Ich gebe offen zu, dass ich nach der Schule nichts mehr mit Murnau und den Leuten, die mich genervt haben, zu tun haben wollte. Besonders mit Christian.«

Reindl wirft mir einen langen Blick über seine Wickerl hinweg zu. »Du willst also, dass ich dir Klatsch und Tratsch über die Eggers erzähle?«

»Hintergrundinformationen halt.«

Reindl wedelt beschwichtigend mit seiner Gabel. »Passt schon, Andi. Wenn du mehr über die Familie Egger wissen willst, musst du bei den Alten anfangen. Im Grunde sogar bei Christians Urgroßeltern.«

»Aha. Interessant.« Ich schiebe mir eine Gabel in den Mund. »Du hast recht. Die sind wirklich gut.«

»Emanuel von Seidl sagt dir was?«

»Der Architekt?«

Reindl nickt. »Braver Bub. Hast in der Schule aufgepasst. Als Emanuel von Seidl Murnau Ende des 19. Jahrhunderts zu seinem Sehnsuchtsort erkoren hat, gehörten die Eggers zu den Ersten, die Gäste zur Sommerfrische bei sich aufgenommen haben.«

»Sommerfrische. Lustiges Wort.« Genüsslich stopfe ich die Wickerl in mich hinein. Anscheinend hatte ich vergessen, wie hungrig ich war. So weit ist es schon gekommen.

»So nannte man das damals. Wie du weißt, war von Seidl Münchner Stararchitekt, der für die Reichen und Schönen gebaut hat.«

»Elefantenhaus, Lenbachhaus, Deutsches Museum. Ich weiß.«

»Genau. Und als von Seidl aufs Land fuhr, um da seine Sommer zu verbringen, sind die Münchner Staderer ihm gefolgt und haben in den wenigen Hotels und bei den Bauern übernachtet. Das war alles ganz einfach damals. Weit entfernt von heutigem Komfort. Die Eggers haben sich ein kleines Zubrot verdient.«

Ich sehe ihn forschend an. »Und wie siehst du das?«

»Die waren einfach geschäftstüchtig. Haben die Zeichen der Zeit erkannt. Hatten keine Berührungsängste. Das hat schon damals nicht jeder gern gesehen.«

Ich sehe ihn fragend an. »Wie meinst du das?«

»Nicht jeder mag Veränderungen. Nicht jeder profitiert davon. Die Eggers sind mit den Münchnern gut ausgekommen. Haben den Hof rausgeputzt, alles ganz schmuck gemacht und damit den Geschmack der Zeit getroffen. Die Lage hat ihr Übriges dazugetan.«

»Du meinst, oben an der Kante des Molasseriegels mit Blick auf das Moor und die Alpen?«

»Exakt. Die Eggers waren damit nicht allein in Murnau. Als Gabriele Münter sich ihren Wassily Kandinsky unter den Arm geklemmt und ihr Russenhaus gekauft hat, um mit ihm in wilder Ehe dort zu leben, hat das auch nicht allen Murnauern gefallen. Es ist viel geredet worden, damals. Über die Künstler. Die Staderer. Und bestimmt nicht immer nur Gutes. Die Eggers waren immer mittendrin.«

Ich sehe ihn fragend an. »Warum erzählst du mir das?«

»Um dir klarzumachen, in welchem Geist schon Christians Großvater und Vater aufgewachsen sind.«

»Willst du ihn als Outcast darstellen? Der sich gegen Widerstände durchsetzen musste? Das glaubst du doch selber nicht.«

»Ein wenig schon. Es ist schon immer viel über die Eggers getratscht und geklatscht worden. Sie hatten Neider, die ihnen ihren Erfolg übel genommen haben. Der kommt ja nicht von ungefähr. Wenn man es zusammendampft, sind schon Christians Urgroßeltern aus der marktgemeindlichen Ordnung ausgebrochen, sind Risiken eingegangen, die andere gescheut haben, begingen Regelbrüche, wenn du so willst.«

»Hm.« Ich kratze nachdenklich auf meinem fast leeren Teller herum.

Reindl schmunzelt. »Du klingst nicht überzeugt. Ich hab mal mit dem Alten darüber geredet. Für den Neubau des Landhotels anstelle des alten Hofes hat der mit allem gebürgt, was er und seine Vorfahren jemals verdient hatten. Heute nennt man das *all-in*. Volles Risiko. Hat sich für ihn ausgezahlt. Hätt aber auch schiefgehen können. So einer ist das.«

»Höre ich da Anerkennung aus deiner Stimme?«

»Durchaus. Murnau ist nicht Garmisch. An der Talstation eines Sessellifts kann jeder ein Hotel hinbauen und verdient da sein Geld. Aber in der Marktgemeinde? Weit weg von Gipfeln und Après-Ski? So ein Projekt zum Erfolg zu führen, das musst du erst mal im Kreuz haben.«

Ich nicke. »Okay. Verstanden. Und sonst?«

Er hebt sein Glas. »Feiern konnten die auch immer schon. Der Alte, Christians Vater, war kein Kind von Traurigkeit, hat schon zu meiner Zeit nichts anbrennen lassen.«

»Okay.« Was interessiert mich jetzt das Liebesleben des alten Egger? »Wie hilft uns das weiter?«

»Jetzt wart's doch mal ab. Der Alte ist also um die Häuser gezogen. Dann hat ihm sein Alter, Christians Großvater, erklärt, dass er sich schicken, heiraten und den Hof übernehmen soll. Damals haben die Eggers noch vor allem von der Landwirtschaft gelebt. Es gab, wie gesagt, nur ein paar einfache Zimmer für Gäste über der Tenne. Da hat der Hund sich gedacht, wenn ich schon heiraten muss, dann vergolde ich mir doch mein Schicksal und nehm die Nachbarin.«

»Wie? Vergolden?«

Reindl sieht mich nachsichtig an. »Hast du mir nicht zugehört? Dass die Eggers geschäftstüchtig sind? Und Hallodris? Die Weiber sind schon beim Alten Schlange gestanden. Er hätt jede kriegen können. Vielleicht hat er die auch gehabt. Aber er entschied sich für eine andere.«

»Wer war die Glückliche?«

»Die Schwester vom Nachbarn, vom alten Weißgerber.«

Ich krause die Stirn. »Die Eggers und Weißgerbers sind doch heute auch noch Nachbarn, oder?«

»Richtig. Der alte Hof linker Hand neben dem Eggers. In meinen Augen total runtergewirtschaftet. Die sandeln seit Jahrzehnten so vor sich hin und leben vornehmlich von irgendwelchen EU-Subventionen.«

»Keine Meisterleistung. Aber auch kein Verbrechen.«

»Hab ich auch nicht gesagt. Die nicht mehr ganz so resche Nachbarin hatte einen entscheidenden Vorteil. Sie hat als Mitgift eine große Wiese mit in die Ehe gebracht, die direkt an den Egger'schen Hof angrenzt.«

»Du erzählst mir das, weil's …«

Reindl schmunzelt. »Es kam, wie es kommen musste. Es gab eine Hochzeit, nix Großes. Man munkelt, dass die Ehe eher eine Vernunftehe war. Dann wurde die neue Frau Egger schwanger.«

»Und?«

Reindl spielt mit seinem Glas. »Der Alte hat wieder das Rumschlawinern angefangen. Ein Techtelmechtel mit der Magd.«

Ich beuge mich über den Tisch. »Und seine frisch angetraute, schwangere Frau?«

»Ist eines Nachts ins Moor gegangen und nicht mehr wiedergekommen.«

Hab ich richtig gehört? »Na!«

Reindl nickt. »Suizid. Wurde aber offiziell nie bestätigt. Verkauft wurde es als Unfall.«

Mir steht der Mund offen. »Und der Alte?«

»Hat ein Jahr später wieder geheiratet. Eines von den Weibern aus der Schlange. Aus dieser Ehe stammt unser Christian. Du weißt ja, dass seine Mutter früh an Krebs gestorben ist.«

Ich kratze mich nachdenklich am Kopf. »Er hat nie darüber gesprochen.«

Reindl trinkt den letzten Schluck seines Weißbiers. »Er hat seine Mutter ja auch kaum gekannt. Der Alte hat sich in die Arbeit gestürzt und aus einem Hof mit einfachen Fremdenzimmern ein schmuckes Landhotel gemacht.«

Ich stochere in den Resten meiner Wickerl. Irgendwie ist mir der Appetit vergangen. »Nur der Vollständigkeit halber: Was wurde aus der Wiese?«

Reindls Gesicht ist regungslos. »Der Outdoorpool.«

»Hm. Und die Weißgerbers?«

Mein Vorgänger winkt der Bedienung. »Heute sind die Weißgerbers weiterhin die Nachbarn der Eggers und sehen zu, wie der Nachfahre des Mannes, der ihre Großtante auf dem Gewissen hat, seine Gäste durch azurblaues Wasser paddeln lässt.«

»Und wie groß, meinst du, ist er, dieser alte Groll?«

»Du willst wissen, ob es reicht für ein Motiv?« Reindl zwinkert mir zu.

Dass dieser Mann mich auch immer gleich durchschauen muss. »Ja, mei, wie soll ich sagen …«

»Schon gut, Andi. Du weißt, die schenken sich hier alle nichts. Wenn's um Grundbesitz geht, kennen die weder Freund noch Feind. Die Weißgerbers haben's ihm ein paar Jahre später insofern heimgezahlt, als dass sie dem Alten eine andere Wiese, die der unbedingt hatte kaufen wollen, vor der Nase weggeschnappt haben. Nicht weil sie's brauchten, sondern weil's ging. Der Alte muss stinksauer gewesen sein.« Er zückt einen Schein und nickt der Bedienung zu.»Stimmt so.«

»*Merci!*« Franzi strahlt. »Zahlst auch gleich, gell, Andi?« Ich hab den Schein erkannt. Einen blauen. Das nenn ich mal ein sattes Trinkgeld. Aber ich kann mich nicht lumpen lassen. Ich hole mein Portemonnaie hervor und fische eine Banknote heraus.»Also alles nur Show? Ein einziger Komödianten-Stadel?«

Reindl steht auf und zieht sich seine Mütze über die Ohren. »Das rauszufinden, mein Lieber, überlasse ich nur zu gerne dir.«

11

Anna und Ester

Murnau, Mittwoch, 7. Dezember 2022

Mittwoch, später Nachmittag. Anfang Dezember. Drei Tage vor meiner Hochzeit. Wenn ich zurückdenke, wie ich mir in meinen Tagträumen diesen Nachmittag vor Kurzem noch ausgemalt hatte, wäre mir schon Ester eingefallen. Wir zwei, dick verpackt in weiche Frotteemäntel auf bequemen Liegen im Spa-Bereich des Wellnesshotels meines Liebsten. Ich glaube, Pandabär-Gesichtsmasken und Cocktails mit Schirmchen kamen auch in meinen Phantasien vor. Und Girls Talk. Über das Fest, was wir anziehen wollen, welche Schuhe. Total wichtige Dinge eben.

Alternativ hatte Christian die Hauptrolle in meinen Vorstellungen: er und ich bei einem romantischen Spaziergang im Schnee, einer kleinen Schneeballschlacht und heißem Grog vor dem Kamin. Und vielleicht noch bei anderen heißen Sachen, die eine geschlossene Tür und keine Bademäntel voraussetzten. Plus *dirty talk*.

Das war, bevor unser Trauzeuge tot durch den Outdoorpool trieb, mein Verlobter faktisch im Off verschwand und ein irritierend, wie soll ich sagen, interessanter Kommissar die Bühne betreten hatte. An den ich häufiger denke, als mir lieb ist. Was mich womöglich noch mehr stört.

Aber jetzt mal ehrlich. Was kann ich dafür? Seit unserem Streit, den Blumen und der Karte habe ich von Christian nichts mehr gehört oder gesehen. Und mit nichts meine ich nichts. Keine Nachricht, kein Anruf, *nada*. Geschweige denn, dass ich ihn persönlich zu Gesicht bekommen hätte. Der Mann ist in seinem eigenen Haus wie vom Erdboden verschluckt.

Kann es sein, dass er mir aus dem Weg geht? Nein, so etwas

würde er nicht tun. Bloß dass er es gerade macht. Aber warum? Weil er offensichtlich nicht mit mir reden will. Darum. Ich stelle einfach viel zu viele unbequeme Fragen. Und deshalb geht er mir konsequent aus dem Weg.

Was mich langsam wirklich nervt. Ich betrachte mich als erwachsene Frau, die gut mit sich selbst klarkommt, nicht unterhalten, geschweige denn betüddelt, wie man in Hamburg sagt, werden muss. Aber eine Beziehung muss Sinn ergeben. Und hundert Prozent Abwesenheit und komplette Funkstille ergeben in einer Beziehung eben keinen Sinn.

Ich gestatte mir einen Seufzer. Was bleibt von meinen Träumen übrig? Murnau. Vorweihnachtszeit. Ester. Und die hüpft gerade wie ein Kind an der Eisvitrine vor meiner Nase auf und ab.

»Hast du Lust?«

Ich stecke meine Hand in die Taschen meines Anoraks. War ja klar, dass wir nach unserer Skitour wieder auf dem Weihnachtsmarkt landen würden. Wobei der Murnauer unbestritten schön ist. Vor unseren Augen geht ein strahlender Tag in eine aprikosenfarbene Dämmerung über. Die sanft abfallende Straße mit ihren bunten Häusern rechts und links gibt den Blick frei auf das schneebedeckte Estergebirge und einen Berg, wie ich von Stanzi weiß, namens Hohe Kiste. Rechter Hand ragt der Zwiebelturm der Maria-Hilf-Kirche in die Höhe, ihr schräg gegenüber die Mariensäule, dahinter die große illuminierte Tanne. Hübsche Buden, liebevoll dekoriert und zauberhaft beleuchtet, bilden einen kleinen Platz, der von einem großen Grill und Glühweinständen dominiert wird. Dazu Schnee, Weihnachtsdeko und Menschen in solider Winterkleidung, die bei einem Krug Glühwein den Tag ausklingen lassen. Objektiv schön. Trotzdem bin ich genervt.

»Auf was?«

Ester sieht mich erwartungsvoll an. »Auf Glühwein?«

Ich verdrehe die Augen. »Schon wieder? Kommt dir das Zeug nicht langsam aus den Ohren raus?«

Meine Freundin lacht mich an. »Ehrlich gesagt nein. Es ist

Advent, ich liebe Weihnachtsmärkte, und Glühwein gehört für mich dazu.«

Was soll ich sagen? In Anbetracht meiner Alternativen? Eines leeren Hotelzimmers oder eines einsamen Tees vor dem Kamin? Da hört sich Glühwein mit Ester bedeutend besser an. Ich gebe auf. »Wenn du meinst.«

Sie knufft mich in die Seite. »Komm, ich geb einen aus.«

Hat sie jetzt schon Mitleid mit mir? So weit kommt es gerade noch. »Das hast du das letzte Mal auch schon nicht gedurft. Dafür, dass du das alles mit mir durchstehst, geb ich einen aus. Zu welchem Stand soll ich gehen?«

Esters behandschuhter Finger zeigt auf eine Bude, über der ein Schriftzug in allen Farben des Regenbogens »Kunst und Kultur im Blauen Land« blinkt. »Natürlich zu Schorschi. Der hat den besten. Du hast doch bestimmt unsere Krüge dabei, oder?«

»Na logisch.« Ich nicke gehorsam und gehe die paar Schritte hinüber zu dem Stand. Um diese Tageszeit hält sich der Andrang in Grenzen. »Schorschi?«

»*Yes, Ma'am.*«

Große dunkle Augen und ein Hibiskusstrauß blitzen vor meinem inneren Auge auf. Was waren das für Zeiten. Was war das für ein Tag. Und der kann heute wieder sein. Ich lache und ziehe die Becher aus der Tasche. »Bitte zwei von dem Weißen.«

Er beugt sich über den Verkaufstresen. Seine grau melierten zotteligen Locken fallen ihm ins Gesicht. »Für dich immer.«

Will der was von mir? Und im Zweifelsfalle was? Ich fische einen Schein aus meinem Portemonnaie, sehe ihn forschend an, suche nach einem Ankerplatz in meinen Hirnwindungen und entscheide mich für eine direkte Frage. »Bist du immer so charmant?«

Er grinst mich an. In seinem Unterkiefer klafft die schwarze Zahnlücke. »Nur zu dir«, antwortet er, nimmt den Schein und ist mit den Augen bei dem Nächsten in der Schlange.

So viel dazu. Warum mache ich mir überhaupt Gedanken? Vorsichtig trage ich die Becher zu unserem Stehtisch zurück. »Prost, Ester. Auf einen schönen Abend.«

Sie stößt mit mir an. »Konnte Christian nicht kommen?«
Dass diese Frau aber auch immer den Finger direkt in die
Wunde legen muss. Ist das das Privileg von Freundschaft? Ich
tue so, als ob es mich beschäftigt, den Krug auf den Tisch zu
stellen. »Zu viel zu tun.«
Ester rückt an mich heran und legt mir ihren Arm um die
Taille. »Schon schade. Ich hätte ihn gern einmal wieder gesprochen.«
Da wären wir schon zwei. Ich bin kurz davor, mit der Spra-
che rauszurücken, aber entscheide mich dagegen. Wieso muss
eigentlich ständig ich mein Herz zu Markte tragen? »Er muss
etliche Feuer austreten. Ich kenne das ja selbst. Andauernd ist
irgendetwas.«
Ester hört mir gar nicht zu. Sie zieht ihre Hand aus meinem
Rücken und klopft mir auf den Unterarm. »Schau mal, wer da
drüben ist.«
Wer kann das schon sein? Mein Verlobter gewiss nicht. Und
alles andere interessiert mich nicht. »Ester, keine Ahnung, ich
kenne hier doch niemanden.«
Ihre Hand trommelt auf meinen Unterarm. »Der da! Siehst
du ihn nicht? Ich hab ja nur das Bild im Internet gesehen. Ist
das nicht …?«
»Wer?« Ich folge ihrem Blick. »Den da drüben meinst du?
Ja, das ist der Kommissar.«
Zu meinem Entsetzen stellt sich meine Freundin neben mir
auf die Zehenspitzen und winkt in seine Richtung. Ausdauernd
und heftig.
»Sag mal, Ester, grüßt du ihn etwa? Hör sofort damit auf!«
»Aber warum denn?« Sie strahlt über das ganze Gesicht.
»Wir kennen doch hier niemanden. Hast du selbst gesagt.« Sie
rudert mit den Armen, was das Zeug hält. »Ist doch lustig.
Huhu!« Jetzt hüpft sie wieder auf und ab.
»Ester, du bist unmöglich«, zische ich und weiß, dass ich
knallrot angelaufen bin. Wie eine Tomate. Eine sehr reife To-
mate. Mit Mühe schaffe ich es zu lächeln. »Servus!«
»Moin! Das sagt man bei euch doch, oder?« Andreas streckt

Ester seine Hand entgegen. »Oder vielleicht doch besser servus. Ich bin der Andi.«

»Und ich bin die Ester. Anna kennst du ja bereits.« Sie rüttelt an meinem Arm.

Ich nehme mir vor, Ester das bei Gelegenheit heimzuzahlen, und halte meinen Mund. Ist manchmal einfach besser. Im Leben mal die Klappe zu halten ist eine Kunst, die nur wenige beherrschen. Soll sie doch sehen, wie sie klarkommt. Hinter Andreas stehen drei weitere Typen und grinsen wie bestellt und nicht abgeholt.

Aber Ester ist so was von abgebrüht. Was zwanzig Jahre Bank aus einem Menschen machen können. »Und wer sind deine Freunde?«, fragt sie unbeirrt.

Jetzt fängt die Frau allen Ernstes ein Gespräch an. Nicht einfach »Grüß Gott« und »Auf Wiedersehen«. Das kann ja heiter werden. Ich nippe an meinem Glühwein. Lauwarm und weit entfernt von lecker.

Andreas haut dem ihm am nächsten Stehenden eine Pranke auf die Schulter. »Das sind der Michi, der Korbi und der Steff.«

»Grüß euch. Und hier verbringt ihr eure Freizeit?« Ester schwenkt ihren Krug in die Runde.

Andreas lehnt sich auf den Stehtisch. »Mei. Ich mag die Vorweihnachtszeit. Es ist schön, wenn alles so hell und rausgeputzt ist. Und wenn ich ehrlich bin: So viele Alternativen gibt es ja dann auch wieder nicht.« Er zeigt auf unsere Krüge. »Trinkt ihr was?«

Die sind gekommen, um zu bleiben. Wie gut, dass ich Mütze und Schal anhabe. Sonst könnte jeder sehen, dass meine Ohren glühen. »Ja, gerne. Weiß, bitte.«

Andreas versetzt seinem Kumpel einen Stoß in die Rippen. »Hol uns mal sechs Weiße.« Gehorsam sammelt der junge Kerl die Krüge ein, setzt sich in Bewegung und reiht sich in der Schlange ein.

Ester stützt ihr Kinn auf ihre behandschuhte Faust und strahlt Andreas an. »Und du bist also aus Murnau?«

»Wie die meisten hier, wenn ich mich so umschaue.«

Ester klimpert mit den Lidern. »Ach, ich beneide euch. Es ist so schön hier. Und so friedlich. Auf mich macht der ganze Ort einen sehr harmonischen Eindruck.«

»Hast du gehört, Andi? Harmonisch ist es hier. Und friedlich.« Einer seiner Kumpel lacht.

»Das sieht der Andi völlig anders, gell?«, geht ein anderer seiner Freunde dazwischen. Korbi, glaube ich. »Wie sagst du immer?«

»Ah, da kommt der Glühwein.« Andreas greift nach einem Krug. »Na dann prost.« Er trinkt und sagt: »Hinter den Geranien wohnt das Grauen.«

Ich verschlucke mich, japse nach Luft und suche nach einem Taschentuch. »Wie bitte?«

»Hinter den Geranien wohnt das Grauen«, wiederholt Andreas und sieht mir in die Augen. Ruhig und bestimmt. »Ist nicht von mir.«

»Grauen? Hier in Murnau? In diesem kleinen Nest am Rande der Alpen? Was soll denn hier auch nur annähernd grauenhaft sein?«

»Wollt ihr das wissen? Ich warne euch.« Andreas beugt sich über den Tisch.

»Na klar! Nur raus damit. Wir sind gespannt, nicht wahr, Anna?« Ester schaut erwartungsvoll.

Ich nicke, ergeben. Und stumm.

Andreas winkt uns heran. Fast berühren sich unsere Köpfe. »Ich sage jetzt nicht, wen ich meine.«

»Meinst du den da? Den am Nachbartisch? Den mit dem großen Gamsbart?«, flüstert Ester sehr laut und zückt ihren Finger.

Ein großer, schwerer Mann mit Vollbart, Trachtenhut und Walkjanker hebt fragend das Kinn.

»Ester! Du bist unmöglich. Seit wann zeigt man denn auf fremde Leute?«, zische ich.

»Schon gut«, winkt Andreas ab. »Der hat schon gewaltig einen im Tee und merkt heute eh nichts mehr. Da hast du dir den Richtigen ausgesucht. Das ist ein echter Schwerenöter. Einziger Sohn eines Großbauern. Und ich meine, richtig groß. Wir reden von einem der schönsten Höfe hier in der Gegend. Wenn nicht dem größten und dem schönsten. Der hat das nur zu gut gewusst. Hat selbst nie auch nur einen Finger krumm gemacht. Zu nichts zu gebrauchen, wie man bei uns sagt. Aber immer das neueste Auto. Und die schickste Freundin. Hat seinem Alten überhaupt nicht getaugt. Aber was sollt er machen? Er war der einzige Sohn.«

»Und?« So was soll vorkommen, denke ich. In den besten und auch den schlechtesten Familien. *Tell me something new*, liegt mir auf der Zunge.

»Eines Tages stirbt der Alte. Urplötzlich. Einfach umgefallen, mitten im Stall. Und der steckt seine Mutter ins Altersheim, erschießt den Hund und verkauft alles.«

»Nein!« Ich schlage die Hand vor den Mund. Der Glühwein schwappt.

Ester schaut betroffen und schweigt. So viel zum Thema Frieden und Harmonie.

Andreas trinkt in aller Seelenruhe seinen Glühwein. »Doch. Genau so war's, innerhalb weniger Tage und ohne mit der Wimper zu zucken. Der Alte war noch nicht mal kalt.«

Ester hat sich gefangen und drückt ihr Kreuz durch. »Das ist bestimmt ein Einzelfall. Und Ausnahmen bestätigen nun mal die Regel.«

»Welche Regel, Ester? Dass es viele absolut ehrliche, freundliche, loyale Menschen gibt, die keiner Fliege etwas zuleide tun könnten? Schau deine Freundin Anna an. Für die würdest du doch deine Hand ins Feuer legen, nicht wahr?«

»Selbstverständlich. Warum fragst du das?«

»Weil das die Wahrheit ist, genauso wie der Umstand, dass es auch einen gewissen Prozentsatz von Menschen in einer Gruppe gibt, die verkommen sind. Berechnend. Bösartig. Vielleicht auch kriminell. Auch das ist Realität. Gauß'sche Normalverteilung. Es gibt ein paar wenige Gute, ganz viel Mittelmaß und ein paar richtig Schlechte. Von denen wir vielleicht nicht unbedingt hören wollen, die aber mitten unter uns sind.«

»Hier in Murnau?« Ester schaut skeptisch.

»Gerade hier. Wenn ich mich so umschau, dann haben wir hier gerade eine Galgenvögel-Versammlung.« Er nickt Ester zu. »Versprichst du mir, nicht wieder mit dem nackten Finger auf angezogene Menschen zu zeigen?«

Ich pruste los. Es kommt selten vor, dass jemand meine Freundin so direkt entwaffnet.

Ester schaut etwas sparsam. »Klaro.«

Andreas zwinkert mir zu. Wenn es möglich wäre, würde ich noch roter anlaufen, als ich eh schon bin. Schnell versenke ich meine Nase in meinem Glühweinkrug. Gott sei Dank sind alle Augen auf Andreas gerichtet.

»Ein paar Tische weiter steht noch so eine.«

»Die Blondine? Meinst du die? Die guckt die ganze Zeit schon rüber«, zischelt Ester fröhlich.

Ich verdrehe die Augen. Hat denn niemand einen Knebel zur Hand?

»Ich hab doch gesagt, ich sag nicht, wen ich meine. Die Kollegen von der Steuerfahndung ermitteln gerade wegen Steuerhinterziehung. Scheint ein Familiending zu sein, deren Mutter soll sich ins Ausland abgesetzt haben. Und dann gibt's noch einen hier, der ist Immobilienmakler, schwimmt in Geld.«

Ester schaut sich um. »Ich tippe auf den Dicken mit dem blasierten Gesichtsausdruck.«

Andreas grinst. »Seine Nachbarn haben ihn angezeigt, weil er bei ihnen Strom abgezweigt haben soll.« Andi verzieht den Mund. »So reich und so geizig. Aber ich bin das nicht.« Er zückt seinen Geldbeutel und stößt seinem Kumpel einen Ellenbogen in die Rippen. »Korbi. So passt du auf. Siehst du nicht, dass die Damen nichts mehr zu trinken haben? Los, hol uns noch mal sechs Weiße.«

Sein Kumpel grinst ihn an. »Gleich. Du erzählst doch bestimmt jetzt die Geschichte von der anderen.« Sein Kinn ruckt nach links, dann nach rechts. »Wen könnte ich meinen? Die will ich hören. Ist einfach zu schön.«

Andi haut ihm auf die Schulter. »Okay. Wo war ich? Ach ja, bei den Guten, den Mittelmäßigen und den Schlechten.« Er lehnt sich noch etwas weiter über den Tisch. »Es geht nämlich noch besser.«

»Lass mich raten, lass mich raten.« Ester hüpft auf und ab.

»Lass gut sein, Ester. Es kann hier jeder und jede sein. Obwohl, diesmal geht's um eine Frau. Eine Ehefrau. Die hat nach fünfundzwanzig Jahren Ehe ihren dementen Mann so schlecht behandelt, dass der nachts schreiend aus dem Haus gerannt ist. Das hat sie ein paarmal gemacht, bis die Nachbarn die Polizei gerufen haben. Die arme Sau hat sich ein bisschen gewehrt, wen wundert's, er wurde eingesackt und in die Geschlossene gesteckt. Da hat er wieder randaliert, woraufhin er fixiert und sediert wurde.«

Ester reißt die Augen auf. »Oh mein Gott. Und was wurde aus dem armen Mann?«

»Der starrt jetzt die Decke an, sie ist ihn los und kann in Ruhe auf dem Weihnachtsmarkt einen Glühwein nach dem anderen kippen.« Andreas richtet sich wieder auf. »Denen hier ist alles zuzutrauen.« Er grinst in die Runde.

Ich schüttele mich, schiebe mich vom Tisch weg und schaue in die Runde. »Also, wir lernen, das hier ist wie überall. Es gibt das Gute, es gibt das Schlechte, und wir sind mittendrin. Ich weiß ja nicht, wie ihr das seht, aber nach der Erkenntnis brauche ich was zu trinken.« Ich nehme dem Typen namens Korbi Andreas' Geldbörse aus der Hand und lege sie vor ihn auf den Tisch. »Ihr auch? Nein, nein, jetzt bin ich dran.« Ich hebe die Hände gegen das aufkeimende Protestgeschnatter, sammele die Becher ein und stell mich wieder in die Schlange. »Noch mal sechsmal das Gleiche, Schorschi«, sage ich und schiebe die Krüge über den Tresen.

Dunkle Augen unter wirren, grauen Locken sehen mich an. »Ja, schon wieder die Anna. Servus! Für dich doch immer.« Er befüllt die Becher und wirft mir einen Blick über die Schulter zu. »Ich sehe, du kennst den Andi, unseren Kommissar? Woher, wenn ich fragen darf?«

Was soll die Frage jetzt? Überrumpelt frage ich mehr, als dass ich antworte: »Vom Hotel?«

Schorschi stellt die dampfenden Becher einen nach dem anderen auf ein Tablett, schiebt es in meine Richtung und lehnt sich über den Tresen. »Vierundzwanzig Euro. Anna, Anna, Anna. Dann bist du *die* Anna? Von der alle reden? Christians Neue?« Neu? Was heißt hier neu? »Ja«, antworte ich überrascht und sehe von meinem Portemonnaie auf. »Aber Christian und ich kennen uns schon ziemlich lange.« Schorschi nickt. Sein Grinsen lässt seine Zahnlücke leuchten, aber nicht seine Augen. »Soso. Hab schon gehört. Du bist das also. *Die* Anna. Mit dem Andi. Und nicht mit dem Chrissi.« Er richtet sich auf und sieht mich an, ausdruckslos. »Mei. Wo soll das noch alles enden.«

12

Anna und Christian

Murnau, Donnerstag, 8. Dezember 2022

»Können wir reden?«

Drei Worte auf meinem Display. Über die ich nachdenke, allein in meinem Bett. Geradezu meditiere, in aller Herrgottsfrüh. Komme mir blöd vor, dass ich texte, finde mich noch alberner, dass ich überhaupt darüber nachdenke, Christian zu schreiben. Mache mir einen zweiten Cappuccino. Was bedeutet das alles für mich?

Anna. Du bist keine siebzehn mehr. Sondern eine erwachsene Frau. Also benimm dich auch so.

Das sagt sich leichter, als es ist. Allemal wenn man, wie in diesem Fall, es sich selbst sagt. Und vor allem, wenn man, so wie ich, seit zwei Tagen nichts von seinem Liebsten gehört hat. Ich kann mich an keinen Tag in den letzten zweieinhalb Jahren erinnern, an dem wir nicht miteinander gesprochen hätten. Über Kontinente hinweg. Und jetzt tun wir das nicht, obwohl wir uns im selben Haus befinden?

Da kann man schon mal auf Ideen kommen. Blöde Ideen. Nervige Ideen. Verunsichernd. So wie: Warum meldet er sich nicht? Vermisst er mich überhaupt? Was habe ich falsch gemacht? Und: Liebt er mich noch?

Wie ein Hamster im Käfig renne ich von einer Ecke des Zimmers in die andere. Lass mich aufs Bett fallen. Werfe dramatisch ein Kissen. Das undramatisch einfach zu Boden fällt. Um etwas zu tun. Alles nur, um mein klopfendes Herz und die Stimme in meinem Kopf nicht zu hören. Beiläufig sehe ich zur Decke. Makellos und vollkommen leer. Keine schwarzen Tücher, die herabsinken, mich unter sich begraben und mir den Atem nehmen. Ich springe auf.

Auf dem Sideboard stehen die Rosen neben dem Entschuldigungsstrauß und welken vor sich hin. Mit beiden Händen öffne ich die Türen zum Balkon und stürze ins Freie. Schlage die Arme um meine Körpermitte. Das zu Eis gefrorene Holz unter meinen Füßen sticht in meine Sohlen, die Luft, die ich in meine Lungen sauge, brennt, und mir laufen die Augen. Ich presse die Lippen zusammen und atme durch die Nase ein. Und wieder aus. Und wieder ein. Nach zehn Wiederholungen spüre ich meine Extremitäten nicht mehr und schlottere wie Espenlaub. Mit aller Kraft werfe ich meine Hände in die Luft, hüpfe dreimal auf und ab, erlaube mir ein Quieken, springe zurück ins Zimmer und unter die Dusche.

Heiß läuft das Wasser über meinen Körper. Ich seife mich von oben bis unten ein, wasche den Schaum ab und drehe den Hebel kurz entschlossen Richtung blau. Japsend angele ich nach einem Handtuch, wickele mich in meinen Bademantel, gehe zurück zu meinem Telefon. Mein Kopf ist frei. Ich drücke auf »Senden«.

Christians Antwort kommt postwendend. »Natürlich. 9:00 vor dem Haus?«

Ich antworte mit einem Herzchen. Und sinke erleichtert in die Kissen. Vielleicht bin ich nicht mehr siebzehn, was aber nicht heißt, dass ich mich nicht mehr so benehmen kann. Benehmen will.

Obwohl ... Will ich das tatsächlich? Ist es nicht eher so, dass ich mich zwar dazu durchringen muss, der Wahrheit ins Gesicht zu sehen, aber durchaus dazu fähig bin? Dass ich in den letzten Tagen komplett alleine war – von Ester und dem Kommissar mit seinen Freunden einmal abgesehen – und das als sehr überzogen erachte? Dass ich trotzdem immer noch Entschuldigungen finde, den Fehler bei mir suche, mir den Kopf zermartere, ob ich ihm noch gefalle? Wie wenig muss ich von mir halten, dass ich darauf komme und Christian damit freispreche? Nicht der Wahrheit ins Gesicht schaue, die da heißt, dass ich mich okay fühle, sein Verhalten aber nicht okay ist? Und zwar überhaupt nicht okay?

Einige Gäste stehen schon vor dem Hotel, als ich zwei Stunden später aus der Lobby trete. Sergio kümmert sich gerade um ein paar Koffer. Ein Taxi rollt heran. Christian, in Anorak und Mütze, schüttelt Hände, schließt Türen und kommt strahlend auf mich zu.

Ich schaue ihn an in den wenigen Sekunden, bevor er mich in die Arme schließt. Er sieht müde aus. Dunkelblaue Ringe, die ich ebenso wenig wie seine Zornesfalten kenne, hängen unter seinen Augen. Seine Haut ist drei Nuancen blasser als vor einer Woche. Hat er abgenommen? Auf jeden Fall wirkt er deutlich schmaler als vor ein paar Tagen. Oder bilde ich mir das alles ein?

Er drückt mich an sich. Schwach kann ich sein Aftershave riechen, Zeder und Leder. Sein Kuss ist ein bisschen kratzig, als wäre seine letzte Rasur schon etwas länger her. Auch das ist neu. Oder vielleicht ist neu einfach nur normal? Ist das der echte Christian, der mitten in seinem Alltag steht? Der einfach nicht mehr anders kann, als der zu sein, der er ist? Und ist der Christian, den ich von unseren verlängerten Wochenenden kenne, die eigentliche Inszenierung?

Was ist los mit mir? Mit uns? Mit dieser Woche, die die schönste unseres Lebens werden sollte? Alle Leichtigkeit ist dahin. Ich hake mich bei ihm unter und falle in einen Gleichschritt neben ihm. Nach ein paar Schritten haben wir das Hotelgelände verlassen, biegen in die kleine Straße Richtung Wald ein und sind allein. Ich ziehe kalte, trockene Luft in meine Lungen, atme ein, zwei, drei, vier, atme aus, zwei, drei, vier. Mein Herzschlag verlangsamt sich. Ich höre, wie der Schnee unter meinen Stiefeln knirscht, sehe die blasse Wintersonne über der weiten Ebene des Moores stehen. Vorsichtig taste ich nach Christians Hand. »Schön, dass du dir Zeit für mich nimmst.«

Er dreht sich zu mir um und nimmt mich fest in die Arme. »Darling, ich kann dir gar nicht sagen, wie du mir die letzte Zeit gefehlt hast. Hattest du gestern einen schönen Abend?«

Bilder blitzen vor mir auf. Ein Himmel, der die Farbe von Flamingos hat. Lichterketten in einer riesigen Tanne. Andreas. Ich weiche seinem Blick aus. »Ich war mit Ester unterwegs.

Wir waren auf dem Weihnachtsmarkt. War lustig.« Ich lasse ihn los. »Du, Christian, das ist aber nicht das, worüber ich mit dir sprechen wollte.«

Er zieht mich erneut an sich. »Das hab ich mir schon gedacht. Was liegt dir auf der Seele?« Ich mache mich los und hole Luft. Einatmen, ausatmen und wieder ein. *Jetzt muss es raus.* »Wenn ich ehrlich bin, waren die letzten Tage das komplette Gegenteil dessen, was ich mir unter unserer Woche vor unserer Hochzeit vorgestellt habe.«

Christian senkt den Blick. Er wirkt noch blasser und müder als zuvor. »Das kann ich mir denken. Falls es dich beruhigt, mir geht es genauso.«

Überrascht sehe ich auf. »Ja? Wirklich?«

»Was denkst du denn? Ich hab es mir so schön vorgestellt, mit dir im Winter mit Blick auf die Alpen wunderbar entspannte Tage vor unserer Hochzeit zu verbringen. Und jetzt das.«

Tief in mir baut sich eine kleine türkisfarbene Welle auf und spült sanft über mich hinweg. Jede Zelle meines Körpers lässt los, gibt nach, wird weich. Ich fühle mich leicht wie eine Feder. Und so froh. Vielleicht sind wir uns gar nicht so fern, wie ich die letzten Tage gemeint habe. Ich nehme seine Hand und drücke sie. »Es ist schön, dass du das genauso siehst.«

»Seit Maxis Tod bin ich nonstop im Krisenbewältigungsmodus. Ehrlich gesagt mach ich den ganzen Tag nichts anderes, als aufgeregte Gäste zu beruhigen. Und Transzillionen an Fragen zu beantworten.« Er wechselt die Tonlage und brummt mit tiefer Stimme: »Herr Egger! Was ist denn hier passiert? Warum ist die Polizei im Haus? Muss ich mir Sorgen um meine Sicherheit machen? Wieso war der Pool gesperrt? Stellen Sie sich vor, ich konnte nach dem Saunagang nicht schwimmen gehen!«

»Wie bitte? Das wollten die Gäste wissen?«

»Es wird noch besser. Pass auf, das ist meine absolute Lieblingsfrage.« Er macht eine Kunstpause und holt Luft. »Ich höre, es gab einen Todesfall im Pool. Wurde das Wasser schon getauscht?«

Ich kann nicht anders, ich muss lachen. »Nicht dein Ernst.«

»Doch. Die Frage kam. Fand ich gar nicht so weit hergeholt.«
»Trotzdem bizarr. Über was sich die Leute so Sorgen machen.«
Christian legt seinen Arm um meine Schulter. »Aber das kennst du ja. Es gibt keine unsinnige Frage eines Gastes ...«
»Es gibt nur inkompetente Antworten«, beende ich seinen Satz. Gemeinsam biegen wir in den kleinen Waldweg ein.
»Richtig. Also habe ich mich um das Poolwasser gekümmert. Das war die leichte Aufgabe. Viel schwerer war es, zu verhindern, dass die Hälfte der Gäste abreist. Und die andere Hälfte gar nicht erst kommt. Die ganze Angelegenheit ist eine einzige wirtschaftliche Katastrophe. Vom Imageschaden mal ganz abgesehen. Da musste ich massiv gegensteuern. Ich hab mir den Mund fusselig geredet, jede Menge Kaffee und Schnaps ausgegeben und Zimmer upgegradet.« Er bleibt stehen und reibt sich über das Gesicht. »Das hat mich zwar eine Stange Geld gekostet, ist aber immer noch besser als ein Totalverlust. Ich will, was heißt ich will, ich muss einfach verhindern, dass das Eggers Schaden nimmt. Mein Vater hat nicht so lange gearbeitet und ich ehrlich gesagt auch nicht, dass aufgrund eines einzigen Vorfalls, für den wir noch nicht einmal verantwortlich sind, alles den Bach runtergeht.«
Ein kalter Luftzug weht mir ins Gesicht. *Die ganze Angelegenheit. Ein Vorfall.* »Und Maxi? Was denkst du über seinen Tod? Betrifft dich das gar nicht?«
Christian schiebt seinen Arm unter meinen und zieht mich mit sich mit. »Schau, da drüben hat mein Vater seinen Hochsitz. Aber den kennst du ja schon.«
Und wie ich den kenne. Denn dahinter ist die kleine Lichtung mit der Hütte seines Vaters. Vor der man, wie ich inzwischen weiß, vortrefflich meinen Fragen ausweichen kann. »Lenk nicht ab. Was denkst du über Maxi?«
Christian hält meinen Arm umfasst. »Ich bin noch gar nicht dazu gekommen, so richtig darüber nachzudenken. Geschweige denn zu trauern. Und im Moment hab ich auch keine Zeit dafür. Alles in allem halte ich seinen Tod für ein tragisches Unglück.«

Meine Augenbrauen treten ihre Wanderung an. Wie häufiger in letzter Zeit. »Das ist schon richtig. Weil jemand es auf dich abgesehen hatte. Und nicht auf Maxi. Du warst das Ziel. Beschäftigt dich das nicht? Was treibt jemanden dazu, dir so massiv schaden zu wollen?«

»Aber, Hasilein, das hatten wir doch schon. Wollen wir wieder darüber streiten?« Er küsst mich. »Und so massiv war das auch nicht.«

Ich bin halb entwaffnet und halb sprachlos. Nur meine Brauen führen ihr Eigenleben. »Dass jemand den Pool unter Strom setzt, findest du nicht massiv? Ich schon. Da wollte dir jemand so richtig wehtun. Wer kann das gewesen sein?«

»Darling, ich weiß es nicht«, sagt Christian leichthin. »Und es interessiert mich auch nicht. Ich halte das für einen Streich. Ich hab nämlich keine Feinde.«

Ich muss an Ester denken. »Sicher?«

»Ja, sicher. Mir kommt das alles wie ein Freinachtscherz vor.«

»Pfft«, schnaube ich. »Christian, es ist Dezember.«

Er dreht sich um, umfasst meine Taille, wirbelt mich einmal herum, setzt mich ab und reibt seine Nase an meiner. »Meinst du, ich weiß das nicht?«

Ich kichere. Dass er immer damit durchkommt … dass das immer wieder funktioniert … dass er so mir nichts, dir nichts um meine Argumente drum herumscharwenzeln kann, ohne dass ich ihn zu fassen bekomme … Aber er hat ja recht: Wer kann ihm böse sein? »Meinst du ernsthaft, das ist einfach nur ein grober Scherz?«

»Ja, klar! Was denn sonst? Habt ihr euch nicht gegenseitig ein Fuder Mist vor die Haustür gekippt?«

Mist? In Blankenese? Ich schüttele den Kopf. »Nein.«

»Oder beim Abitur die Türklinken in der Schule unter Strom gesetzt?«

Ich bleibe stehen und stampfe mit dem Fuß in den Schnee. »Nein!«

»Oder den Eingang zur Turnhalle mit leeren Biertragerln verbaut?«

»Nein!«

»Wirklich nicht?«

Ich kann nicht anders und falle in sein Lachen ein. Und merke, wie gut es tut, wieder fröhlich zu sein. Das ist doch das, was ich will. Mit meinem Mann reden, die Dinge auf den Tisch legen und dann darüber lachen. »Wirklich nicht. Du kannst mir glauben. Ich bin auf eine sehr konservative, sehr gesittete Schule im Hamburger Westen gegangen. An so etwas haben wir noch nicht einmal gedacht. Geschweige denn haben wir so etwas gemacht.«

»Also wir schon. Vielleicht ein bisschen derb, aber so sind wir halt.«

Zack – ist es vorbei mit der Harmonie. Er kann doch nicht dauernd Standards von Rechtschaffenheit und Anstand verschieben und so tun, als ob Sachen beschädigen und Menschen Schaden zufügen Lappalien sind! Ich haue meine Hacken in den Schnee. »Ein bisschen derb? Christian, Maxi ist tot!«

»Das weiß ich doch. Und es tut mir so leid. Aber es ist nicht mehr, als dass mich jemand ärgern wollte. Und zwar nur mich. Und ich lasse mich nicht ärgern, wenn ich mit einer so wunderbaren Frau zusammen bin.« Seine Lippen berühren zart, ganz zart die meinen.

Ich schließe die Augen und falle in die sanfte Wärme seines Kusses. Liege in seinen Armen und spüre den Schnee, der von den Bäumen auf mein Gesicht fällt. Als plötzlich ein Gedanke auf einem Adrenalinpfeil durch meinen Kopf jagt. Mit einem Ruck klappe ich meine Lider nach oben und schiebe ihn von mir weg. »Ärgern? Das nennst du ärgern? Um es klar zu sagen, im Rest der Republik nennt man das Körperverletzung.«

Christian zieht mich wieder an sich. »Deshalb haben wir ja auch solche Probleme mit euch Zugereisten. Weil ihr immer so humorlos seid«, lacht er und streicht mir über den Rücken.

Eins muss ich ihm lassen: Er bleibt bei seiner Meinung. Auch wenn sie mir nicht passt. Was ich dann wohl einfach so stehen lassen muss. Ich ringe mir ein Lächeln ab. »Okay, wenn du meinst. Und du hast keine Ahnung, wer das war?«

Christian wirft die Arme in Luft. »Mein Gott, das kann jeder gewesen sein. Oder keiner. Irgendein armer Irrer halt. Wir Eggers sind es gewohnt, dass uns der Wind ins Gesicht bläst.«

»Was soll das denn jetzt schon wieder heißen?«

»Wir sind seit Generationen immer etwas anders drauf gewesen als der Rest. Wir waren mit die Ersten, die Gäste aus der Stadt beherbergt haben, wir haben als Erste den alten Hof in ein Hotel umgebaut. Und wir waren immer erfolgreich. Das schafft nun mal Neider.«

»Okay«, sage ich langsam. »Das kann ich nachvollziehen. Aber macht dir das alles denn keine Angst?«

Er legt seinen Arm um meine Schulter und stapft weiter durch den Schnee. »Angst? Wieso?«

»Na, das liegt doch auf der Hand. Auf der Angriffsskala hat ein verstromter Pool eine neun Komma fünf. Vielleicht. Jedenfalls ist die Skala nach oben offen. Heute der Pool. Morgen hast du Zucker im Tank. Und übermorgen wird jemand handgreiflich.«

»Den Zucker hatte ich schon. Und dass es das eine oder andere Mal ruppig zugeht, ist auch keine Neuigkeit. Früher hat man im wahrsten Sinn des Wortes nicht lang gefackelt. Ich kenne den einen oder anderen Hof hier in der Gegend, der ist schon mal in Rauch aufgegangen, wenn die anderen im Dorf der Meinung waren, dass man seine Klappe allzu weit offen hat.«

»Christian! Das ist doch nicht dein Ernst! Das ist Selbstjustiz und eine Straftat! Man kann doch nicht einfach hingehen und ein Haus abbrennen, wenn einem die Meinung eines anderen Menschen nicht gefällt. Oder sein Lebensstil. Das ist doch Wahnsinn!«

Er nimmt mich an der Schulter und schaut mir in die Augen. »Ich kann dir versichern, dass ein paar Leute hier das ganz anders sehen. Das nennt man bei uns ein Haberfeldtreiben. Und die sind noch gar nicht lange her.«

Ich schüttele den Kopf. »Ich fasse es nicht.«

Er legt seinen Finger unter mein Kinn. »Anna. Ich weiß deine Sorge um mich zu schätzen. Als zukünftige Frau Egger. Aber du musst mir glauben. Da ist nichts.« Mit beiden Händen umfängt er mich und zieht mich zu sich heran. Wie er mich ansieht. Diese Augen. Diese wunderbaren, leuchtenden Augen voller Wärme und Gefühl. Ich werde mich mein Leben lang nicht sattsehen können an diesem Blick. Die türkisfarbene Welle in meiner Seele rollt über mich hinweg und zieht mich mit in einer Woge des Glücks. Er streicht mir eine Strähne aus dem Gesicht. Ganz zart küsst er mich an diese eine Stelle auf der Wange. Ich spüre seine Lippen unterhalb meines Ohres. »Vertrau mir, Anna«, flüstert er, »du musst mir bloß vertrauen. Dann wird alles gut.«

13

Andreas

Murnau, Donnerstag, 8. Dezember 2022

Ruhe.

Endlich Ruhe. Das Telefon macht keinen Mucks. Ich bewege mich nicht und ansonsten auch keiner. Niemand, der die Tür aufreißt. Und meine Mails habe ich schon vor einer Stunde ausgeknipst.

Rosi und ich sitzen an den geborgten Tischen, jeder vor dem anderen durch seinen Bildschirm verdeckt. Lesen die Fallakte, durchkämmen Zeugenaussagen, eigene Notizen, betrachten Fotos, immer auf der Suche nach Ansatzpunkten. Ungereimtheiten. Hinweisen, die, miteinander verbunden oder in eine neue Ordnung gebracht, womöglich zu einer Spur werden können.

Ich brauche das. Will in Ruhe und Frieden meine Gedanken sortieren. Und das soll möglichst auch so bleiben. Ich verhalte mich still, rühre mich kaum.

Nur das leise Klappern von Rosis Tastatur erfüllt den schmucklosen Raum.

Unausgesprochen liegt eine Frage in der Luft. Was tun wir hier? Anders gefragt: Haben wir einen Fall, der unser beider Anwesenheit außerhalb der heimischen Polizeiinspektion überhaupt rechtfertigt? Erfüllt irgendetwas den Tatbestand eines Kapitalverbrechens? Bisher haben wir nichts gefunden, was ein halbwegs intelligenter Anwalt nicht in fünf Minuten in der Luft zerreißen könnte. Alles, was wir bisher wissen, weist auf Körperverletzung hin. Eine Straftat, richtig, aber um die zu verfolgen, brauchen Rosi und ich nicht in Murnau zu kampieren. Das können wir auch von Garmisch aus bearbeiten.

Ich starre auf meinen Bildschirm. Lese, was dort steht,

ohne es zu verstehen. Lese es noch einmal. Die Buchstaben verschwimmen vor meinen Augen. Richte mich auf, kneife die Augen zusammen und sauge die Worte in mir auf.

Wenn das so weitergeht, sitze ich heute Nacht noch hier. Jedes Mal, wenn ich anfange, mich von Anfang bis Ende durch einen Satz zu arbeiten, schiebt sich Annas Gesicht vor meinen Bildschirm.

Ich war verblüfft gewesen, als Ester mir gestern auf dem Weihnachtsmarkt zugewunken hatte. Eigentlich hatte ich nur kurz alte Skitouren-Freunde treffen wollen, in der Menge die beiden Frauen entdeckt und entschieden, sie zu ignorieren. Und dann das. Esters Getöse, der gemeinsame Abend, die Frau mir direkt gegenüber, die in letzter Zeit durch meine Gedanken wandert. Was ich vor mir selbst als absolut fallrelevant recht-fertige.

Ich schüttele den Kopf. Gestern Abend habe ich keine Milli-sekunde an den Fall – oder was auch immer das ist, woran wir arbeiten – gedacht. Ich hatte nur noch Augen für sie.

Und sie hat gestrahlt, als ich meine Geschichten erzählte. Meine Kumpels haben vor sich hin gegrinst. Weil ich so auf-drehte. Mich in Positur warf wie ein Gockel, mein Rad schlug wie ein Pfau. Aber was soll's? Sie fielen ja selbst fast über ihre eigenen Füße, um die beiden mit Glühwein zu versorgen.

Und ich? Musste mich beherrschen, ihr nicht näher zu kom-men. Sie beiläufig zu berühren. Dieses Lächeln. Schon als wir uns das erste Mal im Hotel begegnet waren, ist es mir aufgefal-len. Ich hatte meine Hände in die Taschen gestopft und mich angestrengt, sie immer wieder strahlen und leuchten zu lassen. Ich will mehr davon. Viel, viel mehr …

Mein Telefondisplay zeigt eine Nummer an. Am liebsten hätte ich gestöhnt. Wer wagt es, mich zu stören? Murnauer Vorwahl. Moment. Die Nummer kommt mir bekannt vor. Ist das nicht … das Eggers? Ich drücke auf den grünen Hörer. »Kienlechner.«

»Grüß Gott, Herr Kienlechner, hier ist die Stanzi vom Emp-fang.«

Sympathische junge Frau. »Servus, Stanzi«, antworte ich freundlich. »Was kann ich für Sie tun?«

»Ich ...« Ihre Stimme bricht.

Ich schnappe nach Luft. Es ist etwas passiert. *Anna! Bitte nicht Anna.* Ich presse mein Telefon ans Ohr. »Stanzi. Reiß dich zusammen«, falle ich unwillkürlich ins Du. »Sag schon, was ist!«

»Der Herr Egger senior ...«, schluchzt sie.

Der Alte. Nicht Anna. Gott sei Dank. »Was ist mit ihm?«

»Es ist zwölfe durch«, sie unterbricht sich, holt stotternd Luft, »und er ist nicht da.«

Ich fahre den Ton hoch, tippe auf das Lautsprechersymbol, greife nach einem Stift, klopfe auf den Rand meines Bildschirms. Aus dem Gerät dringt hemmungsloses Weinen. Rosi reckt den Hals, ich winke sie zu mir und lege das Telefon zwischen uns auf den Tisch. Mit einem Blick kontrolliere ich die Uhrzeit. Viertel nach zwölf. »Aber sonst ist er um diese Uhrzeit da?«

»Immer!«

Ich reibe mir über das Gesicht. Mit hoher Wahrscheinlichkeit ist gar nichts los. Egger senior wird in der Auffahrt stehen und mit einem Gast ratschen. Oder er sitzt im Ähndl bei seiner zweiten Halben. Auch mit einem Gast oder mit irgendeinem anderen Murnauer Schlawiner. Oder er ist ausgerutscht und liegt mit einem Oberschenkelhalsbruch mitten auf der Straße. Was zwar schmerzhaft ist, aber nicht lebensbedrohlich und auf gar keinen Fall den Einsatz der Kripo rechtfertigt. Und wenn er nicht auf den Kopf gefallen ist, hat er schon die 112 gewählt und wird innerhalb der nächsten fünf Minuten in die Notaufnahme des UKM eingeliefert.

Es kann aber auch alles ganz anders sein.

»Okay. Stanzi, es ist gut, dass du anrufst. Wir sind unterwegs.« Der rote Hörer leuchtet. »Rosi?«

»Ja, Chef?«

Ich rolle mit den Augen. »Wir müssen ins Eggers. Denen geht der Alte ab.«

Rosi greift nach ihrer Jacke und ist schon an der Tür.

Kurz hatte ich überlegt, das Martinshorn zu nutzen. Und mich dagegen entschieden. Ich brauche nicht der ganzen Marktgemeinde mitzuteilen, wie nervös ich bin. Trotzdem gebe ich Gas und biege vier Minuten später in die Einfahrt des Eggers ein. Sergio und Stanzi laufen uns entgegen.

Ich parke, steige aus, nicke den beiden einen Gruß zu. »Jetzt erzählt mal. Was ist passiert?«

Sergio verschränkt die Arme hinter dem Rücken. »Herr Egger macht morgens immer seinen Spaziergang«, ergreift er das Wort.

»Jeden Morgen?«, hakt Rosi nach. »Ausnahmslos?«

»Ja. Zumindest seit seine Frau verstorben ist. Er geht immer um zehn und kommt um kurz vor zwölf zurück.«

»Dann wäscht er sich die Hände«, übernimmt Stanzi. »Bei uns unten im Erdgeschoss. Danach geht er ins Restaurant und isst zu Mittag. Immer an seinem Tisch. Dem ersten in der Ecke am Fenster.«

»Um zwölf?«, fragt Rosi.

»Ja. Immer um zwölf. Den Tisch decken die Kollegen für ihn ein und stellen ein Reservierungsschild auf. Obwohl, die meisten Gäste wissen das. Dass das sein Tisch ist.«

Der Mensch ist ein Gewohnheitstier. »Jeden Tag?«

»Ja.« Stanzi wischt sich die Tränen vom Gesicht.

Leere breitet sich in meinem Magen aus. Und ein mieses Gefühl. »Okay. Stanzi, es war absolut richtig, dass du angerufen hast.« Ich werfe Rosi ein Blick zu. Sie hebt kaum merklich die Schultern und bewegt zustimmend den Kopf. Sie weiß, was jetzt kommt.

Trotzdem muss ich für den nächsten Satz extra Luft holen. »Ich sag das jetzt sehr ungern, weil ihr euch große Sorgen um den Herrn Egger senior macht«, ich schaue von Stanzi zu Sergio und zurück, »aber jeder Mensch hat das Recht, nicht gefunden zu werden. Wenn er das nicht will.«

Sergio sieht mich mit großen Augen an. »Was soll das denn heißen?«

»Das heißt«, geht Rosi dazwischen, »wenn Herr Egger entschieden hat, allein sein zu wollen, hier oder meinetwegen am anderen Ende der Welt, kann er das tun, ohne dass wir nach ihm suchen.«

Stanzi starrt sie an, schüttelt den Kopf und schlägt wortlos die Hände vors Gesicht. Sergio legt ihr väterlich den Arm um die Schulter.

Ich versuche, gelassen auszusehen. »Was meine Kollegin damit sagen will, ist, dass jemand auch mal von der Bildfläche verschwinden darf. Ohne dass sofort nach ihm gesucht wird. Das ist sein gutes Recht. Jeder Erwachsene darf sich aufhalten, wo und wie lange er will. Vielleicht hat er jemanden getroffen, mit dem er Mittag essen gegangen ist?«, biete ich als Erklärung an.

»Der Herr Egger senior?« Stanzi reckt energisch ihr Kinn. »Nicht in seinem eigenen Restaurant Mittag zu essen? Das würde er nie tun. Außerdem gibt es heute seine Leibspeise. Rahmschwammerl mit abgebräunten Breznknödeln und Salat.«

Das würde ich mir auch nicht entgehen lassen. »Hat jemand in seiner Wohnung nachgeschaut?«

»Sie meinen, dass er sich einfach in der Zeit geirrt hat?«, fragt Sergio.

Nach allem, was ich über seine Routinen gehört habe, ist das unwahrscheinlich. »Ich weiß es nicht. Aber nachschauen muss wer.« Ich wende mich um. »Stanzi, das machst du. Nimm den Generalschlüssel mit. Kann sein, dass er nicht aufmacht. Vielleicht ist er gestürzt.«

Ich sehe die Hoffnung auf dem Gesicht der jungen Frau. Etwas sagt mir, dass der alte Egger nicht mit einem Kreislaufzusammenbruch im Badezimmer liegt. Obwohl ich es ihm und mir gerade sehr wünsche. Ich gehe auf den Eingang zu, gefolgt von Rosi. Die Türen fahren auf. »Sergio, hast du seine Mobilnummer?«

»*Sí*«, nickt er. »Seit vielen Jahren.«

Ich kann sehen, wie stolz er auf diesen Vertrauensbeweis ist. »Hast du es mal probiert?«

Sergio schaut betroffen. »Nein.«

»Dann mach das bitte.«

Ich stelle mich neben ihn und beobachte ihn, wie er mit zitternden Fingern sein Telefon bedient.

»Der Teilnehmer ist zurzeit nicht erreichbar. Bitte hinterlassen Sie eine Nachricht für …«, klingt es hohl aus dem Lautsprecher.

Ausgeschaltet. Wir gehen in die halbdunkle Halle. Stanzi eilt die Treppe herunter und schüttelt den Kopf.

»Rosi«, ich ziehe meine Kollegin zur Seite, »ruf Verstärkung. Großes Besteck. Wir brauchen mindestens zwanzig Mann. Hunde. Der Hubschrauber soll sich bereithalten, falls wir in die Dunkelheit kommen und mit Infrarot suchen müssen. Okay?«

»Okay, Chef.«

Ich winke entnervt ab. »Und falls jemand blöde Fragen stellt: Egger senior ist von einem Spaziergang nicht zurückgekehrt. Wenn er einen Unfall hatte, ist er womöglich nicht bei Bewusstsein. Hilflos. Bei den Temperaturen besteht Lebensgefahr. Sein Telefon ist ausgeschaltet, wir können ihn nicht anrufen und seinen Standort nicht bestimmen. Und falls er nicht verunglückt ist, hat er abrupt seine Routinen geändert. Womöglich ist er Opfer einer Straftat geworden.«

»Du meinst, dass der, der den Pool …«

»Ich meine gar nichts.« Obwohl mir mein Bauch etwas ganz anderes sagt. Manchmal ist es einfach zum Kotzen, recht zu haben. »Hoffen wir mal, dass er nur irgendwo gefallen ist.«

Rosi nickt und zieht ihr Telefon aus der Tasche.

Ich drehe mich um. »Habt ihr das Hotel durchsucht?«

»Nein!« Stanzi macht kehrt und rennt los.

Ich sehe ihr nach. Es hat keinen Sinn, sie einzubremsen. Besser, sie hat etwas zu tun. »Sergio, sieh zu, dass deine Leute auch die Keller und Kühlhäuser durchschauen. Und die Tiefgarage.«

Sergio sieht mich fragend an. »Aber er ist doch zu Fuß unterwegs.«

»Ich will ganz sicher sein. Wisst ihr, welche Runde er geht?«

»Nein. Nicht genau. Ab und zu hat er mal erzählt, dass er am

Ähndl jemanden getroffen hat. Und dass er an seinem Hochsitz nach dem Rechten schaut.«

»Okay. Wo ist der Hochsitz?«

»Am Ende der Straße biegt ein Waldweg ab. Gleich da an der Ecke. Und dahinter ist eine Lichtung. Da steht seine Hütte.«

Seine Arme malen Kreise in die Lobby.

Ich weiß, wo das ist. Als Kind bin ich tausendmal an den steilen Erosionsabhängen zwischen See und Moor herumgestrolcht. »Wir warten hier auf die Verstärkung und gehen dann los. Solange durchsucht ihr das Hotel.«

Sergio nickt, winkt zwei Kollegen heran und gibt leise Anweisungen.

Ich sehe den drei Männern nach, wie sie in unterschiedliche Richtungen verschwinden. Viel Zuversicht spüre ich nicht. Gleich halb eins. Langsam habe ich ein supermieses Gefühl im Bauch.

»Andi. Was tust du hier?«

Dieser Ton. Scharf, durchdringend, missbilligend. In meinem Rücken. Kein »Servus«, kein »Grüß Gott«. Mag ich, so was. Natürlich erkenne ich die Stimme. Ich drehe mich betont langsam um.

»Christian! Servus.« Ich pflastere mir ein Lächeln ins Gesicht.

Mein ehemaliger Schulkamerad steht vor mir. Anna neben ihm. Er in Hemd und Janker. Teuer aussehend. Nichts, was die Murnauer Herrenausstatter führen. Vielleicht die Garmischer. Bestimmt die Münchner. Sein Arm liegt in Annas Taille. Sie trägt grobe Stiefel und ein schlichtes graues Wollkleid. In ihrem Gesicht stehen Fragen und Besorgnis. Aus seinem spricht übertriebene Empörung – ich schon wieder! In seinem Hotel! Ohne ihn um Erlaubnis zu fragen!

Stanzi kommt aus der Küche, sieht uns, reißt verzweifelt die Hände empor und verschwindet weinend wieder hinter der Schiebetür.

»Christian«, wiederhole ich in geschäftsmäßigem Ton, »deine Angestellten haben uns kontaktiert –«

»Was heißt kontaktiert?«, geht er dazwischen.

»Angerufen«, antworte ich ruhig und sehe aus dem Augenwinkel, dass Anna leise lächelt. »Stanzi und Sergio haben uns berichtet, dass dein Vater heute nicht zum Mittagessen erschienen ist.«

»Ach so. Und deshalb kommt ihr extra her? Wir haben uns auch schon gewundert, wo er bleibt, uns aber keine großen Gedanken gemacht.« Christian tätschelt Annas Hand.

Ganz was Neues. Ich schiebe die Augenbrauen zusammen. »Wart ihr verabredet?«

»Locker. Er hatte gestern Abend erwähnt, dass er ein paar geheime Wege kennt, die er uns nach dem Essen zeigen wollte. Aber alles ganz unverbindlich.«

»Stanzi und Sergio machen sich große Sorgen um ihn. Und ich inzwischen auch. Vor allem nach dem Vorfall letzte Woche. Wenn jemand abrupt seine Routinen ändert, ist es angezeigt, nach ihm zu suchen.«

»Und was heißt das jetzt? Ich habe zu tun, Andi«, sagt Christian ungehalten. »Wir alle hier. Dieses Hotel führt sich nicht von allein.«

»Auch wir machen hier nur unsere Arbeit, Christian, das kannst du mir glauben.«

Ich sehe durch die Eingangsfront, wie drei Einsatzwagen vorfahren. Streifenpolizisten steigen aus und betreten das Foyer. In der Ferne bellt ein Hund.

Rosi geht auf ihre Kollegen zu. Einen kurzen Moment ruht mein Blick auf Anna. Ihre rechte Hand hat sie auf ihr Herz gelegt. Sie sieht Christian an, sucht seinen Blick, findet ihn nicht. Ihre Augen, ihre Körperhaltung, ihre Gestik sprechen von Verwirrung und Mitgefühl. Aber sie sagt nichts. Spielt sich nicht in den Vordergrund, ganz im Gegenteil zu ihrem Verlobten, der allen Ernstes auf meine Kollegen zugeht.

Ich trete ihm in den Weg. Bemühe mich, ruhig und bestimmt aufzutreten. »Christian, unterlass das bitte. Das hier ist ein Einsatz. Du befolgst unsere Anweisungen. Keine Ausnahmen.«

Anna tritt neben ihn und legt ihm ihre Hand auf die Schulter. Das sagt mehr als tausend Worte.

Ich nicke ihr zu und hoffe, dass ich nicht rot werde.

»Du beschreibst meinen Kollegen und mir jetzt die Wege deines Vaters. Hoffen wir, dass er aufgehalten wurde. Dass wir ihn finden und den Einsatz beenden können. Aber ab jetzt übernehmen wir.«

14

Anna und Christian

Murnau, Donnerstag, 8. Dezember 2022

»Wo steckt dein Vater denn bloß? Er kann doch nicht vom Erdboden verschluckt sein.« Ich stehe vor Christian, meine Hände
auf seiner Brust, und durchsuche sein Gesicht nach einem Blick.
*Sieh mich an, bitte, sieh mich an. Wir heiraten übermorgen, wir
müssen miteinander reden, das hier gemeinsam durchstehen.
Sonst schaffen wir das nicht.*

Christian schaut über mich hinweg. Wir stehen vor dem
Haus, dick in unsere Anoraks verpackt. Es ist ruhig, geradezu
gespenstisch. Die Aufregungswelle der letzten Minuten ist ver-
ebbt. Gäste, die aus dem Restaurant kamen, um zu schauen, was
in der Lobby los ist, haben sich diskret zurückgezogen. Oder sie
wollten nicht behelligt werden, als sie verstanden hatten, dass
der Seniorchef verschwunden ist. Zu viel Stress. Das Gegenteil von Urlaub. Da geht man lieber auf sein Zimmer. Und die
Polizisten, die eben noch die Halle bevölkerten und den Anweisungen Christians zugehört hatten, waren auseinandergestoben
wie ein Schwarm Tauben, in den ein Hund gefahren ist.

Noch immer weicht Christian mir aus. Nur sein Kinn bewegt
sich ruckartig nach rechts. »Da entlang.«

Ich laufe los, mechanisch. Die untere Gesichtshälfte in meinem Schal verborgen, falle ich in einen Gleichschritt neben ihm.
Unser Atem steht in parallelen Säulen in der klaren Winterluft.

Ich stecke meine Hände in meinen Anorak, knibbele an
meiner Unterlippe. Ich war nie der rebellische Typ, hab mich
nie direkt widersetzt, aber jetzt finde ich es gut, dass Christian
Andreas' Anweisungen missachtet. Es geht mir ja genauso. Ich
könnte jetzt auch nicht im Hotel sitzen und Däumchen drehen.
Ich will etwas tun, meine Besorgnis in Energie ummünzen.

Trotzdem erfasst mich eine seltsame Unruhe. *Was finde ich jetzt schlimmer: dass wir seinen Vater suchen oder dass er schweigt?* Bis eben hatte ich noch gedacht, es sei alles wieder in Ordnung. Wir waren spazieren, hatten uns ausgesprochen und wunderbar zärtliche Stunden im Bett verbracht. Es hatte sich angefühlt, als wäre nie eine einzige Wolke am Himmel gestanden. »Was ist los? Was hast du?«

Er stapft neben mir her und schüttelt unwirsch den Kopf. Immer noch kein Blick. »Gar nichts.«

Schon wieder keine Antwort auf meine Frage. Und kein Kontakt. »Bitte, Christian, erklär –«

»Anna.« Er bleibt stehen. »Du verlangst etwas von mir, was ich dir nicht geben kann. Erklärungen. Ich weiß doch auch nicht, was hier los ist. Komm«, er hakt sich bei mir unter, »lass uns nicht hier rumstehen, sondern etwas tun. Meinen Vater suchen.«

Ich nicke. »Sicher.« Denke ich gerade: Geht doch? Wieso muss ich ihn dreimal fragen, bevor er reagiert?

Wir haben das Hotelgelände verlassen, laufen die Straße entlang und biegen in einen schmalen Weg ab, der hinunter ins Moor führt. Der Boden unter unseren Füßen knackt und knirscht. »Diesen Weg bin ich als Kind sehr häufig mit ihm gegangen.« Sein Arm beschreibt einen Halbkreis. »Er führt hinunter ins Moos, macht einen großen Bogen, dann hinauf Richtung Wald zu seinem Hochsitz und von dort aus zurück zum Hotel. Komm, da entlang.« Er geht los, ohne sich nach mir umzusehen.

Mein Blick, der seiner Hand gefolgt ist, macht sich los und fliegt über das weite Land. Unbeeindruckt von den Angelegenheiten der Menschen gleißt die Sonne von einem dunkelblauen Himmel auf uns herab. Leere, tief verschneite Moorflächen glitzern wie mit Pailletten bestickte Seide im Scheinwerferlicht des Planeten. Dahinter reckt sich der Alpenkamm in die Höhe. Als dunkelblauer Scherenschnitt trennt er den Himmel von der Erde. Es ist schön hier, denke ich, so wunderschön, und das wird so bleiben, auch wenn wir uns nicht darum kümmern. Ich schließe zu Christian auf und stoße sanft in seine Seite. »Warte doch auf mich. Ich will doch auch helfen. Dich so gerne unterstützen. Aber das geht nur, wenn du mich auch lässt.«

»Aber das tust du doch.« Er stapft neben mir durch den Schnee, die Hände in den Jackentaschen. Seine Lippen sind zu einer Linie gepresst.

Ich starte einen neuen Versuch. »Hast du noch mal probiert, ihn anzurufen? Vielleicht geht er jetzt ran.«

Christian nickt. »Gerade eben im Hotel. Immer noch das Gleiche. Sein Telefon ist ausgeschaltet. Noch nicht mal die Mailbox.«

Ich starre in den blütenweißen Schnee vor meinen Stiefeln. »Das ist schon komisch, oder? Dein Vater war doch immer erreichbar. Zumindest für uns. Ich kann mich nicht daran erinnern, dass sein Telefon jemals aus war.«

Christian gibt ein undefinierbares Geräusch von sich und geht weiter.

In der Ferne heult ein Martinshorn und verstummt gleich wieder. Ich drehe mich um. Zu meiner Rechten verläuft oberhalb das Sträßlein am Waldrand entlang. Klein wie Spielzeugautos reihen sich ein rot-weiß geschecktes Kastenwagen und weiß-blau gestreifte Kombis aneinander. »Schau, da oben sind die Polizei und der Notarzt.«

Christian nickt. »Ah, ja, ich sehe sie. Aber lass uns hier unten bleiben und hier weitersuchen.« Plötzlich bleibt er stehen und zieht mich an sich. »Anna, es tut mir so leid.«

Ich schiebe ihn etwas von mir weg. Woher der spontane Sinneswandel? »Was denn?«

Er legt seinen Kopf an meine Stirn. »Alles. Wie diese Woche verläuft. Ich hatte es mir ganz anders vorgestellt.«

Ich nehme sein Gesicht in meine Hände. »Ich mir doch auch, Christian. Das hab ich dir doch gestern schon gesagt. Aber die Dinge sind nun einmal so, wie sie sind, das können wir nicht ändern. Wir sind zusammen. Das ist doch das Wichtigste. Und jetzt suchen wir gemeinsam nach deinem Vater. Nicht wahr?«

»Ja«, antwortet er einsilbig und starrt auf seine Stiefel, als ob Großes von ihnen zu erwarten wäre.

Ich sehe ihn fragend von der Seite an. Ja? War das alles? Oder kommt da noch etwas? *Stell dich nicht so an, Anna, er hat wahrlich andere Dinge im Kopf, als mit dir jetzt gerade Süßholz zu raspeln.* Kurz entschlossen schlucke ich meine Enttäuschung ob seiner knappen Antwort herunter.

Vor uns teilt sich der Weg. »Müssen wir hier nicht abbiegen, wenn wir zurückwollen?« Ich sehe nach rechts, hoch Richtung Waldrand.

»Was?« Christian sieht auf. »Sorry, ich hab eine Sekunde lang nicht aufgepasst. Aber du hast recht, hier hoch geht es zurück Richtung Wald.«

Wir biegen ab, zurück Richtung Straße. Der Weg ist schmal und holperig, zieht sich zwischen niedrigen Büschen hindurch, sodass wir hintereinandergehen. Wurzeln ragen aus dem Erdreich empor, ich muss mich konzentrieren, aufpassen, dass ich nicht umknicke. Mit unseren Ärmeln streifen wir den Schnee von den Ästen. Plötzlich steigt der Pfad steil bergan. Die Sonne im Rücken klettere ich schweigend hinter Christian her. Nur mit Mühe kann ich mit ihm Schritt halten, vor allem als der Weg sich weitet, glatt und eisig wird. Schmale Kufenspuren durchschneiden die Fläche. Anscheinend sind wir auf einem Hang, auf dem gerodelt wird. Ich höre, wie Christian vor mir atmet, den Schnee, wie er unter unseren Füßen knirscht. Wieder durchbricht ein Martinshorn die Ruhe, wird leiser, verschwindet.

Wir haben die Hälfte des Hangs hinter uns, als es in Christians Jacke brummt. Er bleibt stehen, zieht sein Telefon hervor, schaut auf das Display. »Das ist Andreas. Was will der denn jetzt von uns?«

Nichts Gutes, schießt es mir durch den Kopf.

Breitbeinig, den Blick in die Ferne gerichtet, nimmt Christian den Anruf entgegen. »Ja? Andi? Was ist?« Das Telefon am Ohr hört er mit versteinerter Miene zu. Langsam lässt er seinen Arm wieder sinken. »Spaziergänger haben ihn gefunden. Am

Hochsitz. Genaueres ist nicht bekannt. Die Polizei sperrt die Gegend ab. Wir sollen im Hotel warten.«

Meine Erleichterung mischt sich mit Angst. »Wie, ›gefunden‹? Ist das alles? Mehr hat er nicht gesagt? Was soll das heißen?« Christian stopft sein Telefon zurück in die Jackentasche. »Das heißt, dass Andi weiß, wo mein Vater ist, dass ihm etwas passiert ist, der Herr Kommissar aber nicht darüber sprechen will.«

Mein Bauch sagt mir, dass er recht hat. »Und was machen wir jetzt?«

»Natürlich nicht zurück zum Hotel gehen. Los, komm!« Er dreht sich um und hastet voraus.

Beinahe wäre ich ausgerutscht. Gerade kann ich mich noch fangen. Der Hang ist steil und glatt. Ich beiße die Zähne zusammen und trete mit aller Kraft in den Schnee, um Halt zu finden. Hektisch, um nicht ganz den Anschluss zu verlieren, wuchte ich mich Schritt für Schritt nach oben. Christian erklimmt die letzten Meter. Schnaufend trete ich in seine Fußstapfen und kämpfe mich zur Kante empor.

Abrupt endet der Hang auf Straßenniveau. Wir sind nicht weit vom Hotelgelände entfernt, Luftlinie können es nicht mehr als zwei Kilometer sein. Eine lange Kette an Einsatzfahrzeugen reiht sich am Waldrand entlang. Zwischen den verschneiten Bäumen bewegen sich Silhouetten umher, Polizisten, Sanitäter, einige in Zivil. Trotz der vielen Fahrzeuge und Menschen ist es ruhig. Nicht Freude, sondern Anspannung liegt in der Luft. Ein rot-weißes Plastikband ist quer über die Straße gespannt. Dahinter ausschließlich Personen in weißen Schutzanzügen mit Polizei-Aufdruck auf dem Rücken.

Oh mein Gott. Was ist hier denn los? Was machen all die Leute hier? Was um Himmels willen ist passiert? Mir wird plötzlich flau im Magen. Ich drehe mich um. Wo in drei Teufels Namen ist Christian abgeblieben?

Plötzlich sehe ich ihn. Vor dem Absperrband, das genauso aussieht wie das Requisit in Vorabendkrimis, haben sich uniformierte Polizisten und Sanitäter zu einem Knäuel geballt. Mit meinem Verlobten in der Mitte. Der aus voller Kehle schreit: »Was? Ich kann nicht durch? Das ist mein Vater!«

Kurz denke ich: *Wie kann der Mann sich ernsthaft mit den Einsatzkräften streiten, die machen doch nur ihren Job*, als Andreas auf der anderen Seite des Bandes erscheint. Wieder in neutraler Zivilkleidung, bedächtig, souverän. Er tritt aus der Gruppe Techniker in Schutzkleidung hervor, geht mit erhobenen Händen Christian entgegen. »Chrissi, Chrissi, lass gut sein. Du kannst nicht durch. Ich hab dir doch gesagt, dass –«

»Das interessiert mich nicht!«, brüllt Christian ihn an.

Diese Lautstärke! Und die Aggression! Ich schrecke zusammen, als ob mich jemand geschlagen hätte. Auch die Polizisten fahren herum.

»Du lässt mich jetzt sofort zu meinem Vater, sonst ...«

Dieser hochrote Kopf. Und diese Ader an seiner Schläfe. Hab ich alles noch nie gesehen. Ich dränge mich zwischen den Schutzpolizisten zu ihm durch und greife nach seinem Arm. »Christian. Bitte.«

Unwirsch macht er sich von mir los und stürzt auf Andreas zu. Das Absperrband dehnt sich gefährlich. »Geh mir aus dem Weg!«

Ruhig hebt Andreas erneut die Hände und gebietet seinen Kollegen, die einschreiten wollen, Einhalt. Mit zwei Schritten tritt er Christian in den Weg. »Wenn du dich meinen Anweisungen widersetzt, muss ich die Kollegen bitten, dich zum Hotel zu bringen.«

»Andi, lass den Scheiß, verdammt noch mal! Es ist mein Vater«, schnauzt Christian und reißt die Arme in die Luft.

Andreas' Gesicht ist undurchdringlich. »Das ist mir klar. Darüber hinaus ist das hier womöglich ein Tatort. Ich kann dich nicht durchlassen.« Andreas verschränkt die Arme vor der Brust. Das rot-weiße Absperrband ist zum Zerreißen gespannt.

»Das wirst du noch bereuen!«, brüllt Christian und stößt seine Faust gen Himmel.

»Das glaube ich nicht.« Andreas wendet sich zu mir. »Anna. Habe die Ehre.«

Christian schiebt die Polizisten auseinander und stürmt zurück in Richtung Hotel. »Anna?«, schreit er über seine Schulter. »Komm! Wir gehen!«

Mit hängenden Schultern stehe ich Andreas an der Absperrung gegenüber. Was soll ich tun? Oder erklären? Mir fehlen die Worte. »Ich...«, stammele ich und hebe hilflos die Achseln. »Schon gut. Kümmere dich um ihn.« Andreas nickt, lächelt und hebt grüßend die Hand. »Wenn du etwas brauchst, melde dich. Pfiat di.«

Seine kleine Geste wärmt mein Herz. Ich lächele einen Gruß, drehe mich um und schiebe mich durch den Pulk der Einsatzkräfte. Was um alles in der Welt wollen die alle bloß hier? Aufatmend trete ich aus der Menge heraus, tue zwei, drei Schritte, will mich noch einmal umdrehen, noch einen Blick erhaschen, auf die Menschenmenge, die Autos, vielleicht auch Andreas, stolpere, quieke, falle und rutsche auf meinem Anorak den Abhang hinunter.

Die schiefe Ebene, die ich eben noch mühselig nach oben gestapft war, bewegt sich unter mir hindurch – oder ich mich über sie hinweg? Ich gleite, holpernd und ruckelnd, aber ich gleite auf dem imprägnierten Stoff abwärts den Hang hinab. In meinen ersten Schreck mischt sich sofortiges Amüsement, ich lache und lasse die Schwerkraft gewähren. Erst schnell, dann, am Fuß des Hangs im flacheren Gebiet, gemächlich fahre ich dahin, den Himmel über mir, die Sonne im Gesicht, bis ich sanft am Fußende des Weges zum Stillstand komme. Über mir wölbt sich das dunkelblaue All, ich recke mich, lasse mich in den Schnee sinken und mache mit den Armen Engelsflügel in das große Weiß.

Wenn mich jetzt jemand sieht, denkt er, ich habe einen Knall. Aber Schneeengel hab ich als Kind schon gern gemacht, die wenigen Male, wenn in Hamburg echter Winter war. Wie passend. Meine Hände fahren die Flügelhalbkreise nach, die Sonne sticht mir in die Augen, und ich fühle mich seltsam befreit.

Da oben, an der Straße, habe ich ein Leben gelassen. Nein, eher einen Augenblick, diesen einen Moment, nach dem ich mich seit meinem sechzehnten Lebensjahr zurücksehne. Ich in den Armen eines Mannes, langsam drehend auf der Tanzfläche, zu einem Schmusesong, der nie zu Ende geht. Nicht mehr allein, nicht mehr einsam, sondern aufgehoben, warm und beschützt von einem anderen Menschen. Dumm nur, dass das nicht stimmte.

Die Welt hatte sich unter mir wegbewegt und Illusionen mitgenommen. Dabei waren es noch nicht mal meine, doch geglaubt habe ich sie nur zu gern. Ich bin gerutscht, erst langsam, dann immer schneller und alleine unten angekommen. Hab meine Teenagerträume zurückgelassen, meine Hochzeit, meinen weißen Anzug und durch eine leere Fläche ersetzt. Darauf übrig bleibe ich.

Ich richte mich auf. Die Nachricht steht in Blockbuchstaben über dem Horizont: Hier ist etwas nicht in Ordnung. Mit diesem Mann ist etwas Grundlegendes nicht in Ordnung. Und zwar überhaupt nicht. Dass etwas nicht stimmt, hab ich nicht wahrhaben wollen. Das zuzugeben ist mir schwergefallen. Auch, weil ich mich so auf die Hochzeit gefreut hatte. Tränen steigen mir in die Augen, ungeduldig wische ich sie weg, rappele mich in die Höhe und klopfe meine Hose ab. Umständlich ziehe ich ein Taschentuch aus der Jacke.

Muss ich jetzt traurig sein? Keine Ahnung. Wichtig ist, dass ich nichts mit diesem, was auch immer es ist, zu tun haben will. Es ist etwas nicht in Ordnung, Punkt. Weshalb ich nicht Christians Frau werde. Auf gar keinen Fall. Sondern ich selbst bleibe, Anna aus Hamburg, mit klarem Verstand und beiden Beinen im Schnee.

Ich drehe mich einmal im Kreis. Hinter mir ist der Abhang, oben die Polizei, vor mir das Moos in der Sonne. Wo lang soll ich gehen?

Am besten dorthin, wo ich hergekommen bin.

15

Andreas

München, Freitag, 9. Dezember 2022

München im Advent. Muss man mögen. Mag ich aber nicht. Reinste Perversion der Vorweihnachtszeit. Schnee? Nicht weiß und dick auf Hausdächern und Bäumen liegend, sondern als braunschwarze Haufen aus Dreck und Reifenabrieb an den Straßenrand geschoben. Weihnachtsmärkte? Nicht gemütlich, kernig und familiär, sondern vollgestopft mit irgendeinem China-Plastikglump, blinkender Beleuchtung und plärrend lauter Musik. Und die Leute? Nicht breit grinsend beim Feierabendglühwein mit den Nachbarn, sondern Menschenmassen, die sich durch überfüllte Straßen und Plätze quälen, megagenervt und superaggressiv. Will ich alles noch nicht mal geschenkt.

Aber ich muss da heute mitten rein. Das gerichtsmedizinische Institut liegt zwar schon am Rand der Innenstadt und so zentral, dass ich mir die gestressten Münchner antun muss, aber dennoch so weit vom Epizentrum adventlichen Schreckens entfernt, dass ich zumindest in Institutsnähe etwas durchschnaufen kann. Ich frage mich, wer in München noch weiß, dass der Advent eine Zeit der Ruhe und Besinnung ist, eine Phase der Einkehr und der Vorbereitung auf Weihnachten. Und nicht die Gelegenheit, ungezügelt Konsum und Völlerei zu frönen. Was nicht umsonst eine Todsünde ist.

Aber was rede ich. Ich bleibe stehen und hole Luft. Je länger ich da draußen, am Fuß der Berge, lebe, desto stärker sehne ich mich zurück, sobald ich auch nur einen Fuß in die große Stadt setzen muss. Die markante Silhouette der Zugspitze taucht vor mir auf, eckig, kantig, massiv, weiß glänzend im Sonnenlicht. Ich fühle ein Ziehen in meinem Herzen. *Andi, fang jetzt bloß nicht das Spinnen an.*

Ich reibe mir über das Gesicht. *Reiß di zamm*, es reicht schon, wenn der Egger durchdreht. Ein verzerrtes Gesicht schiebt sich vor meinen Sehnsuchtsberg, ein aufgerissener Mund, vorquellende Augen. Kopfschüttelnd schiebe ich beides beiseite. Ich kann ja verstehen, dass jemand vor Sorge um seine engsten Angehörigen die Wände hochgeht. Verzweifelt ist. Meinetwegen auch ausrastet. Aber so, wie Christian gestern aufgetreten ist, hatte das nichts mit Besorgnis, sondern ausschließlich mit seinem Ego zu tun. Der Mann flippt aus, wenn er nicht kriegt, was er will. Das geistige Niveau eines Dreijährigen, dem Impulskontrolle und ein energischer Erziehungsberechtigter, der ihm gewaltig auf die Finger schlägt, fehlen. Dummerweise in Gestalt eines gut aussehenden Mittdreißigers, mit einer sensiblen, empfindsamen und mitfühlenden Frau im Rücken, die versprochen hat, ihn zu heiraten.

Ich bekomme Annas Erscheinen gestern nicht aus dem Kopf. Wie sie versucht hatte, Christian Einhalt zu gebieten, wie ein begossener Pudel neben ihm gestanden war und stumm seine Tiraden angehört hatte. Es war ihr gar nicht recht gewesen, wie er sich aufgeführt hatte. Vor allem, weil wir Publikum hatten. Die ersten Spaziergänger und Neugierigen hatten sich schon eingefunden, ich hatte Kathi, meine Klassenkameradin, und den Weißgerber erkannt. Und zwischen all den Menschen, den Uniformierten, Gaffern, Kriminaltechnikern und Sanitätern, ein tobender Christian und eine stille Anna. Durchlitten hatte sie die Szene. Nur einmal leuchteten ihre Augen kurz auf, als wir uns voneinander verabschiedet hatten. »Anna«, hatte Christian geschrien, »komm! Wir gehen!« Mich schüttelt es heute noch bei der Erinnerung. Er hätte auch »Bei Fuß!« brüllen können, es wäre auf das Gleiche hinausgelaufen. Sie hatte sich umgedreht und war gegangen. Kurz darauf hatte ich sie aus den Augen verloren.

Nach Christians Auftritt hatte ich die Kollegen an der Absperrung angewiesen, jeden ausnahmslos sofort wieder heimzuschicken und niemandem Auskunft zu geben. Es war so sicher wie das Amen in der Kirche, dass die Nachricht vom

Verschwinden Josef Eggers in Schallgeschwindigkeit verbreitet werden würde. Wenn auf etwas Verlass war, dann darauf, dass schlechte Nachrichten blitzartig die Runde machten. Auch wo wir uns befanden, würde schnell bekannt werden. Und dann kämen sie rein zufällig vorbei, die besorgten Bürgerinnen und Bürger. Nur, um mal zu schauen. Und irgendwer hätte gewiss etwas Dringendes im Wald zu tun. Hinter der Absperrung wohlgemerkt.

Denn das war kein aus dem Ruder gelaufener Freinachtscherz mehr. Zwei Tote im Egger'schen Umfeld in einer Woche waren kein Zufall. Im Gegenteil. Dass der Tod Josef Eggers senior gewaltsam verlaufen war, davon zeugten seine Verletzungen. Vielleicht ein Unfall, aber Fremdeinwirkung war plausibler. Das sagte mir meine Erfahrung. Und auch der Tod Maximilian Schmiedts war gewalttätig gewesen. Wer einen Pool unter Strom setzt, will jemand anderem Schaden zufügen. Im Kontext mit dem toten Egger senior wurde Vorsatz immer wahrscheinlicher. Aber das waren zum jetzigen Zeitpunkt alles noch Spekulationen. Hirngespinste meinerseits, weil ich mich in den Gängen des Instituts schon wieder verlaufen habe. Was mir immer noch fehlt, ist ein Motiv.

Das Klappern meiner Schuhe auf dem Fliesenboden hallt durch den breiten Flur. Dazu grelles Neonlicht, das auch noch den letzten Winkel ausleuchtet. In der Luft hängt der typische Geruch von Putzmitteln und Formalin. Und von etwas anderem. Tod, Verwesung, Leichen? Ich drehe die Augen zur Decke. Wozu so melodramatisch? Das ist doch sonst nicht meine Art. Himmelherrgott, dass ich mir aber auch nie merken kann, wo ich hinmuss. Dabei hatte sie mir die Nummer doch gesagt. »Steff?«

»Hier bin ich.« Die Stimme kommt aus einem Raum zu meiner Rechten. Ich stecke den Kopf zur Tür hinein, grüße mit einem knappen »Servus« den uniformierten Kollegen, der an der Wand an der Seite steht, und schiebe mich hinterher. Mit zwei Schritten stehe ich der Gerichtsmedizinerin an ihrem Edelstahltisch gegenüber. Wenigstens bin ich pünktlich.

»Grüß dich.« Sie lächelt kurz und deutet auf den Mann im grünen Kittel zu ihrer Rechten. »Meinen Kollegen Markus Flierl kennst du schon?«

Ich nicke. »Servus.«

Sie zeigt auf den Leichnam, der auf dem blank gescheuerten Stahltisch zwischen uns liegt. »Bevor wir beginnen: Was kannst du uns zur Vorgeschichte sagen?«

Ich verschränke die Arme hinter dem Rücken. »Das ist Josef Egger, fünfundsechzig Jahre alt, mir persönlich bekannt. Wohnhaft in Murnau, Hotelier, verwitwet. Wurde gestern Nachmittag gegen dreizehn Uhr von Spaziergängern leblos an seinem Hochsitz unweit seines Hotels aufgefunden. Der Notarzt hat um dreizehn Uhr fünfundzwanzig den Tod festgestellt.«

Die Medizinerin nickt. »Etwas Besonderes zur Auffindesituation?«

»Er saß im Schnee. Mit dem Rücken an einen Baum gelehnt, den Kopf zur Seite geneigt. Unter seinem Hochsitz. Sein Gesicht zeigte Spuren massiver Gewalteinwirkung. Ein großer Stein direkt vor ihm wies Blutspuren auf. Aufgrund des Verteilungsmusters des Blutes gehen wir davon aus, dass Fundort gleich Tatort ist. Er war vollständig bekleidet. Die Kleidung selbst war augenscheinlich nicht beschädigt, hatte aber starke Bluteintragungen. Seine Wertsachen hatte er dabei. Brieftasche, Uhr, Ehering, auch sein Handy. Das war aber ausgeschaltet.«

»Hm. Irgendetwas zum zeitlichen Ablauf?«

»Wie lange genau er an dem Baum gesessen war, kann ich dir nicht sagen. Aber wir reden insgesamt über einen Zeitraum von ungefähr drei Stunden. Seine Mitarbeiter im Hotel haben Angaben gemacht, dass er gegen zehn Uhr das Hotel verlassen hatte und zu einem Spaziergang aufgebrochen war. Das machte er wohl täglich. Seine Empfangsmitarbeiter sind nach derzeitigem Stand seine letzten Kontaktpersonen. Ob er tatsächlich eine Runde oder aus irgendeinem Grund direkt zu seinem Hochsitz gegangen ist, können wir nicht sagen. Bisher haben wir keine Zeugen gefunden, die ihn unterwegs gesehen oder getroffen haben. Um zwölf Uhr fünfzehn wurde er bei uns als vermisst gemeldet. Wir waren um zwölf Uhr fünfundzwanzig im Hotel. Um dreizehn Uhr wurde er gefunden; wenn er direkt vom Hotel zum Hochsitz gegangen ist, sind das abzüglich der Gehstrecke maximal zweieinhalb Stunden.«

»Gut. Fangen wir an.« Sie nimmt ein Diktiergerät zur Hand und schaltet es an. »Freitag, 9. Dezember, neun Uhr dreißig. Anwesend sind Dr. Steffanie Hofreiter, leitende Gerichtsmedizinerin, Dr. Markus Flierl, Gerichtsmediziner, Andreas Kienlechner ...«

Langsam trete ich vom Tisch zurück und lehne mich an eine Fensterbank. Ich weiß, was nun geschehen wird: umfassende Untersuchung und Dokumentation der Bekleidung, vorsichtiges Entkleiden des Toten, äußere Besichtigung der Leiche, Öffnung der Leiche, Entnahme und Untersuchung der inneren Organe.

Die Sekunden tropfen dahin, eine nach der anderen. Es herrscht eine merkwürdige Ruhe im Saal, trotz der vielen Menschen, die anwesend sind. Selbst der Lärm der Großstadt wird durch die Schallschutzfenster gedämpft. Nur ab und zu sprechen die Gerichtsmediziner ihre Ergebnisse auf Band.

Ich habe nichts zu tun, außer den beiden bei der Arbeit zuzusehen und nachzudenken. Bisher hat keiner von beiden seine routinierten Handgriffe unterbrochen, etwas Auffälliges zu Protokoll gegeben. Was, wenn ich mit meiner Theorie danebenliege? Wenn die Kabel im Pool doch nur ein Scherz der sehr üblen Sorte waren und der Alte einfach nur ganz blöd gefallen ist?

Ich hatte zwar keinen Alkohol gerochen. Aber vielleicht hatte er ein paar Halbe intus, von denen keiner etwas wusste? Weil niemand im Hotel kontrolliert, wenn sich der Seniorchef selbst mal einen Schnitt einschenkt? Womöglich war es Restalkohol vom Abend zuvor? In Kombination mit irgendwelchen Medikamenten, die wir noch nicht gefunden haben? Oder er war einfach nur gestolpert? So nach dem Motto: Lass heute mal sein? Es war zum Auswachsen.

Steff, die am Kopf des Toten steht, beide Hände unter den

Halsansatz geschoben, sieht auf. »Markus? Hol bitte mal das Röntgengerät.«

Unwillkürlich richte ich mich auf. Gesagt hat sie zwar nichts, aber ich kenne Steff. Die plappert nicht einfach drauflos, sondern führt ihre Untersuchungen zu Ende. Und erst dann präsentiert sie ein Ergebnis.

Routiniert schiebt sie das Gerät über den Körper und fertigt ein Bild von Hals und Kopf des Verstorbenen an. »Andi?« Mit der Linken zeigt sie auf einen aufleuchtenden Bildschirm an der Wand. »Siehst du das da?«

Ich betrachte das Röntgenbild. Schwarz-weiße Innenansichten eines Menschen. Offensichtlich Eggers Schädel und Wirbel, ein Teil des Rückgrats. »Was genau meinst du?«

Die Gerichtsmedizinerin steht immer noch gebeugt am Kopf des Toten, ihre Hände unter seinen Hals geschoben, ihn vorsichtig abtastend. »Dens-axis-Fraktur.«

Ich schaue sie fragend an.

Sie fährt vorsichtig an der Rückseite des Halses entlang. »Bruch des zweiten Halswirbels. Häufiger Befund.« Sie zieht ihre Hände zurück und richtet sich auf. »Selten letal. In diesem Fall muss es etwas Hartes gewesen sein.«

Bilder vom Fundort zappen durch meinen Kopf. Der Hochsitz. Der Felsbrocken. *Anna.* »Der große Stein? Wir haben sehr viel Blut darauf gefunden.«

»Das könnte passen. Auch zum Verletzungsbild. Er ist mit dem Gesicht auf einen harten, scharfen Gegenstand aufgeschlagen. Auf jeden Fall mit großer Wucht. Das würde auch die klaffenden Wunden im Gesicht erklären.«

Unwillkürlich verziehe ich das meinige. »Autsch.« Das muss wehgetan haben.

Die Gerichtsmedizinerin schüttelt den Kopf. »Ich kann dich beruhigen. Bei dem Aufprall auf den Stein ist nicht nur der Gelenkzahn abgebrochen. Das Gelenk hat sich verschoben. Rückenmark ist ausgetreten. Er war sofort tot. Von seinen Verletzungen hat er nichts gespürt.«

Irgendwie beruhigt mich das tatsächlich.

Ich beuge mich über den Toten. »Gibt es Abwehrverletzungen, Steff?«

Sie tritt neben den Tisch, nimmt Eggers Unterarme und untersucht sie. »Ja, aber schwach. Hier«, sie weist auf eine Stelle, »siehst du? Stumpfe Gewalteinwirkung. Und hier. Das kann zweierlei bedeuten: Er wurde angegriffen, es kam zu einem Kampf, er hat sich gewehrt, aber nicht besonders intensiv. Oder er wurde überrumpelt und hat sich beim Fall die Verletzungen zugezogen. Das halte ich aber für weniger wahrscheinlich. Seine Kleidung hat die Schläge abgemildert.«

Ich richte mich wieder auf. »Aber du bist schon der Meinung, dass eine körperliche Auseinandersetzung stattgefunden hat, oder?«

Sie nickt. »Auf jeden Fall. Das sind ganz typische Muster. Ante mortem. Er wurde geschlagen, hat die Hände und die Unterarme schützend vor das Gesicht gehalten. So etwa.« Sie hebt die Arme über Kreuz vor den Kopf. »Und dabei hat er mehrere Schläge abgekriegt. Und bevor du fragst ... Ich bezweifle, dass wir Fremd-DNS finden. Wir machen natürlich die Untersuchungen. Aber er hatte Handschuhe an. Nichts unter seinen Fingernägeln. Sein Gegner trug offensichtlich auch welche.«

Ich nicke schweigend. Es wäre auch zu schön gewesen.

»Aber ich hab da noch etwas für dich.« Sie lächelt mich an. Zeigt sie heute einmal wieder einen ihrer seltenen Anflüge von Humor?

»Ich kann dich doch nicht mit leeren Händen zurück zur bayerischen Urbevölkerung schicken.« Sie grinst.

Ach, Steff, denke ich, wie lahm. Du bist ganz eindeutig schon zu lange in diesen gekachelten Räumen, allein unter Toten und Kollegen, die, außer Untersuchungsergebnisse zu diktieren, kein privates Wort verlieren. Und keine Miene verziehen. Ich lächele pflichtschuldigst.

»Schau mal. Das hier.« Sie zeigt mit einem Stift auf eine blaurote Linie am Hals des Toten. »Würgemale. Post mortem.«

Würgemale? Das hatte ich gestern nicht bemerkt. Erneut

beuge ich mich vor. »Interessant. Sind gestern wohl von der Kleidung verdeckt gewesen. Welchen Zusammenhang siehst du mit dem Spurenbild?«

Die Gerichtsmedizinerin tritt einen Schritt zurück. Ihr Gesicht ist wieder ernst. »Es hat ihn jemand unmittelbar nach seinem Tod am Hals aufgehängt.«

Spontan runzele ich die Stirn. »Das ist wirklich eigenartig. Aber würde unter Umständen erklären, weshalb der Schnee unterhalb des Hochsitzes so aufgewühlt war. Da hat sich jemand richtig abgerackert, den Alten in die Höhe zu wuchten.« Ich hebe die Schultern. »Oder die Fußspuren stammen vom Kampf.«

Steff verschränkt die Arme vor der Brust. »Wo genau war der Schnee zerwühlt?«

Ich ziehe mein Telefon aus der Tasche und scrolle durch die Tatortfotos. »Hier. Siehst du? Genau unter der Plattform.«

Sie schüttelt den Kopf. »Dann sind das keine Kampfspuren. Dafür ist unter dem Hochsitz kein Platz. Ich stimme deiner ersten Vermutung zu. Da hat jemand versucht, ihn aufzuhängen, und ist damit gescheitert.«

»Okay. Könnte hinkommen. Aber mit was? Wir haben nichts gefunden.« Oder wir haben nicht genug danach gesucht, schießt es mir durch den Kopf.

Steff zückt wieder ihren Stift. »Hier. Siehst du?«

Ich rücke noch etwas näher an den alten Egger heran. In der dunkelblauen Linie, die über seinen Hals verläuft, reihen sich in regelmäßigen Abständen kleine Rechtecke. »Was ist das?«

»Abdrücke. Ich tippe auf Kabelbinder, aneinandergeklippt. Siehst du hier und hier, die eckigen Strukturen?« Sie zeigt auf den Hals. »Das sieht so aus, als ob Verschlüsse von Kabelbindern in seine Haut gepresst wurden. Und zwar unmittelbar nach seinem Tod.«

Ich baue das Bild zusammen, das sie mir gerade entworfen hat. »Du meinst also, da hat jemand aus mehreren Kabelbindern eine Leine gebastelt, ihm um den Hals geschlungen und ihn daran aufgehängt?«

Die Gerichtsmedizinerin nickt. »Genau.«

»Aber …«

Sie tritt wieder an den Tisch. »Aber du hast recht mit der Annahme, dass das nicht funktionieren konnte. Der Mann wiegt knapp hundertzwanzig Kilo. Den hebst du nicht alleine hoch und hängst ihn auf.«

»Dann hat jemand zuerst einen Streit mit dem alten Egger gehabt, bei dem es handgreiflich wurde?«

»Richtig.«

»Dabei ist der Alte gestürzt und hat sich tödlich verletzt?«

»Korrekt. Ob mit oder ohne Fremdeinwirkung, müsst ihr rausfinden.«

»Und dann nimmt derjenige sich die Zeit und versucht, ihn aufzuhängen? Nicht sehr professionell? Um einen Suizid vorzutäuschen? Um seine Tat zu verdecken?«

»Dem stimme ich zu. Und ihr habt keine Kabelbinder gefunden?«

»Nein.« Noch nicht, denke ich. Aber das behalte ich für mich.

»Andere Spuren?«

»Jede Menge Fußspuren. Kein Wunder, das ist ein beliebter Wanderweg.« Die Gedanken in meinem Kopf fahren Achterbahn.

Sie wiegt den Kopf hin und her. »Das führt euch nicht weiter.«

»Steff …« Jetzt verschränke ich die Arme vor der Brust. Um mich zu wappnen für das, was ich gleich ausspreche.

»Ja?«

»Das ist keine Körperverletzung mit Todesfolge, nicht wahr?«

»Nein.«

»Dann ist das …«

»… womöglich Mord.«

16

Anna und Ester

Murnau, Samstag, 10. Dezember 2022

Mit einem Ruck klappe ich die Augen auf. Das rot-weiße Absperrband, der Waldweg, die Sanitäter. Christians Stimme, viel zu laut, Andreas, der sich ihm in den Weg stellt. In der kurzen Zeit zwischen Schlafen und Aufwachen hörte ich ihn wieder, wüst, laut und unfassbar unangenehm.

Was für eine Katastrophe. Erschöpft drücke ich meine brennenden Lider zu. Die vergangenen eineinhalb Tage sind eine graubraune Suppe aus Erinnerungsfetzen, tristen Gedanken und schweren Gesprächen mit Bestattern, dem Pfarrer und bestürzten Mitarbeitern. Ohne dass ich es verhindern kann, sehe ich Sepp vor mir, meinen Fast-Schwiegervater. Behäbig, dauerlächelnd, aber bestimmt. Ich rieche wieder Alkohol in seinem Atem, spüre seine Hand auf meiner Schulter, wie er mich nach vorne vor die Gäste schiebt, präsentiert wie eine Jagdtrophäe. Es gibt ihn nicht mehr. Er lebt nicht mehr. Er ist … tot. Tot! Ich kneife die Augen zusammen, doch das Bild bleibt in mir bestehen. Wie Pfeile, abgefeuert von zum Zerreißen gespannten Armbrüsten, schießt Adrenalin in meine Adern, mein Herz wird zum Schiffsdiesel, stampfend und wummernd in der tosenden Brandung meiner Erinnerungen. Säure blubbert in meinem Magen, ich stöhne. *Heute ist mein Hochzeitstag. Sepp führt mich nicht zum Altar. Meine Welt liegt in Trümmern. Was soll ich tun? Was soll ich jetzt bloß tun?*

Die Euphorie nach meiner unfreiwilligen Rutschpartie gestern ist nur noch ein blasser Schatten. Mit einem Ruck ziehe ich mir die Bettdecke über den Kopf und rolle mich in meiner Höhle zusammen. Durch die Daunen höre ich, wie jemand meinen Namen ruft.

»Anna!«

Ich kann nicht. Und ich will nicht. Wenn ich mich still verhalte, geht sie vielleicht weg.

»Anna!«

Diese Frau. Die seit Jahrzehnten meine Freundin ist. Ich weiß, dass sie bleibt. Nicht mehr weggeht. Stur wie ein Esel. Widerwillig schlage ich die Decke zurück und drehe mich Richtung Tür. »Es ist offen.«

Esters Kopf ragt in die Suite. »Anna? Hast du mich vergessen? Wir sind verabredet.«

»Lass mich in Ruhe.« Ich drehe mich um und ziehe mir die Decke wieder über die Ohren. Was wollen die alle von mir? Darf ich nicht einfach mal allein sein?

Ich höre Fußtritte näher kommen, spüre, wie mit einem Ruck das Bettzeug zurückgeschlagen wird und jemand nach meiner Hand angelt. »Du stehst jetzt auf und gehst ins Bad. Hast du mich gehört? Keine Widerrede.«

Spinnt die jetzt komplett? Auf gar keinen Fall. »Und du?« Ich mache mich los, ziehe die Beine an und rolle mich wie ein Hund im Körbchen zusammen. An dieser Stelle ist das Bett noch warm.

»Ich nutze die Vorzüge deiner Suite und mache mir einen Kaffee. Los, husch, husch«, antwortet Ester fröhlich und wackelt an meinem großen Zeh.

Irgendwer muss dieser Frau mal dringend sagen, dass sie eine Nervensäge ist. Ich stöhne und richte mich auf. Meine Haare fallen mir ins Gesicht. »Und dann?«

Ester lacht mich an. »Frühstücken und raus. Was sonst?« Sie dreht sich zum Sideboard. »Vorher schmeiße ich aber noch diese gammeligen Blumen weg.«

Ich sehe die Rosen an. Braune Köpfe, die Blätter verwelkt. Der zweite Strauß sieht auch nicht besser aus. Ich sehe Esters Blick. »Ein Wort, Ester. Trau dich und sag nur ein Wort!«

Sie lacht mich an, nimmt meine Hand, zieht mich aus dem Bett und schiebt mich ins Bad.

Eine Stunde später stehe ich dampfend im Schnee, Schneeschuhe an den Füßen, zwei Stöcke in den Händen.

»Du weißt, dass du auf meinen Gefühlen rumtrampelst, aber das war eine gute Idee. Obwohl ich mir mit den Dingern garantiert noch ein Bein breche. Oder gleich den ganzen Hals.« Ein Lächeln schleicht sich auf mein Gesicht. Ich fühle mich leichter. Und verspüre tatsächlich Freude. Über mich selbst, meinen Hang zur Melodramatik und mein Glück, Ester zur Freundin zu haben. »Ich weiß. Damit kann ich leben. Und schau. Ich hab es mir erklären lassen.« Ester hebt ihren Stecken und den rechten Fuß, an dem ein Schneeschuh hängt. »Einstecken und nachziehen, einstecken und nachziehen. Ein bisserl Konzentration ist schon dabei. Aber du schaffst das.« Sie dreht sich wartend zu mir um.

»Schön ist es hier schon.« Ich stapfe durch den Schnee und schließe zu Ester auf. Dieses Schneeschuhwandern ist erstaunlich anstrengend.

»Süße, es ist herrlich.« Ester schwenkt ihren Stock als Zeigestab im großen Bogen durch die Luft. Grellweiße, sanft gewellte Mooswiesen reflektieren schillernd die Sonne. Gegen den kobaltblauen Himmel recken sich die Garmischer Alpen in die Höhe, erst dunkelblau, fast schwarz, immer lichter werdend, bis hinauf zu den weißen Gipfeln. Die Luft ist klar und schneidend kalt. »Obwohl und gerade weil es dein Hochzeitstag ist.«

Ich klopfe mir den Schnee von meiner wattierten Hose. »Ester, ist schon okay.«

»Wirklich?«

»Ja.« Ich setze mich wieder in Bewegung. »Seien wir ehrlich. Nach dem ganzen Tohuwabohu der letzten Tage ist an eine Hochzeit heute nicht einmal zu denken.«

Ester reiht sich neben mir ein. »Kann ich verstehen. Aber bist du überhaupt nicht traurig, dass du heute nicht heiratest? Ich hatte den Eindruck, dass du dich sehr darauf gefreut hast.«

Ich spüre einen scharfen Stich in meinem Herzen, hole Luft, atme aus und lasse das Gefühl vorüberziehen. »Doch. Natürlich. Warum meinst du wohl, dass ich heute Morgen noch im Bett lag? Ich pack das alles nicht mehr. Das ist echt zu viel für mich.

Das Fest ist mein geringstes Problem. Sepp ist tot. Maxi auch. Und ich habe keine Ahnung, wie ich damit umgehen soll.«

»Gibt es denn schon Informationen, wie er gestorben ist? Hat die Polizei etwas gesagt?«

»Nein. Aber wie ich Andreas verstanden habe, sind der Waldweg und der Hochsitz womöglich ein Tatort. Deshalb ist alles abgesperrt.«

Meine Freundin sieht mich betroffen an. »Ein Tatort? Oh mein Gott. Das ist ja entsetzlich.«

»Du sagst es. Die Polizei geht von einem Verbrechen aus. Da musste ich mir heute Morgen die Decke über den Kopf ziehen. Das habe ich schon lange nicht mehr gemacht. Aber heute war mir danach, in meine Höhle zu kriechen und in meinem Schmerz zu baden. Ich Schaf.«

Ester wirft mir einen Blick zu. »Ich freue mich, dass du darüber lachen kannst.«

»Was soll ich denn sonst tun? Weißt du, seit gestern Mittag bin ich zutiefst der Meinung, dass alles seinen Sinn hat. Der Herrgott oder das Universum oder wer auch immer hält seine Hand über mich und beschützt mich vor großem Unheil. Maxi ist tot. Sepp ist tot. Die Hochzeit ist geplatzt. Jemand, irgendetwas ist der Meinung, dass es eine blöde Idee gewesen wäre, heute zu heiraten.« Ich stütze mich auf meinen Stöcken ab.

Ester hält ihr Gesicht in die Sonne. »Ich finde ja nicht, dass die Ehe an sich …« Sie wendet sich mir zu, unterbricht sich und ruft: »Ach, Liebes, was ist denn mit dir?«

Den Kopf gesenkt lasse ich eine heiße Träne nach der anderen in den Schnee fallen. »Ich hab mich schon sehr darauf gefreut, weißt du«, schluchze ich und suche nach einem Taschentuch.

Ester nestelt eines hervor und reicht es mir. »Hier. Das ist auch dein gutes Recht. Ich mich übrigens auch. Aber aktuell finde ich es wunderbar, dass wir zwei hier draußen sind. Du und ich in dieser herrlichen Landschaft.«

»Okeheee«, nuschele ich gedämpft in mein Taschentuch. Soll mich das aufheitern? Die Gegend ist mir gerade piepenhagen. Ein neuer Schwall Tränen stürzt aus meinen Augen.

»Ja, so ist gut. Wein dich nur aus. Komm.« So weit, wie ihre Schneeschuhe es zulassen, beugt Ester sich vor, nimmt mich in den Arm und streicht mir über den Rücken. »Heul alles aus dir raus. Das tut gut. Hier.« Sie zieht ein zweites Taschentuch hervor. Ich tupfe es mir über das Gesicht. »Weißt du, ich fühl mich so betrogen.«

»Um was?«

»Um mein, wie soll ich sagen, mein Vertrauen? Ich habe geglaubt, ehrlich geglaubt, dass das«, ich zeichne Anführungszeichen in den Schnee, »wahr ist. Wirklichkeit ist. Dass das, was Christian sagt, mit dem übereinstimmt, was er ist. Was wir sind.«

»Und das ist nicht mehr so?«

»Wie denn? Dann würden wir zwei jetzt nicht hier stehen, sondern meine Hochzeit feiern. Und ich merke, dass ich echte Hemmungen habe, es auszusprechen. Auch dir gegenüber. Was echt bizarr ist, denn du kennst mich so gut.«

»Was genau meinst du?«

»Dass er mich … belogen hat? Okay, ich sehe ein, dass wir alle uns zu Anfang Mühe geben. Jemandem, den wir kennenlernen und toll finden, die beste Version von uns zeigen wollen. Das macht jeder. Ich auch. Aber ich tue das reinen Herzens. Bei Christian fühlt sich das anders an. Inzwischen zumindest.«

»Ah? Interessant.«

»Mich schockiert das eher. Weißt du, als wir uns begegnet sind, hat es sich besonders angefühlt. Ich habe mich besonders gefühlt. Das erste Mal gesehen. Verstehst du, was ich meine? Bei uns zu Hause …« Ich unterbreche mich, suche nach Worten. »Wenn ich bei anderen Familien war, hatten die Interesse aneinander. Haben sich gegenseitig Fragen gestellt, haben sich gekümmert, waren füreinander da. Bei uns wurde geschwiegen. Irgendwann hab ich für mich den Schluss gezogen, dass meine Mutter und mein Vater schon ein Kind haben, aber keine Eltern sein wollten.«

Ester nickt bedächtig. »Hört sich hart an, wenn du es so formulierst, aber ich glaube, da hast du recht.«

Ich reiße meine Stöcke in die Höhe. »Als ich Christian traf, war das vollkommen anders. Er hat mit mir gesprochen und keinen Small Talk gemacht. Er hat nachgehakt, wollte alles von mir ganz genau wissen. Ich habe mich das erste Mal in meinem Leben mit einem Menschen verbunden gefühlt. Das hat mich so erleichtert. Im wahrsten Sinn des Wortes. Als ob eine schwere Bürde von mir genommen worden wäre. Ich hatte ständig das Gefühl, zu schweben. Inzwischen denke ich, er hat das gespürt.«

»Wonach du dich gesehnt hast? Kann gut sein.«

»Als spielte er sein Interesse nur, weil er weiß, dass ich das brauche. So, als wollte er mich manipulieren. Damit ich nicht erkenne, worum es eigentlich geht. Mich so weit in seine Höhle zu locken mit seinen Blumen, seinen Lovesongs, seinen Wochenendtrips, dass ich in eine Falle tappe. Und dann: Schnapp!«

Ester lacht. »Wie? ›Schnapp‹?«

»Zack, ich hab dich. Ist ihm ja auch fast geglückt. Ich kann es nicht fassen, wie blind ich war.« Ich schnäuze in mein Taschentuch. »Wie sehe ich aus?«

Ester betrachtet mein Gesicht. »Deine Augen könnten auch von der Kälte gerötet sein. Und der Schnodder, der dir aus Nase läuft, ist eine Erkältung. Sagen wir mal, du hattest schon bessere Tage. Putz dir noch mal die Nase. So, genau. Jetzt bist du wieder wunderschön, wie immer, meine Süße. Wollen wir weitergehen?«

Ich stopfe die zerknüllten Tücher in die Tasche und umfasse meine Stecken. »Ich muss dir etwas gestehen. Ich denke in den letzten Tagen oft an sie.« Mein Gesicht in der Sonne gehe ich voran.

»Hilf mir. An wen?«

»An Gabriele Münter. Halt mich für völlig durchgeknallt, aber ich kann ihren Schmerz förmlich mit Händen greifen.«

Ester zieht die Augenbrauen zusammen. »An wen denkst du gerade? An die Münter? Gerade jetzt? Sorry, im Moment weiß ich nicht, worauf du hinauswillst.«

»Nicht?« Ich bleibe stehen. »Das liegt doch auf der Hand. Ich glaube, dass sie, als Kandinsky nach all den Jahren ihrer Beziehung plötzlich den Kontakt zu ihr abbrach, in einen menschlichen Abgrund gesehen hat. Stell dir vor, er hat sich geweigert, sie persönlich zu treffen, mit ihr zu sprechen.«

»Weißt du, wie man das heute nennt? Ghosting.«

»Genau. So, wie wenn du jemanden blockierst. Auf allen Kanälen. Hundertprozentiger Kontaktabbruch. Irgendwann muss ihr klar geworden sein, dass er sie benutzt hat. Sie war in einer bestimmten Phase seines Lebens nützlich für ihn. Und diese Phase war vorbei. Er hat sie von einem Tag auf den anderen fallen gelassen. Sie war quasi nicht mehr existent. All die Jahre hat sie ihm und seinen Lügen, die er in der Sekunde sicherlich für wahr gehalten hat, geglaubt, *but life goes on*, die Dinge ändern sich, und er hat sie abgelegt wie einen alten Handschuh.«

Ester sieht versonnen über die weite, leere Landschaft. »Mir fällt dazu etwas anderes ein. Du kennst doch noch das Lieblingsbuch meiner Teenagerjahre …«

»Rilke. ›Die Aufzeichnungen des Malte Laurids Brigge‹. Klar. Was hast du mich damit genervt! Wenn ich es mal sagen darf: ganz schön schräge Lektüre für eine Hanseatin des 21. Jahrhunderts.«

Ester sieht mich nachsichtig an. »Findest du? Ich hatte einen sehr beflissenen Deutschlehrer, der uns Rilke nähergebracht hat. Ich liebe dieses Büchlein. Hat genau zur Melancholie meiner Pubertät gepasst. Ich habe mich auf jeder Seite wiederfinden können.«

»Und wie kommst du jetzt darauf?«

»Weißt du, es gibt eine Stelle, da spricht Rilke davon, dass es an uns ist, uns zu entwickeln. Unseren Anteil Arbeit in der Liebe auf uns zu nehmen. Rilke beschreibt das so, dass die Mühsal uns erspart geblieben und die Liebe uns unter die Zerstreuungen geglitten ist.«

Ich schüttele den Kopf. »Ich glaube nicht, dass das bei Kandinsky der Fall war. Er hat seine Gabriele nicht als Ablenkung gesehen, im Gegenteil. Sie hat ihn inspiriert, zu Hochleistungen angetrieben. Aber der Erste Weltkrieg brach aus, er war Russe und musste Deutschland verlassen. Die Zeit war vorbei und sie ihm nicht mehr von Nutzen. Was womöglich noch schlimmer ist.«

Wir stehen im Schnee, in der Sonne. Ich sehe meiner Freundin dabei zu, wie sie durch die Gänge ihrer inneren Bibliothek spaziert, ein Buch aus dem Regal nimmt und darin blättert. »Das ist es nicht. Rilke schreibt, Moment, ich habe es tausendmal gelesen: ›… wie in eines Kindes Spiellade manchmal ein Stück echter Spitze fällt und freut und nicht mehr freut und endlich daliegt unter Zerbrochenem und Auseinandergenommenem, schlechter als alles.‹«

Ich muss mich abstützen. »Ja. Das ist es. Kandinsky hat sich umgedreht, ist gegangen und hat sie einfach zurückgelassen. Keinen Gedanken mehr an sie verschwendet. Für ihn war es vorbei, einfach vorbei. Sie hat getobt, einen Brief nach dem anderen geschrieben, einen Anwalt auf ihn gehetzt. Er hat nicht mehr reagiert.«

»Nicht besonders souverän von ihm, oder?« Schritt für Schritt zieht Ester eine Spur durch den tiefen Schnee.

»So kann man das auch ausdrücken. Nach fast fünfzehn Jahren. Einfach Funkstille. Das hat sie sehr verletzt. Ihre Reaktion war aber auch extrem. Dabei ist ihre eigentliche Tragik, dass sie nicht sagen konnte, ich bin reinen Herzens, er ist es nicht, und deshalb ist er nicht wert, die gleiche Luft wie ich zu atmen. Sie hat gelitten, gewütet, gestritten. Alles vollkommen sinnlos.«

Ester wirft mir einen irritierten Blick zu. »Anna, ich höre dir jetzt schon eine ganze Weile zu. Und ich finde es auch interessant, was du erzählst. Aber was willst du mir jetzt damit sagen?«

»Ich will damit sagen, dass ich im Gegensatz zu Gabriele Münter gerade noch mal davongekommen bin. Findest du nicht auch?« Ich stoße mich ab und stapfe durch den Schnee.

Ester lacht auf und sucht wieder den Platz neben mir. »Spannende Schlussfolgerung. Die ich nicht ganz verstehe. Wollen wir darüber sprechen?‹«

»Worüber? Die Sonne scheint, der Schnee ist griffig, und wir beide sind zusammen. Ist es nicht herrlich hier, Ester?«

Ester schwenkt energisch ihren Stock. »Anna, lenk nicht ab.

Lass uns miteinander reden. Über das, was dir in den letzten Tagen widerfahren ist. Beziehungsweise was dir jetzt deiner Meinung nach erspart bleibt.«

»Interessiert dich das? Ist das Ergebnis nicht wichtiger? Dass ich durch meine Nicht-Ehe nicht in etwas reingezogen werde? In was auch immer?«

»Was heißt ›interessiert‹? Ich bin nicht neugierig, aber ich möchte gerne verstehen, was das ist, dieses ›was auch immer‹. Ich stimme dir zu, dass du in irgendeiner Weise benutzt werden solltest. Und das finde ich persönlich nicht so witzig.«

Ich bleibe stehen. Liebeskummer ist ja gut und schön. Aber das geht einen Schritt weiter. »Was genau meinst du damit?« Ich höre selbst, wie ungehalten ich plötzlich bin. »Ester, was willst du damit andeuten? Du musst mich nicht mit Samthandschuhen anfassen. Ja, es tut weh, dass die Hochzeit abgesagt ist. Und es ist mein gutes Recht, niedergeschlagen zu sein. Aber ich bin nicht nur traurig und verletzt, sondern auch erleichtert. Und was willst du jetzt noch?«

»Ich denke, dass es hier um weitaus mehr geht als um deine Hochzeit. Die Sache stinkt. Meine Erfahrung als Bankerin ist sehr simpel: Entweder jemand ist sauber. Dann hat er oder sie die Finanzen unter Kontrolle, führt ein Leben in geordneten Bahnen und steht mit beiden Beinen auf dem Boden des Gesetzes. Oder du bist ein Chaot. Dann ist es dir wurscht, ob was reinkommt oder auch nicht, was deine Finanzen machen, Hauptsache, es geht sich irgendwie aus. Was manchmal schwierig wird, wenn man keinen Überblick über sein Leben hat und womöglich eine Krankheit oder so etwas ins Haus steht.«

Ich pike ungeduldig in den Schnee. »Wir beide wissen, dass das auf Christian nicht zutrifft. Was willst du mir sagen?«

»*Oder* jemand ist nicht sauber, hat seine Finanzen nicht im Griff, weil er über seine Verhältnisse lebt, Versprechungen macht, die er nicht erfüllen kann, außer er hält sich nicht an Recht und Gesetz. Dann kommt er an seine Grenzen, baut Konstruktionen, die am Rande der Legalität sind oder schon darüber hinaus. Nach außen geben sich solche Leute als erfolgreich, gewitzt und mächtig aus, aber nach innen sind sie verdorben wie ein fauler Apfel.«

Mir wird schlecht. »Und so schätzt du Christian ein?«

»Ich kann dir nur sagen, dass bei dem, was meine Kollegen von seinem Auftritt bei der Bank erzählt haben, bei mir die Alarmglocken schrillen. Bei denen kam er jedenfalls nicht besonders seriös rüber. Der TV-Moderator hat eine pompöse Präsentation gehalten, aber auf Nachfragen keine Antwort gewusst. Die österreichischen Investoren haben keine überprüfbaren Angaben zu ihren Sicherheiten vorgelegt. Und Christian hat auch keinen vertrauenswürdigen Eindruck hinterlassen. Mein Kollege verwendete den Begriff Schneeballsystem.«

»Was soll das denn heißen?«

»Das soll heißen, dass mein Kollege vermutet, dass Christian den Kredit nicht braucht, um das Medical Spa zu bauen und neue Märkte zu erschließen, sondern um alte Löcher zu stopfen. Kennst du eigentlich seine Bücher?«

»Nein.« Ich sehe sie betroffen an.

Meine Freundin lacht. »Wie um alles in der Welt hast du es bloß so weit gebracht? Das kann doch nicht wahr sein. Du wolltest, willst ihn heiraten.«

»Da überprüfe ich doch nicht seine Buchhaltung!«

»Besser wäre es.« Sie zieht mich am Ärmel. »Komm, lass uns gehen. Mir wird kalt. Es kann auch sein, dass mein Kollege übertreibt und alles in Ordnung ist. Ich hoffe, du bist damit einverstanden, aber ich für mich habe beschlossen, dass ich nicht abreise, sondern bleibe.« Sie sieht mir in die Augen. »Hinter dieser *Winterwonderland*-Kulisse steckt womöglich mehr, als wir beide uns ausmalen können.«

17

Andreas

Murnau, Samstag, 10. Dezember 2022

Wieder in Murnau. Wieder ein ausgesprochen klarer Wintertag. Wieder vor dem Eggers. Bilde ich es mir ein, oder höre ich Gelächter? Auch ich habe im Kino gesessen und »Täglich grüßt das Murmeltier« gesehen. Es hat mich fast zerrissen, damals. Inzwischen lache ich nicht mehr. Denn auch mir bleibt nicht verborgen, dass ich mich wiederhole, Tag für Tag. Als ob mir mein Leben in aller Ruhe und Schönheit die Dinge vor die Nase setzt, die ich all die Jahre vermieden habe: den Ort meiner Kindheit und Jugend, den Menschen, den ich am wenigsten gemocht habe, und eine Frau, wie ich sie mir wünsche, was einzugestehen ich mich aber nicht traue. *Was bist du doch für ein Lapp.*
Aber es tut nichts zur Sache. Rosi und ich stehen nicht vor dem Hotel, um Nabelschau über meine Versäumnisse als Teenager zu betreiben, sondern weil wir dringend Ergebnisse brauchen. Rosi kramt in ihren Taschen, auf der Suche nach ihrem Handy. Ruhig liegt das Eggers in der Morgensonne. Von Gästen keine Spur. Auch nicht vom Personal.
»Wow.« Sie hebt ihren Blick vom Telefon. »Eine Nachricht aus der KTU. Die haben oben im Hochsitz ein ganzes Büschel Kabelbinder gefunden. In verschiedenen Farben. Rot, Gelb, Grün, Blau. Einige steckten auch noch festgefroren im Schnee unter dem Baum. Keine Fingerabdrücke, weder am Hochsitz noch auf den Kabelbindern selbst. Also bringt uns das …«
»… nicht wirklich weiter«, falle ich ihr ins Wort. »Hab die Nachricht vorhin auch gesehen. Die Kollegen haben das schon überprüft. In unseren Baumärkten gibt es die nicht. Aber in Garmisch. Und in Schongau. Und in München. Wenn du mich fragst …«

»Irrelevant. Die kann jeder und jede gekauft haben. Bar und ohne sich ausweisen zu müssen.« Sie deutet mit dem Daumen auf die Tür. »Schau mal, das Plakat. ›Wegen Trauerfall bis 25. Dezember geschlossen‹. Auf die Gefahr, mich zu wiederholen: noch mal *wow*. Eine Woche zu. Damit hätte ich jetzt nicht gerechnet.«

»Warum?«

Rosi lacht spöttisch auf. »Na, du hast ihn doch gehört, den großen Meister.« Sie brummt: »*Business as usual*. Nachrichtensperre! Der Ruf des Hauses steht auf dem Spiel. Ich verliere täglich Unsummen! Unsummen!«

»Rosi, weißt, ich halte Christian Egger jetzt nicht für …«, ich unterbreche mich, denke nach, suche nach einem Wort, »… übermäßig zartbesaitet. Aber wenn der eigene Vater auf tragische Art und Weise ums Leben kommt, braucht höchstwahrscheinlich auch der mal eine Pause. Ich finde, diese Geste«, ich zeige auf das Schild, »verdient etwas Respekt.«

»Wer bist du, und was hast du mit Kriminalhauptkommissar Kienlechner gemacht? Aber wie du meinst. Hat ihm schon jemand die Todesursache mitgeteilt?«

»Nein. Auch das gehört heute zu unseren Aufgaben.«

»Na dann. Prost Mahlzeit.«

In der Halle ist Bewegung. Die großen Glastüren fahren auf. Sergio Gonzales kommt uns entgegen, zwei Koffer in den Händen. Konstanze Lechner, blass, mit dunklen Ringen unter den Augen, aber korrekt in Uniform, schüttelt die Hände eines älteren Ehepaares.

»Herzlichen Dank für Ihr Verständnis. Ich bin mir sicher, dass sich die Kollegen im Gasthof Post gut um Sie kümmern werden. Es ist alles vorbereitet, man wartet dort schon auf Sie. Sergio bringt Ihre Koffer noch zum Auto.«

»Servus, Stanzi«, grüße ich.

Rosi in meinem Schlepptau nickt.

Stanzis Lächeln verliert etwas von seiner Leuchtkraft. »Grüß Gott, Herr Kienlechner, Frau Brandstätter. Was kann ich für Sie tun?«

»Meine Kollegin und ich möchten noch einmal mit Ihnen sprechen. Mit allen, die vorgestern im Hause waren.« Sergio Gonzales macht den Kofferraum zu und stellt sich neben seine Kollegin. »Herr Kommissar! Uns ist heute nicht danach zumute. Wir haben jede Menge zu tun. Wir müssen unsere Gäste in anderen Hotels unterbringen.« »Das geht leider nicht. Wir müssen Sie befragen. Ich würde es Ihnen auch gerne ersparen, das kann ich Ihnen versichern.« Sergio sinkt in sich zusammen. »Schon gut. Wir verstehen Sie ja, nicht wahr, Stanzi?« Er dreht sich um und winkt dem nächsten Taxi zu.

Seine Kollegin schenkt uns einen langen Blick. Der sagt, dass sie definitiv kein Verständnis dafür hat. Sie geht voraus. »Sind die Räume von neulich in Ordnung für Sie?«, fragt sie schmallippig.

»Selbstverständlich.« Ich folge ihr in die Lobby und versuche mein freundlichstes Gesicht.

Doch Stanzi hat ihr Gesicht leer gewischt wie eine Kreidetafel. Ihre Hand fährt routiniert-einladend Richtung Konferenzräume. »Dann folgen Sie mir bitte.« Vor dem Empfangstresen macht sie halt. »Wenn Sie mich bitte entschuldigen würden. Ich schaue in den Dienstplänen, wer am Donnerstag im Haus war.«

»Sie waren im Dienst«, stellt Rosi fest.

»Ja?«

»Dann fangen wir doch gleich mit Ihnen –«

»Andreas! Was tust du da?«

Ganz der Christian, wie ich ihn kenne. Auf den Punkt unverschämt. »Servus, Christian. Ich befrage Zeugen.«

Er geht auf mich zu. Aus seinen Augen und seiner Haltung spricht unverhohlener Zorn. »Das sind meine Angestellten! Du kannst hier nicht einfach reinplatzen und den Betriebsablauf stören.«

Kurz bin ich versucht, ihn über eine lange Liste an Rechten aufzuklären, die ich tatsächlich habe. Dass ich das darf. Und noch viel mehr. Aber das wäre pure Zeitverschwendung. »Wenn es dir lieber ist, bestelle ich deine Mitarbeiter in die Polizeiinspektion. Ist das okay für dich?«

»Das ist Behördenwillkür! Verschwendung von Steuergeldern! Das werdet ihr noch bereuen.« Christian funkelt mich an.

Ich sehe ihn an und strahle. »Dann kürzen wir die Sache doch ab.« Ich nicke Rosi zu.

Sie geht zum Besprechungsraum und öffnet die Tür.

»Lassen wir deine Angestellten ihre Arbeit machen und fangen wir mit dir an. Hier entlang.«

Rosi sitzt bereits am Tisch, als ich den Raum betrete.

»Bitte.«

Christian zieht ruckartig einen Stuhl hervor. »Du brauchst mir in meinem eigenen Haus keinen Platz anzubieten.«

Rosi zieht ihr Telefon hervor. »Haben Sie etwas dagegen, wenn ich unser Gespräch aufzeichne?«

»Dagegen kann ich wohl ebenso wenig etwas tun wie gegen Mitarbeiterbefragungen während der Arbeitszeit.« Er verschränkt die Arme vor der Brust.

Ich lehne mich zurück. »Christian, ich muss dir leider die Mitteilung machen, dass dein Vater keinen Unfall hatte. Er ist eines gewaltsamen Todes gestorben.«

Christian sieht zur Seite. Die Muskeln in seinem Kiefer mahlen. Ich warte drei, vier, fünf Sekunden. Immer noch kein Wort.

»Wir ermitteln jetzt offiziell in einem Tötungsdelikt.«

»Gut. Verstanden. Was kann ich tun?«

Das erste vernünftige Wort seit Tagen. Mal schauen, wie lange das hält. »Uns umfassend Auskunft geben. Fangen wir an. Ist hier im Hotel in den letzten Tagen etwas Außergewöhnliches vorgefallen?«

Wie von einem Katapult abgeschossen fährt Christian auf seinem Stuhl nach vorn. »Das ist jetzt nicht dein Ernst!«, faucht er uns an.

Okay, das war wirklich nicht lang. »Warum, wenn ich fragen darf?«

»Du suchst hier im Hotel? Ich verstehe überhaupt nicht, was

das soll. Anstatt frei laufende Gewaltverbrecher zu verfolgen, kommt ihr hierher? Das ist doch lächerlich.«

»*Au contraire*, Herr Egger. Die überwiegende Anzahl der Opfer haben ihren Mörder bereits vor der Tat gekannt. Der sicherste Weg, den Schuldigen zu finden, ist, sein persönliches Umfeld zu untersuchen«, schaltet Rosi sich ein.

Fast hätte ich gelacht. *Au contraire*, das muss ich mir merken. Auch Christian scheint beeindruckt. Zumindest hält er seinen Mund.

»Ich entnehme deiner Reaktion, dass im Hotel nichts Besonderes vorgefallen ist. Richtig?«

»Richtig«, knurrt Christian.

»Hatte dein Vater Feinde?«

Christian wirft die Arme in die Luft. »Andi, was soll die Frage? Du bist doch von hier. Du weißt genau, dass eigentlich alles, was mein Vater in seinem Leben gemacht hat, sehr vielen nicht geschmeckt hat. Aber deswegen bringt man ihn doch nicht um. Und schon gar nicht jetzt. Er war doch gar nicht mehr im Geschäft.«

Rosi setzt sich auf. »Interessanter Aspekt, Herr Egger. Sie sind der Meinung, dass es Vorfälle in der Vergangenheit gab, die ausgereicht hätten, Ihrem Vater zu schaden? Was genau meinen Sie damit?«

Ein höhnisches Lachen entfährt Christian. »Frau, äh …«

»Brandstätter«, komme ich zu Hilfe.

»Frau Brandstätter«, Christian setzt ein gönnerhaftes Lächeln auf, »Sie sind nicht von hier. Sonst würden Sie wissen, dass nichts von dem, was mein Vater als Unternehmer vorantrieb, seinen Mitbürgern gefallen hat. Die fanden immer, dass er zu groß baute, zu aufwendig und zu chic. Meinem Vater war es egal, ob deren Kaschemmen neben seinem Eggers abfielen. Er wollte ein strahlendes, komfortables, schönes Haus für seine Gäste. Wurscht, was die anderen dachten. Und wenn Sie mich fragen, hatte sich die Marktgemeinde inzwischen daran gewöhnt.«

»So wie sie sich an dein Vorhaben gewöhnt haben, aus dem

Eggers ein Resort zu machen? Wir haben die Aufnahmen von der Bürgerversammlung im Griesbräu gesehen. Da ging es ganz schön zur Sache.«

»Ah, geh, Schmarrn! Das Geschrei von denen Deppen hältst du für einen Hinweis darauf, wer meinen Vater umgebracht haben könnte? Mehr hast du nicht?« Er winkt ab. »Ich verspreche dir: Sobald die Gäste meines Resorts in deren Geschäften einkaufen und in deren Restaurants sitzen, finden auf einmal alle, dass das Spa eine Spitzenidee war. Das ist so sicher wie das Amen in der Kirche. Andi«, er beugt sich vor, »das weißt du doch selbst, das sind alles Kleingeister hier, die keine Vision von der Zukunft dieses Ortes haben.«

Ich komme ihm über den Tisch entgegen. »Das bringt mich auf einen anderen Gedanken. Was ist, wenn nicht dein Vater, sondern du das eigentliche Ziel warst?« Zu erwähnen, dass Maximilian Schmiedt genau diesem Umstand zum Opfer gefallen ist, schenke ich mir.

»So ein Quatsch. Ebenso wenig, wie es im Leben meines Vaters Konflikte gab, die ihn für eine Gewalttat prädestinieren, gibt es die in meinem. War es das?«

»Nicht ganz. Wir haben Informationen vorliegen, dass du Entlassungen planst.«

»Mehr hast du nicht? Das wäre alles ganz sozial abgelaufen. Ich werde einigen Mitarbeitern Abfindungen anbieten, damit sie früher in Rente gehen. Oder einer Vertragsauflösung zustimmen. «

»Auch Sergio Gonzales?«

Christian schweigt und starrt mich an.

»Wir haben den Eindruck«, nimmt Rosi den Faden auf, »dass er seinen Lebensmittelpunkt im Eggers gefunden hat. Wenn er auf der Liste der Entlassungen steht, hat er ein Motiv für den Stromanschlag und für den Mord an Ihrem Vater.«

»Was?« Christian lacht kurz und höhnisch. »›Au contraire‹, wenn ich Sie zitieren darf. Sergio steht im Testament meines Vaters. Er hat ihn zum Teilhaber gemacht. Und jetzt komm mir nicht damit, dass das auch ein Motiv ist. Mein Vater und

Sergio haben das schon vor ewigen Zeiten verabredet. Und mich um mein Einverständnis gebeten. Und die anderen, von denen wir uns trennen wollen, haben alle schon neue Jobs. Wenn es da noch irgendwelche Konflikte gäbe, wäre mein Vater schon lange tot. War's das jetzt?«

Plötzlich komme ich mir albern vor. »Fürs Erste. Schick uns bitte die Frau Lechner rein.«

Christian steht auf, geht grußlos und lässt die Tür offen stehen.

Rosi und ich holen einmal ganz tief Luft.

Hinter Christian betritt seine Angestellte den Raum. Sie streicht ihre Uniform glatt und hockt sich auf die Stuhlkante.

»Stanzi, Sie kennen das schon, wir zeichnen auf. Haben Sie etwas dagegen?«, fragt Rosi.

»Nein«, antwortet sie leise.

»Konstanze, Sie haben am Montag meiner Kollegin gegenüber ausgesagt, dass es hier«, ich fahre mit der Hand im Kreis, »im Hause keinen Streit gab. Bleiben Sie immer noch bei Ihrer Aussage?«

Sie sieht mir kurz ins Gesicht, senkt den Kopf. »Im Hotel …«, flüstert sie, reißt den Kopf hoch, ihre Wangen glühen. »Im Hotel sind wir ein Superteam!«

»Das glaube ich Ihnen«, antworte ich warm. »Es ist schön, so tolle Kollegen zu haben, gell?«

Die junge Frau nickt, strahlt, doch ihre Unterlippe vibriert. Plötzlich, wie ein Wolkenbruch an einem Sommertag, stürzt ihr Lächeln zusammen, ihr Kinn zittert, und eine dicke Träne rollt über ihr Gesicht. »Der alte Herr Egger …«

Fast hätte ich ihre Hand getätschelt. »Ja, Stanzi?«

»Der war immer so gut zu mir. So gut.«

»Deswegen wollen wir ja auch herausfinden, was passiert ist«, sagt Rosi. »Also, im Hotel war alles paletti.«

»Ja.« Stanzi schnäuzt sich in ihr Taschentuch.

»Aber …«, souffliert Rosi.

Die junge Frau schießt einen Blick in Rosis Richtung. »Mei, es war halt wie immer. Wie überall. Mal so, mal so. Verstehen S'?«

Rosi hält ihrem Blick stand. »Nein.«

»Stanzi.« Ich lege sämtliche mir zur Verfügung stehende Sanftheit in meine Stimme. »Wir wollen herausfinden, was mit Herrn Egger senior passiert ist. Und dazu brauchen wir Ihre Hilfe. Dringend.«

Sie räuspert sich. Einmal. Ein zweites Mal. »Okay. Dann sag ich es halt. Gestritten haben s'. Und bevor Sie fragen: Nicht mit uns. Mit den anderen Hoteliers.«

»So? Und warum?«, frage ich interessiert.

Stanzi sieht mich an, als wäre ich nicht bei Trost. »Ich dachte, Sie sind ein Kommissar und würden selber Sachen rausfinden?« Ihre Wangen laufen knallrot an. »Die fanden es halt überhaupt nicht so super, dass Christian in Murnau ein riesiges neues Resort bauen will.«

»Hat Ihnen Christian erklärt, was er vorhat?«

»Schon. Der Herr Egger junior hat uns gesagt, dass immer mehr Menschen Probleme haben. Also nicht nur körperliche, sondern auch …« Sie bricht ab und sieht uns fragend an.

»Seelische?«, springe ich ein.

»Genau. Das hat er gesagt. Und dass die sich nicht wohlfühlen, richtige Beschwerden haben, nicht arbeiten können und so. Aber ins Krankenhaus wollen sie halt auch nicht. Aus den verschiedensten Gründen. Weil sie nicht offiziell krank sein wollen, weil ihnen diese Bunker nicht taugen und so. Und für die wollte Herr Egger junior«, ihre Hände malen einen Bogen, »eine neue Welt des Luxus bauen. Medical Spa hat er das genannt.«

Rosi lehnt sich zurück. »Okay? Im ersten Moment hört sich das doch nicht schlecht an. Was hat den anderen Hoteliers an seinen Plänen nicht gefallen?«

Stanzi nickt. »Mich hat das auch erstaunt.« Sie schiebt die Unterlippe vor. »Ich hab an dem Abend bedient, an dem der Herr Egger junior das Projekt den Mitgliedern vom Fremdenverkehrsverband vorgestellt hat. Ein paar von denen waren stocksauer.« Sie verstummt, kaut auf ihrer Lippe.

»Hast du mitgekriegt, warum?«, falle ich unwillkürlich ins Du.

»›Willst du uns plattmachen?‹«, ruft sie mit tiefer Stimme. »Der eine hat gesagt, dass man nicht jeden Scheiß nachmachen muss, den sie am Tegernsee und auf Sylt vorturnen.«

»Ah, da gibt es das schon?« Ich sehe Rosi an.

»Ich hab das mal gegoogelt.« Stanzi zieht ihr Telefon hervor. »Schau. Seht ihr das? Das ist auf Sylt. In Norddeutschland. Seht ihr das riesige Dach? Das nennt man Reet. So eine Art besonderes Schilf. Sauteuer. Damit werden die Häuser auf Sylt gedeckt. Also, nur die von den geldigen Leuten. Die können es sich leisten, so ein Dach zu haben, das man reparieren muss. Die anderen haben Dachplatten. Wie wir alle.« Sie sieht auf. »Wie groß das ist! Dreimal so groß wie die anderen. Der Wahnsinn. Und daneben die kleinen Häuserle mit denen alten, fertigen Ziegeln? Ich kann die anderen Hoteliers schon verstehen, dass ihnen das nicht passt.« Sie bearbeitet erneut ihre Unterlippe. »Stellt euch das mal vor. Christian baut so ein riesiges Resort. Wie schauen die anderen denn daneben aus? Wie die kleinen Pamperle.«

»Ja?«, hakt Rosi vorsichtig nach.

Stanzi holt Luft. »Die anderen haben auch gesagt, dass dann ganz andere Leute nach Murnau kommen. Hat ihnen auch nicht getaugt.«

»Welche denn?«

Die junge Frau rollt mit den Augen. »Na, eben diese geldigen. Eine Woche in diesem Bunker auf Sylt soll über siebentausend Euro kosten.«

Rosi verzieht skeptisch das Gesicht. »Ist das nicht ein bisschen übertrieben?«

»Nein«, trumpft Stanzi auf. »Steht in der Zeitung. Hier.« Sie hält ihr Smartphone in die Höhe.

»Hm«, mache ich.

»Die waren halt der Meinung, dass es das bei uns nicht braucht. Wir haben hier schon schöne Häuser. Und die anderen Gäste fühlen sich dann nicht mehr wohl, wenn so Aufgebrezelte daherkommen. Zu uns kommen die Leut der schönen Landschaft wegen. Und weil sie sich im UKM ihre Knie richten lassen.« Ihre Augen blitzen auf. »Bei uns war sogar schon mal der aus ›Baywatch‹!«

»Du meinst nicht David Hasselhoff?«

»Doch! Genau den! Der hat in der Klinik sein Knie behandeln lassen. Aber gewohnt hat er bei uns. Ich hab sogar ein Autogramm!«

18

Anna und Ester

Murnau, Samstag, 10. Dezember 2022

Dieser Tag will kein Ende nehmen. Mein Hochzeitstag. Immer noch ohne Christian, dafür aber mit Ester, die es sich offensichtlich zur Aufgabe gemacht hat, mich nicht aus den Augen zu lassen. Nach unserer Schneeschuhwanderung hatten wir geduscht, gegessen und einen Espresso getrunken. Ohne ein Wort zu verlieren, war sie mir in meine Suite gefolgt.

Einerseits bin ich ihr dankbar, dass sie mich nicht alleine lässt, andererseits wünsche ich mir ein paar Augenblicke für mich. Deshalb sitze ich nun auf dem Sofa und tue so, als ob mich eine Hochglanzillustrierte interessiert. Ester steht am Sideboard und streichelt gedankenverloren die Kaffeemaschine. »Wo ist eigentlich Christian?«

Ich lasse das Magazin sinken. So bedeutend ist es nun auch wieder nicht, was die immer gleichen Stars den ganzen Tag so treiben. »In seinem Büro. Nehme ich an. Bucht die Gäste um. Hat er mir zumindest geschrieben.« Ich hebe die Zeitschrift wieder hoch, blättere, zögere und werfe sie neben mich auf die Couch.

»Soso.« Ester dreht sich um und tritt eine Wanderung durch die Suite an.

Ich ziehe die Knie hoch und umschlinge sie mit meinen Armen. »Über was denkst du nach?«

»Darüber, was wir heute Morgen besprochen haben. Dass ich ein ungutes Gefühl habe. Es gibt keine Zufälle im Leben. Erst stirbt Christians Trauzeuge, und es stellt sich heraus, dass nicht er, sondern Christian gemeint war. Dann stirbt sein Vater. Zwei Todesfälle in einer Familie innerhalb kürzester Zeit.«

»Ich weiß.« Ich lasse meine Beine los und bedecke mein Gesicht mit meinen Händen. »Ester, es ist alles so furchtbar.«

Mit zwei Schritten ist Ester am Sofa, setzt sich neben mich auf die Kante und greift nach meiner Hand. »Anna, das ist es.« »Ich hab ihn gemocht, den Sepp, weißt du?« Fahrig wische ich mir eine Träne ab. Ester streichelt meine Hand. »Ich weiß. Aber wir zwei, wir sitzen jetzt hier und müssen mit der Situation fertigwerden. Immerhin ist deine Hochzeit geplatzt. Hier.« Sie zieht eine Packung Taschentücher hervor und reicht mir eines.

»Ja-ah«, schnüffele ich in das Papier.

»Und wie siehst du das? Bleibst du dabei, dass du gerade noch davongekommen bist? Oder gibt es eine Neuauflage?«

»Keine Ahnung«, wehre ich ab, zerknülle das Taschentuch und werfe es weg. »Das ist Quatsch, was ich hier erzähle. Im Grunde glaub ich nicht mehr daran.«

Ester hebt die Augenbrauen. »Interessant. Und warum?«

»Na ja«, druckse ich, »wie soll ich es sagen –«

»Spuck's aus.«

»Du hast ja recht. Irgendetwas ist hier faul. Damit will ich nichts zu tun haben.«

»Das denke ich auch.« Ester zieht ihr Telefon hervor. »Hast du dir mal angeschaut, was genau Christians Pläne sind?«

»Nur am Rande. Ich hab natürlich in den Branchennachrichten über diesen Trend Medical Spa gelesen. Aber was genau Christian vorhat? Keine Ahnung.«

»Und was hältst du aus fachlicher Sicht davon?«

»Es ist ein interessanter Ansatz, medizinische und psychologische Anwendungen mit Spitzenhotellerie zu verbinden. Ich glaube schon, dass es eine Zielgruppe gibt, die auf dieses Konzept anspringt. Was denkst du?«

Ester hebt ihr Telefon hoch. »Schau mal, das Haus am Tegernsee.«

»Phantastisches Projekt.« Ich nicke. »Ich kenne einige ehemalige Kollegen, die dahin gegangen sind. Traumhaft gelegen, tolle Architektur und ein High-End-Hotellerie-Konzept. Wie gesagt, dieser psychologisch-medizinische Aspekt ist neu. Nach allem, was ich gehört habe, läuft es auch sehr gut.«

Ester scrollt. »Und das Haus auf Sylt? Schon ein Brecher, oder?«

Ich sehe auf die Bilder. »Ja. Schau nur das Dach. Irre. Allein die schiere Größe. Für diesen kleinen Ort vollkommen überdimensioniert. Und nicht unumstritten. Es hat viel Ärger im Vorfeld gegeben, Proteste in der Bevölkerung, die Baustelle ist mehrfach eingestellt worden. Sehr problematisch. Von Anfang an. Und die Kritik reißt nicht ab.«

»Und die Finanzierung? Stand da was in deinen Branchen-News?«

»So etwas geht nur in einem Konsortium aus Investoren plus einer Bank, die alle ganz fest an den Erfolg des Projektes glauben.«

»Und wie ist das hier in Murnau? Geht das deiner Meinung nach?«

»Ganz ehrlich? Keine Ahnung. Dazu kenne ich Murnau, die Gästestruktur und die wirtschaftlichen Kennzahlen zu wenig. ›Zu wenig‹ ist zu viel gesagt. Ich weiß überhaupt nichts darüber.«

Ester setzt sich auf. »Entschuldige meine Offenheit: Du kennst die Bücher deines Mannes nicht und weißt nicht, ob das Projekt, in das er investieren will, eine solide Grundlage hat? Was weißt du von ihm und seinen beruflichen Plänen? Die ja ein Teil deines Lebens werden sollten?«

Ich hebe kraftlos die Arme. »Ich hab's kapiert, Ester. Ich bin ein dummes Schaf.«

Sie lacht auf. »Weißt du, was mir gerade durch den Kopf geht?«

»Nein. Aber du wirst es mir gleich sagen.«

»Du triffst den Nagel auf den Kopf. Wir wissen viel zu wenig über das Medical-Spa-Projekt. Wir kennen nur die Häuser am Tegernsee und auf Sylt und auch die nur aus der Zeitung. Von den Murnauer Plänen wissen wir nichts. Was seine konkreten Pläne sind, wie er es finanzieren will. Und Christian können wir zurzeit kaum fragen, oder?«

Ich verdrehe die Augen und stelle mir Christian vor, wie er

uns kurz angebunden wegschickt, weil er keine Zeit hat. Dabei scharf an der Grenze zur Unhöflichkeit ist.»Ich glaube, das lassen wir besser.«

»Wen könnten wir dann fragen? Fällt dir etwas ein?«

Und ob. Ich zwinkere ihr zu und greife zu meinem Telefon.»Ganz einfach. Fragen wir die, die sich damit auskennen müssen. Ich rufe einfach bei der Touristinfo an. Die müssen das doch wissen.« Ich wähle die Nummer.»Grüß Gott, Anna Sieveking, ich rufe aus dem Eggers an.« Ich höre zu.»Ja, es ist tragisch. Weshalb ich mich bei Ihnen melde: Ich bin Hotelmanagerin und wurde angesprochen, ob ich mir eine Zukunft in dem neuen Medical-Spa-Projekt hier in Murnau vorstellen könnte. Wäre es möglich, ein paar Informationen aus Ihrer Sicht zu bekommen?« Ich werde verbunden.»Grüß Gott, Sieveking mein Name. Mit wem spreche ich? Ah ja, grüße Sie, Frau Auerbach. Ihre Kollegin hat Ihnen schon ausgerichtet, um was es geht? Prima. Sie wissen mehr über das Resortprojekt? Und Sie würden mir für Fragen zur Verfügung stehen? Das ist ja großartig. Wollen wir uns persönlich treffen? Wann, sagen Sie? Fünfzehn Uhr, Café Krönner? Dann haben Sie Feierabend? Wunderbar, bis später.«

»Und?« Ich rutsche auf der gepolsterten Bank hin und her. Ein Samstag im Advent im Café Krönner. Anscheinend ist jeder, der Beine hat, heute Nachmittag auch hier. Sämtliche Tische sind besetzt, laufend betreten Menschen den Raum, Bedienungen bahnen sich, beladen mit Tabletts, ihren Weg. Das Geklapper von Tassen auf Tellern, Gabeln auf Porzellan und Stimmengewirr erfüllen den Raum.

»Und was?« Ester schiebt die letzten Krümel ihrer Heidelbeertarte auf ihrem Teller herum.

Ich hibbele auf meiner Bank auf und ab.»Und meinst du, dass sie noch kommt?«

Ester kontrolliert mit kurzem Blick die Uhrzeit und wirft ihre Gabel auf den Teller.»Fast sechzehn Uhr. Eine Stunde zu spät. Das sieht schlecht aus.«

»Ich versteh das nicht. Wieso kommt die dumme Nuss denn nicht? Das hat sie doch selber vorgeschlagen!«

»Was weiß denn ich? Weil Samstagnachmittag ist? Weil sie etwas Besseres vorhat? Vielleicht hat sie als Tourismusreferentin einfach keine Lust, sich ihre Freizeit versauen?«

»Aber das war doch ihre Idee! Sie hat sich doch ganz bewusst den Termin ausgesucht. Weil sie Feierabend hat und nicht gleich wieder losmuss.« Frustriert schlinge ich meine Arme um mich.

Ester streicht mir beruhigend über den Arm. »Noch ist nicht aller Tage Abend. Vielleicht kommt sie ja noch.«

Gut, dass ich reserviert hatte. Jeder Platz ist besetzt. Ich zähle sechs Bedienungen, die zwischen den Tischen hin und her huschen. Keine einfache Aufgabe, denn ständig stehen neue Gäste mit suchendem Blick im Eingang, rennen Kinder nach draußen auf die Straße. Der Fußboden glänzt feucht vom geschmolzenen Schnee. Der Trubel geht mir auf die Nerven.

»Mich friert an den Füßen. Sind deine nicht nass?«

»Bildest du dir das nicht ein, nur weil du enttäuscht bist und schlechte Laune hast?«

Wieso kennt diese Frau mich so gut? »So geht das nicht weiter. Wir können hier nicht sitzen wie bestellt und nicht abgeholt. Also entweder bestellst du noch etwas, oder wir gehen.«

»Wie du willst.« Ester winkt der Bedienung. »Bitte noch zwei Cappuccini.«

»Na also.« Ich greife nach der Zeitschrift, die zwischen den Gästen auf der Bank liegt. Zerfleddert und steinalt. Wer die hier wohl vergessen hat? Ich blättere lustlos darin herum. Plötzlich halte ich in der Bewegung inne, beuge mich über das Magazin, sehe auf und schiebe es Ester über den Tisch. »Falls du wissen willst, warum sie nicht kommt: Da hast du die Antwort.« Ich bohre mit dem Zeigefinger auf ein Foto. »Da, unten links.«

»Was ist daran so interessant?« Esters Blick gleitet über die Seite.

Ich schüttele den Kopf. Ich bin so was von naiv. »Frag nicht, lies.«

»Blendend gelaunt zeigt sich High-Society-Hotelier Christian Egger …‹«

»Pfft«, mache ich. »High-Society-Hotelier. Seit wann denn das?«

»›… beim Ball des Sports in München‹«, fährt Ester unbeirrt fort. »›Stargast David Hasselhoff, den Egger während seiner Rekonvaleszenz beherbergt hat, ist begeistert vom Eggers in Murnau. Fesch an seiner Seite: Tourismusreferentin Sylvia Auerbach.‹« Ester lässt die Zeitung sinken. »Na, das ist ja mal ein Ding.«

»Gell? Jetzt weißt du, warum sie nicht kommt. Ich würde auch nicht die Frau unterstützen, die mich als fesche Begleitung an Christians Seite abgelöst hat.« Unwirsch putze ich mir die Nase.

»Zwei Cappuccini.« Ohne uns anzusehen, setzt die Bedienung zwei Tassen vor uns auf den Tisch, räumt wortlos die Teller ab und verschwindet wieder im Getümmel.

Ich beuge mich über meine Tasse. Eine Träne fällt in meinen Milchschaum. »Bisher war ich einfach nur entsetzt. Darüber, dass Maxi sterben musste, weil Christian seinen Termin mit ihm verpennt hat. Weil er mit mir im Bett war.« Ich schluchze auf und verberge mein Gesicht in meinen Händen. »Dann war ich einfach nur schockiert über Sepps Tod. Ich stand da an dieser Absperrung im Wald und wusste, es ist vorbei. Das war's. Ich werde nicht heiraten. Ich war wie betäubt. Hab nichts mehr gefühlt, nur noch Leere. Aber das da«, mein Finger landet auf dem Magazin vor uns auf dem Tisch, »das da, das tut richtig weh.«

Ester rutscht übereck. »Aber was genau meinst du damit?

»Ich kenne ihn so nicht. Ich kenne ihn nur mit mir, ich, als sein Fixstern, ich, sein Ein und Alles. Das war immer so, seitdem ich ihm begegnet bin. Aber das da«, mein Finger bohrt sich in das Papier, »Christian mit einer anderen Frau zu sehen, das ist so …«

»Realistisch? Du weißt, du liegst mir am Herzen, und ich hab mich wahnsinnig für dich gefreut, als ich erst von dir und Christian und dann von euren Heiratsplänen erfahren hab. Aber schau mal.« Ester zieht ihr Telefon hervor. »Das hier, schau, das bist du auf Instagram. Hast du dir das mal von außen angeschaut? Lauter schöne Bilder, tolle Orte, lachende Menschen.« Ich verschränke die Arme vor der Brust. »Ja, aber genau so war es doch. Schön! Sehr, sehr schön!« Ester lässt ihr Telefon sinken. »Das glaube ich dir ja. Aber nicht ein nachdenklicher Post? Keine Wolke am Himmel? Immer nur *happiness and pancake*?« Ich reiße die Hände hoch. »Was willst du von mir, Ester? Das war so! Die ganze Zeit. Was hätt ich anderes posten sollen? Wir hatten nie Stress, nie Ärger miteinander.« Trotzig schiebe ich die Unterlippe vor.

»Anna, versteh mich nicht falsch. Ich gönne dir dein Glück doch von ganzem Herzen. Es ist nur unrealistisch, dass es immer so ist. Irgendwann ist Wasser auf allen Decks, und dann zeigt sich, was wirklich in jemandem steckt.«

Erschöpft lasse ich den Kopf sinken. »Aber doch nicht so kurz vor meiner Hochzeit. Ich weiß, dass es besser für mich ist, Christian nicht zu heiraten. Und irgendwie bin ich auch erleichtert. Aber gleichzeitig bin ich todtraurig und enttäuscht. Ich hab es mir so sehr gewünscht, weißt du?«

»Ganz ehrlich, Anna? Ich bin froh drum. Sieh es als Bewährungsprobe. Wenn diese Beziehung Substanz hat, wird es wieder gut werden, und ihr werdet die schönste Hochzeit feiern, die Murnau je gesehen hat.«

Die nächsten Tränen fallen in den Kaffee. Ich wollte keine Bewährungsprobe, ich wollte einen Honeymoon. »Und was soll ich jetzt tun? Ich bin vollkommen durch den Wind.«

Ester drückt meine Schulter. »Ruhe bewahren. Weitermachen. Nachforschen. Du musst den Dingen auf den Grund gehen. Verstehen, was hier los ist.«

Dicke Tränen rollen über mein Gesicht. »Ja gut. Aber wie?«

Ester reicht mir ein Taschentuch. »Ich hab da eine Idee. Du musst mit jemandem sprechen, der mehr weiß als wir alle zusammen.« Sie winkt der Bedienung. »Zahlen, bitte.«

19

Andreas

Murnau, Sonntag, 11. Dezember 2022

Wenn man sich den Tag versauen will, greift man morgens als Erstes zum Telefon. Reibt sich kurz die Augen, hält sich das blau leuchtende Display vor die Nase, sieht nach, wer in der Nacht nicht geschlafen, sondern geschrieben hat. Oder lässt Breaking News in den noch jungen Tag einbrechen. Hundertprozentige Garantie für Ärger, Frust und was es sonst noch so an negativen Emotionen gibt. Besser lassen. Dazu raten nur diejenigen, die davon leben, dass wir morgens nach dem Handy fischen, E-Mails lesen, Social Media checken. Findet eigentlich außer mir sonst noch jemand das ironisch?

Mein Herz jedenfalls war aus dem Stand in den Galopp gesprungen, jede Zelle meines Körpers hyperwach und mein Atem flach, als ich heute früh nach dem Gerät getastet, es zum Leben erweckt und meine Nachrichten gelesen hatte. An einem Sonntag. Im Bett. Nur so halb am Leben.

»Hallo, Andreas, entschuldige bitte die Störung. Ich würde gerne dein Gesprächsangebot annehmen. Können wir uns unterhalten? Bei einem Spaziergang? Sagen wir, heute um zehn Uhr im Hotel? Danke und schöne Grüße, Anna«.

Schlagartig saß ich aufrecht im Bett, fuhr mir durch die Haare, das Telefon in der Hand. Wieso wollte sie mich sprechen? An einem Sonntag? Hatte das nicht bis morgen Zeit?

Offensichtlich nicht. Blut schoss mir in den Kopf. Sie! Will! Mich! Sprechen! Einen Herzschlag später wurde mir kotzübel. Was war passiert? War ihr etwas zugestoßen? War sie womöglich in Gefahr?

Oh mein Gott, Andi. Jetzt komm mal wieder runter. Schau dich an, du regst dich auf wegen nix. Vielleicht will sie einfach nur wissen, wo du stehst. In dem Fall wohlgemerkt. Und nimmt sich raus, dich ins Hotel zu zitieren. Weil sie als zukünftige Frau Egger schon die Allüren ihres Demnächst-Ehemannes angenommen hat.

Das saß. Holte mich auf den Boden der Tatsachen zurück. Sodass ich zurück in die Kissen fallen, dreimal tief durchatmen und halbwegs zivilisiert in den Sonntag starten konnte. Kaffee, Fitness, Frühstück.

Aber meine Nervosität wuchs, je näher die verabredete Uhrzeit rückte. Obwohl ich es nicht wahrhaben wollte. Wie ein Tiger im Käfig lief ich in meiner Wohnung auf und ab, fuhr viel zu früh los, parkte, um mich nicht völlig zu blamieren, auf dem Wanderparkplatz und nicht vor dem Hotel. Drehte noch eine Runde. Hielt es nicht mehr aus.

Und gehe nun langsam die Einfahrt hinauf. Nichts regt sich. Es ist unwirklich still. Geradezu gespenstisch. Lichterketten ohne Licht hängen in der großen Tanne, auf die Auffahrt haben sich ein paar Herbstblätter verirrt, und der Pool ist spiegelglatt. Ohne Gäste wirkt die Anlage geradezu anämisch, blass und leblos. Surrend fahren die großen Glastüren auseinander.

»Servus, Stanzi«, grüße ich die junge Frau am Empfang. »Ich bin hier mit Frau Sieveking verabredet.« *Sollte ich nicht bestimmter auftreten?*

Die Angesprochene schenkt mir einen neutralen Blick. Der alles sagt. Und nichts. »Grüß Sie Gott, Herr Kienlechner. Dann wird sie gewiss gleich kommen. Möchten Sie in der Zwischenzeit vielleicht in der Lobby Platz nehmen? Soll ich Ihnen etwas zu trinken kommen lassen?«

Bloß das nicht. Ich überlege, wie ich das Angebot höflich ablehnen kann, als sich die Fahrstuhltür öffnet und Anna heraustritt. Groß, schlank, das aschblonde Haar zurückgebunden, in Jeans, Anorak und Wanderstiefeln. Bilde ich es mir ein, oder sieht sie blass aus? Übernächtigt? Schmal im Gesicht?

»Nicht nötig. Da ist sie ja.« Wie ferngesteuert strecke ich ihr meine Hand entgegen. »Frau Sieveking. Schön, Sie zu sehen. Sie baten um ein Gespräch?«

Erstaunt sieht sie mich an. Ein kleines Lächeln huscht über ihr Gesicht. Sie ergreift meine Hand und schüttelt sie kurz. Dann vergräbt sie sie wieder in ihrer Jackentasche. »Waren wir nicht schon beim Du?«

Gerade noch kann ich mein Stöhnen einfangen. »Richtig. Gerne.« Ich muss mich anstrengen, ihren Blick zu halten. »Anna. Was kann ich für dich tun?«

Sie dreht sich, wirft einen Blick über ihre Schulter. Hinter uns stehen Sergio und Stanzi am Empfang, beide mit Telefonhörern am Ohr.

Sie fühlt sich hier nicht wohl. Beobachtet. Auch kontrolliert? Ich mache eine einladende Geste. »Es ist zwar zapfig draußen, aber sollen wir vor die Tür? Ein paar Schritte gehen?«

Sie nickt und dreht sich um. Die Schiebetüren fahren auf. Ein Schwall kalter Luft schlägt mir entgegen. Gott sei Dank habe ich mich heute auch für meine Bergschuhe und einen Anorak entschieden. In der Sonne vor dem Haus drehe ich mich zu ihr um. »Hinunter ins Moos? Da ist es schön hell.« Und wir sind allein. Ohne Zuhörer. Nur wir zwei. Aber das sage ich nicht.

»Gerne.« Anna geht zügig die Hoteleinfahrt herunter. Senkt den Kopf. Sieht vor sich in den Schnee. »Ich komme mir ein bisschen albern vor.«

Außer uns ist niemand unterwegs. Sanftes Morgenlicht lässt die Mooswiesen schillern. In der Ferne hebt sich im sanften Taubenblau des Frühdunstes die Alpenkette gegen einen lichten Himmel ab. Ich falle neben ihr in einen Gleichschritt. »Warum?«

Anna schenkt der Umgebung keinen Blick. »Weil ich um dieses Gespräch gebeten habe. Meine Freundin hat mir geraten, mich mit dir zu treffen. Jetzt weiß ich nicht, wie ich anfangen soll.«

Sie ist entwaffnend direkt. Ich mag das. Gemeinsam biegen wir in den Wanderweg ab. »Einfach irgendwo. Ich melde mich schon, wenn ich etwas nicht verstehe.«

»Okay.« Anna bleibt stehen und betrachtet eine verschneite Tanne, als ob die gleich das Sprechen anfangen würde. »Dann fange ich mal so an. Auch wenn es sich blöd anhört. Seit ein paar Tagen ist nichts mehr so, wie es vor Kurzem noch war.«

Ich bin baff. Ich weiß zwar nicht genau, womit ich gerechnet habe, aber sicher nicht damit. Nichts ist so, wie es war? Was will sie mir damit sagen? »Aha. Interessant«, lüge ich.

Anna sieht mich kopfschüttelnd an. »Interessant? Findest du? Interessant kann ich das nicht finden, eher verstörend.« Sie holt Luft. »Ich bin jetzt einfach mal superehrlich, okay?«

»Okay.« *Nach der Ankündigung muss jetzt aber mal was kommen.*

Sie wendet ihren Blick wieder der Tanne zu. Als ob sie in ihr Halt, Unterstützung, Mut finden würde. »Eben noch ist Christian mein liebevoller zukünftiger Ehemann, in der nächsten Sekunde das Ziel eines Anschlags. Und dann Sepps Tod. «

Ärger ballt sich in meinem Magen zusammen. Erzählt sie mir von ihren Sorgen und Ängsten? Dafür bin ich nicht der richtige Ansprechpartner. »Das geht uns genauso. Deshalb ermitteln wir ja.«

Anna wirft mir einen Blick zu, misst mich von oben bis unten und geht voraus.

Soll ich abbrechen und heimfahren? Ihre Befindlichkeiten kann sie mit Ester diskutieren. Oder bin ich beleidigt, weil sie mich herbestellt, um Lappalien mit mir durchzukauen? Was erwarte ich? Ich folge ihr. *Warten, Andreas, du musst warten. Nicht erwarten. Einfach die Gelegenheit nutzen, zuzuhören und zu warten. Sie kommt schon damit rüber, was auch immer es ist, wenn sie dazu bereit ist.*

Anna stoppt, diesmal vor einer Weide. »Ich«, sagt sie zögernd und dreht sich zu mir, »wir, meine Trauzeugin Ester und ich, haben …«

Röten sich ihre Wangen? Nicht von der Temperatur? Schämt sie sich? Ein Gedanke jagt durch mein Gehirn. Ah, daher weht der Wind. »Uns erkundigt?«, helfe ich vorsichtig nach.

Sie senkt den Blick und stupst mit dem Fuß in einen Schneehaufen. »Genau.« Ihr Gesicht läuft bis hinauf zu ihrer Mütze tiefrot an.

Bezaubernd. »Und?«

»Was ich jetzt sage, ist mir sehr unangenehm. Weil ich als Christians ...« Sie unterbricht sich.

Ich kann sehen, wie sie arbeitet, ihre Gedanken sortiert, in Worte fasst.

»Weil ich Christian nahestehe, und da behält man solche Sachen eigentlich für sich. Aber Diskretion ist angesichts der Todesfälle nicht länger haltbar. Also.« Sie holt Luft. »Zum einen ist das Eggers hoch verschuldet. Bei der Sanierung ist Christian offensichtlich kräftig über das Ziel hinausgeschossen.«

Sie hat sich zurückgepfiffen, als sie »Verlobte« sagen wollte. Und sie teilt Interna mit mir. Das kann nur heißen, dass sie sich distanziert. Persönlich mag mich das freuen. Aber als Polizist?

»Das weißt du alles erst, seitdem ihr euch, sagen wir, erkundigt habt?«

»Richtig.« Anna stopft die Hände in die Taschen und lässt die Stille den Umstand erklären, dass es nicht Christian war, der ihr diese Information gegeben hat.

Der Kriminalist in mir gewinnt endgültig die Oberhand. *Da ist noch mehr.* »Aber deswegen wolltest du mich nicht sprechen.«

»Christian plant den ganz großen Wurf. Er will in Murnau ein Luxushotel bauen, ein sogenanntes Medical Spa. Das ist ein Ort, an dem Menschen, die es sich leisten können, sich nicht nur körperlich erholen, sondern sich auch medizinisch und psychologisch betreuen lassen können. Das Eggers verschwindet, das ›Blaue Land‹ kommt.«

Ich krause die Stirn. »›Blaues Land‹? Was soll mir das sagen?«

Anna nickt. »Na ja, so soll das Projekt heißen. Arbeitstitel ›Blaues Land‹.«

Ich nehme ihren Ellenbogen und gehe ein paar Schritte mit ihr. Und spüre ihre Präsenz neben mir. »Lass mich raten, auch davon ...«

»... wusste ich nichts«, fällt Anna mir ins Wort und bleibt abrupt stehen. »Christian hat mich aber schon für das Management-Team verplant.«

Ah. So ist das. Einfach nur ... »Familie. Da hilft man zusammen. In Bayern ist das zumindest so.«

Sie dreht ihr Gesicht in die aufsteigende Sonne. »Das mag ja sein. Ich will das nicht in Abrede stellen. Ich will auf etwas ganz anderes hinaus. Nicht nur bin ich nicht aus Bayern, sondern Christian und ich haben unser ganzes Leben in der Hotellerie verbracht. Wir haben Hotel gelernt, von der Pike auf. Und auch wenn meine Freundin es bezweifelt, kenne ich den Unterschied zwischen Professionalität und ...«

Ich gehe neben ihr her. Was wiegt so schwer, dass sie es nicht über die Lippen bringt? »Und was, Anna?«

»Unprofessionalität? Dilettantismus? Geboren aus schierer Verzweiflung?«, bricht es aus ihr heraus.

Ich überlege angestrengt. Da könnte mehr dahinterstecken. Gibt es Beweise? »Was bewegt dich zu der Annahme, dass Christian unprofessionell oder gar verzweifelt ist?«

»Du glaubst mir nicht, oder? Hältst das alles für Bullshit? Dann erklär ich dir mal, wie man ein Projekt dieser Größe angeht. Als Erstes schreibst du einen Businessplan. Dann stellst du ein Konsortium aus Investoren und einer Bank zusammen, das das Vorhaben finanziert. Dann castest du ein internationales Management-Team, das sich mit seinen Fähigkeiten gegenseitig ergänzt. Du engagierst Agenturen für den Markenaufbau und die Kommunikation. Planst Events, die das Vorhaben feiern, engagierst Influencer, die dich mit ihrer Reichweite auf Social Media bekannt machen.«

»Okay?«

»Auf gar keinen Fall erklärst du deiner Verlobten quasi im Vorübergehen, dass sie, ohne es zu wissen, einen neuen Job hat. Das ist ein No-Go! Und es kann nur eins bedeuten.«

Auf was will sie hinaus? »Nämlich?«

»Das ist doch logisch, oder? Dass ihm das Wasser bis zum Halse steht!«

Alles klar. Sie hat null Ahnung von Männern. So viel zumindest weiß ich jetzt. Keiner meiner Geschlechtsgenossen würde jemals eine Schwäche zugeben. Aber was bringt mir das?»Vielleicht sieht er das nicht so. Wie gesagt, in Bayern hilft man zusammen. Zumindest in der Familie.«

»Noch bin ich nicht Familie!« Sie funkelt mich an.

Oho! Das sind endlich Neuigkeiten. Was ist da im Busch? »Gibt es da noch etwas?«

»Ja.« Sie lässt ihren Blick über das weite Land schweifen. »Meine Freundin Ester hat gute Kontakte in der Bankenszene. Logisch, sie ist selber Bankerin. Sie hat ihre Fühler ausgestreckt und läuten hören, dass die Finanzierung noch nicht unter Dach und Fach ist. Die Banken zweifeln an, dass so ein Projekt in Murnau machbar ist.«

»Das tun Banken immer. Die wollen Sicherheiten, kein Risiko. Die muss Christian liefern und Überzeugungsarbeit leisten.«

»Das wird nicht reichen. Wir vermuten etwas ganz anderes hinter Christians Vorgehen. Wir glauben, dass er das Projekt so groß dimensioniert hat, um damit alte Löcher im jetzigen Hotel zu stopfen.«

Jetzt bleibe ich stehen. »Anna, ist dir klar, was du damit sagst? Wenn sich das bewahrheiten sollte, ist das Betrug. Eine Straftat.«

Sie hält meinen Blick. Ernst. Nüchtern. Ruhig.

»Was willst du jetzt tun?«, frage ich.

»Keine Ahnung. Muss ich etwas tun?«

Ah. So ist das also. Doch nur eine kostenlose Rechtsberatung. Nun gut. »Aus rechtlicher Sicht? Nein. Du bist nicht verpflichtet, Betrug zur Anzeige zu bringen.« Mein Ärger schlägt mir eine Faust ins Zwerchfell. Es ist zwar Sonntag, und ich bin nicht im Dienst. Aber ich bin immer noch Polizist. Merkt sie nicht, dass sie mich in die Bredouille bringt? »Wirst du etwas unternehmen?«

Sie sieht mir in die Augen, fragend, bittend, flehend. »Das ist es ja. Ich habe keine Ahnung, was ich denke. Denken soll. Tun muss. Es ist so wahnsinnig viel passiert in den letzten Tagen. Dabei wollte ich doch nur heiraten. Im Schnee. Mit Blick auf die Berge. Ein kleines, intimes, fröhliches Fest. Und jetzt das.« Sie schüttelt den Kopf.

Ich fasse ihren Ellenbogen und ziehe sie mit mir mit. Wir müssen uns bewegen, sonst bleiben wir stecken, in jeder Hinsicht. »Und wie geht es dir damit?«

»Mir? Darf ich das sagen? Beschissen. Ich bin entsetzt. Und schockiert. Über die Todesfälle. Und gleichzeitig bin ich stocksauer, dass Christian offensichtlich eine *hidden agenda* hat, und sehr enttäuscht, dass unsere Hochzeit geplatzt ist.«

What? Hatte ich doch recht. Ohne dass ich es kontrollieren kann, macht mein Herz einen Satz. Einen gewaltigen. »Nicht, dass es mich etwas angeht, aber gleich geplatzt? Doch nicht wirklich, oder?«

»Unter den jetzigen Umständen? Was denn sonst? Ich meine, immerhin rede ich gerade mit der Polizei. Oder? Was soll denn noch alles kommen? Ein Spezialeinsatzkommando? Mitten in der Nacht? Mit einer eingetretenen Tür? Dafür bist du doch zuständig, oder?«

Schön, dass du mich an meine Rolle erinnerst. Polizei. Mehr nicht.

In unserem Schweigen liegen Welten. Die wir stehen lassen. Über die keiner sprechen will. Weil wir es sonst noch schlimmer machen, als es eh schon ist.

Ich reiße mich zusammen. Sie hat deutlich gesagt, was sie in mir sieht. Den Polizisten. »Anna, persönlich kann ich verstehen, dass dich das alles belastet. Als Polizist rate ich dir, zu uns in die Inspektion zu kommen. Meine Kollegen und ich helfen dir. Wenn dir etwas auffällt, etwas, von dem du glaubst, dass es wichtig ist, komme zu mir und erzähl es mir. Dann sehen wir gemeinsam weiter.«

20

Anna und Christian

Murnau, Montag, 12. Dezember 2022

Schon wieder vor der Tür. Schon wieder ein Vormittag ohne Christian. Und schon wieder das Pferd.

Ich trete von einem Bein auf das andere. Der Wallach schnaubt leise und klimpert mit dem Zaumzeug zur Begrüßung. Fast zwei Wochen sind seit meiner Ankunft vergangen. Immer noch ist Winter, immer noch liegt Schnee, immer noch ist mir kalt. Erneut steht eine blasse Sonne am Horizont. Ein bisschen Schnee ist gefallen. Das ist aber auch das Einzige, was sich verändert hat. Denn ich trete auf der Stelle. Wiederhole mich. Das merke selbst ich, die ich mir gerne einmal eine rosarote Brille auf die Nase setze.

Nur dass ich diese eine Stimme in mir nicht mehr zum Schweigen bringen kann. Ist das echt? Oder eine Inszenierung? Hat Christian das von langer Hand geplant? Oder ist es ihm ein Bedürfnis? Meint er mich? Oder drückt er nur auf Knöpfe? Woraufhin ein Programm abläuft, das ich mir selbst geschrieben habe, um die Schmerzen meiner Verletzungen zu lindern. Die Einsamkeit meiner Kindheit. Den Mangel an Liebe und Zuwendung. Die Wochen der Ausweglosigkeit, die ich unter der Decke meiner Depression in meinem Zimmer verbracht habe. Um mich selber wieder aus dem Sumpf zu ziehen, indem ich mich in die Arbeit gestürzt habe. Um zu vergessen, den Schmerz nicht mehr zu spüren, aber eben auch nicht mehr mich.

Ich habe nicht die geringste Ahnung. In die eine Stimme fällt eine zweite ein. Und die ist laut, sehr laut. Gerade jetzt schreit sie mich an: Ist das langweilig! Hat der Mann nichts anderes drauf, als ständig dieses arme Pferd aus dem warmen Stall zu zerren und es für sich und seine Zwecke einzuspannen? Was sagt dir das? Dass ihm nichts mehr einfällt, dass er mit seinem Latein am Ende ist, dass ihm die Ideen ausgehen? Wie lange willst du dir dieses Schmierentheater noch bieten lassen? Ich seufze. Immer dieser Druck. Diese Entscheidungen. Ich will doch nur Ruhe und Frieden. Und ein bisschen Glück für mich selbst. Und der große braune Wallach kann überhaupt nichts dafür. Ich gehe auf ihn zu. »Ja, mein Hübscher, machen wir mal wieder einen Ausflug?« Ich streiche ihm über die Nüstern.

Wie lange ist es jetzt her, dass ich hier das erste Mal mit dem großen Braunen stand? Über eine Woche. Da haben wir drei – das Pferd, Christian und ich – Skijöring in der Sonne gemacht. Heute steht er eingespannt vor einer Kutsche. Die Zeit seit dem Morgen im Schnee, voller Lachen und Licht, kommt mir wie eine Ewigkeit vor. Die Welt ist eine andere geworden in den letzten Tagen. In mein Universum ist der Tod eingebrochen. Zwei Menschen sind gestorben, auf gewaltsame Art und Weise, ohne dass klar ist, warum. Die Wucht des Einschlags hat die Achse meiner Welt verschoben, meinen Blickwinkel geändert, mich. Ich schaue inzwischen anders auf die Geschehnisse, auf Christian, mich, uns. Und was ich sehe, gefällt mir nicht.

Vorsichtig lasse ich meine Hand über den warmen, weichen Hals des Pferdes gleiten. Wie zur Antwort schnaubt der Wallach leise, dreht den Kopf, kraust die Nüstern und knibbelt zärtlich an meiner Hand. Wie weich seine Lippen sind, wie sanft er über meine Haut gleitet. Jetzt reibt er wieder seine Stirn an meiner Schulter. Ich lache leise. Plötzlich hält er inne, hebt den Kopf, sieht über mich hinweg.

»Was meinst du? Lässt er mich mitfahren?«, höre ich Christians Stimme an meinem Ohr, fühle, wie er von hinten seine Arme um meine Körpermitte schlingt und mich hochhebt. Schon wieder. Die gleiche Geste. Ich wehre mich nicht, mache aber auch nicht mit. Ich lasse es einfach geschehen.

Nur dem Wallach scheint die Szene nicht zu gefallen. Er wirft den Kopf empor, dass das Zaumzeug klappert, schnaubt und wiehert lautstark. Der Schlitten, in den er eingespannt ist, vibriert.

»Jaaa, mein Brauner«, beruhige ich ihn, als Christian mich wieder absetzt, »ist schon gut.« Ich wende mich nicht um, sondern klopfe dem Tier auf den Hals. »Siehst du, jetzt hast du ihn erschreckt.«

Christian lacht, fasst mich an der Schulter und dreht mich zu sich. »Ich vermute eher, dass er seit neulich noch eifersüchtiger auf mich ist, als er eh schon war.« Er zieht mich an sich, fährt mit seinen Händen in mein Haar und presst seine Lippen auf die meinen.

Die warme, wohlbekannte Woge flutet über mich hinweg. Als stünde ich neben mir, schaue ich eine Sekunde lang auf ein Paar, das sich umarmt und küsst. Beobachte mich, wie ich nachgebe, in seinen Armen weich werde, mich an ihn schmiege. Interessant, denke ich, funktioniert anscheinend immer noch. Und ist es nicht das, worum es wirklich geht? Wonach ich mich sehne, was ich mir so sehr wünsche? Mein kleines bisschen persönliches Glück, nur für mich allein? Ich seufze und lasse mich in Christians Arme sinken.

Der Wallach stampft mit den Hufen in den Schnee und versetzt mir von hinten einen Stüber. Was er wohl damit meint? Kümmere dich besser um mich? Pass auf dich auf? Lass den Schmarrn? Ich schüttele den Kopf. Was um alles in der Welt geht bloß in mir vor?

Christian lässt mich los, lacht und greift nach den Zügeln. »Siehst du? Sag ich doch. Du hast mal wieder ein Herz gewonnen. Wir zwei«, er baut sich neben dem Pferd auf und verbeugt sich, »mein tierischer Kollege und ich, sind dir stets zu Diensten.« Galant streckt er seine Hand nach mir aus.

Fast hätte ich mir mit dem Finger an die Stirn getippt. Was willst du noch? Der Mann gibt sich solche Mühe, stellt sich samt Pferd und Kutsche vor sein Haus, und du machst aus einer Mücke einen Elefanten? Geht's eigentlich noch? Ich gebe mir einen Ruck, werfe kurzerhand meine Bedenken über Bord, ergreife seine Rechte und setze meinen Fuß in die Kutsche. Christian hilft mir dabei, auf den Kutschbock zu klettern, und setzt sich neben mich.

»Wohin?«, fragt er und sieht mich erwartungsvoll an. Ich strahle und schlinge eine Decke um meine Beine. »Wohin du willst, Darling.«

»Na, wenn das so ist.« Christian umfasst die Zügel und schnalzt. Gehorsam fällt der Wallach in einen Trab. Schnee stiebt auf, Glöckchen klimpern, schwarze Mähnenhaare wippen, als wir die Hoteleinfahrt heruntergleiten. »Ich glaub, ich hab da eine Idee.«

Ich fädele meinen linken Arm unter seinem rechten ein und lasse meinen Kopf auf seine Schulter sinken. Was geht bloß in mir vor? Wieso stelle ich mich so an in letzter Zeit? So wankelmütig, von einer Laune in die nächste hin- und hergerissen, kenne ich mich gar nicht.

Aber es ist auch so viel passiert in den letzten Tagen. Die Hochzeit ist abgesagt. Das allein ist schon Grund genug, den Kopf hängen zu lassen. Und dass es so schnell auch keine mehr geben wird, macht es nicht besser. Wenn ich ehrlich bin, kann ich mir überhaupt keine Hochzeit vorstellen. Dann diese Medical-Spa-Sache. Alles daran ist ein Unding. Das Konzept an sich und meine Rolle darin. Viel Positives fällt mir gerade nicht ein. Aber wenn wir zusammen sind, Christian und ich, fühlt es sich einfach gut und richtig an. Ist es nicht das, worum es tatsächlich geht? Ich sehe auf, als wir langsamer werden und in den kleinen Waldweg einbiegen.

Durch die verschneiten Tannen kann ich das Flackern von offenem Feuer erkennen. Fahren wir wieder zur Bude seines Vaters? Gerade noch kann ich ein Stöhnen unterdrücken. Nicht schon wieder. Gibt es keine anderen Plätze in der Gegend, an denen wir anhalten können? »Oldies but goldies?«, purzelt es aus mir raus. Ich beiße mir auf die Lippen. Hoffentlich klinge ich nicht zu genervt.

Aber Christian hat gar nicht zugehört. Vor der Hütte, die sich wie eh und je zwischen die hohen Tannen schmiegt, bringt er das Pferd zum Stehen. Große brennende Fackeln stecken im

Schnee und werfen goldene Muster auf die kleine Lichtung, die Bäume und das Haus. Auf einer Bank vor dem Eingang liegen dicke Schaffelle, Kissen, dazwischen steht ein Picknickkorb. Christian springt von der Kutsche, dreht sich um und breitet die Arme aus. »Überraschung!« Er streckt mir seine Hand entgegen.

Geschmeichelt ergreife ich sie und klettere zu ihm hinunter. Man kann sagen, was man will, der Mann gibt sich Mühe. Eine kleine Stimme in meinem Kopf, die verdächtig nach Ester klingt, flüstert mir zu: Anna, das kann auch der Concierge gewesen sein. Kurz schließe ich die Augen, schiebe es beiseite und lächele Christian an.

»Moment noch.« Er lässt meine Hand los, zieht einen Heusack unter dem Sitz hervor und hängt ihn dem Pferd um. Der Wallach schnaubt leise, senkt den Kopf und mahlt mit den Zähnen.

Christian greift wieder nach meiner Hand und führt mich zur Bank. »Schau, was ich für uns habe.« Er zieht eine Thermoskanne aus dem Korb und öffnet den Verschluss. Der Geruch von schwarzem kräftigem Tee und Rum steigt mir in die Nase.

Überrascht sehe ich auf. »Grog? Am helllichten Tag?«

Christian holt eine Tasse hervor, reicht sie mir und gießt ein. »Ja, ich dachte, das würde meiner kleinen norddeutschen Pflanze gefallen.« Er bedient sich selbst und stößt mit mir an.

»Wie lieb von dir. Danke schön.« Ich nehme einen Schluck. Heiß, süß und stark. »Wenn ich davon mehr als eine Tasse trinke, tanze ich durch den Schnee.«

»Das will ich sehen.« Er stellt seine Tasse auf die Bank und beugt sich über den Korb. »Aber damit wir eine ordentliche Grundlage haben«, er schaut auf, »sagt man das so bei euch in Norddeutschland, ›ordentliche Grundlage‹?«

Ich lache und nicke. »Ja, das sagt man so.«

»Gut. Also deswegen hab ich das da mitgebracht.« Er zieht ein Tablett hervor und hält es mir unter die Nase. »Ta-da!« Kleine runde Scheiben dunklen Brots, belegt mit länglichen

Fischfilets und weißen Tupfern, sind darauf arrangiert. »Pumpernickel mit Räucheraal und Meerrettich. Magst du das?« Beglückt schnuppere ich über den Teller. »Und wie.« Ich nehme eine Scheibe vom Tablett, schiebe sie mir in den Mund und seufze genüsslich. »Christian, ich muss schon sagen, du weißt zu genießen.«

Er strahlt mich an. »Aber nur, wenn du bei mir bist und mich dazu inspirierst.« Er nimmt mir die Tasse aus der Hand, zieht mich an sich und umarmt mich. »Anna?«

»Ja?« Ich weiß, ich strahle wie ein Honigkuchenpferd. Und auch, dass es mir egal ist.

Er hebt mein Kinn mit seinem Finger und sieht mir in die Augen. »Du bist die Frau meines Lebens. Lass uns das gemeinsam durchstehen. Und ich verspreche dir, alles wird gut.«

Ich sehe ihn an und warte auf die warme, wohlbekannte Woge. Stattdessen fliegt aus dem Nichts ein Gedanke an mir vorüber. *Wieso macht er das alles?*

Er lässt mich los. »Aber schau, was ich noch für dich hab.«

Der Moment ist vorbei und lässt mich fröstelnd zurück. Ich schlinge die Arme um meinen Bauch. »Da bin ich gespannt.« Lüge ich inzwischen, ohne mit der Wimper zu zucken? Ich hocke mich auf die Bank.

Christian hält zwei Gläser in die Höhe, die zu zwei Dritteln mit etwas Rotem, zu einem Drittel mit etwas Hellem gefüllt sind. »Zum Nachtisch gibt es rote Grütze mit Vanillesoße. Das ist doch auch sehr norddeutsch, oder? Der Küchenchef hat eine sehr feine Variation aus frischen Früchten gemacht. Probier mal, ob sie dir zusagt. Er ist der Meinung, wir sollen es auf die Karte setzen.«

Ich nicke. *Er gibt sich so viel Mühe!* Ich nehme ihm eine der Schalen aus der Hand und probiere. »Das ist köstlich. Und eine sehr aufmerksame Geste von dir.«

Er schüttelt den Kopf. »Nein, Anna, das ist eine Selbstverständlichkeit für mich. Ich möchte doch, dass du dich hier zu Hause fühlst.« Er nimmt mir das Glas aus der Hand. »Darf ich mich zu dir setzen?«

»Unbedingt.« Ich kuschele mich neben ihm auf das Schaffell und angele nach Christians Hand. Die Fackeln knistern und knacken. Zarte Schneekaskaden rieseln von den hohen Tannen. Das Pferd steht neben uns und frisst ruhig aus seinem Heusack. »Das hast du alles sehr, sehr liebevoll arrangiert, Christian. Danke schön.«

»Bedankst du dich bei mir? Das musst du nicht.« Er drückt meine Hand und küsst sie. »Ich will dich eher um Verständnis dafür bitten, dass unsere Hochzeit verschoben werden musste.« Ich rücke noch etwas näher an ihn heran. »Ach, das ist mir doch selber klar. Nach allem, was die letzten Tage passiert ist? Das ist doch logisch, dass wir kein fröhliches Fest feiern können. Mir jedenfalls war danach überhaupt nicht zumute.«

Er legt seinen Arm um meine Schulter. »Ehrlich? Da bin ich erleichtert. Ich weiß, dass du weißt, was in einem Hotel alles passieren kann. Aber so etwas? Ich hatte so viel auf dem Tisch, das Eggers auch nur halbwegs auf Kurs zu halten, dass ich echt keine Kapazität für die Hochzeit hatte.«

Gedanken schießen durch meinen Kopf. *Das Eggers auf Kurs halten? Dein Vater ist tot. Maxi ist tot. Dich will jemand umbringen.* »Das verstehe ich doch.«

Er greift mit beiden Händen nach meiner und strahlt mich an. »Wirklich? Anna, du bist großartig. Einfach nur großartig.«

»Nun übertreib nicht. Sag mir lieber, ob von diesem wahnsinnig leckeren Aal noch etwas da ist.«

»Natürlich.« Christian reicht mir das Tablett.

Ich nehme eine Scheibe und beiße hinein. Das gibt mir die Gelegenheit, meinen Mund zu halten.

»Weißt du, Anna, ich bin mit dir hier rausgefahren, weil ich mit dir ganz allein sein wollte. Es ist mir enorm wichtig, zu wissen, dass du an meiner Seite bist. Mehr noch. Ich möchte dich bitten, dass du mir vertraust. Ganz einfach. Vertrau mir, Anna«, er greift wieder nach meiner Hand, »vertrau mir, dann wird alles gut.«

Nicht schon wieder. Nicht schon wieder das Gleiche. Da waren wir doch schon. Erst das Pferd, dann die Hütte, jetzt das

Vertrauen. Bum-bum. Mein Herz tut einen Satz, schaltet einen Gang zurück und pumpt mein Blut in Überschallgeschwindigkeit in jede Kapillare meines Körpers. Aal, Rum und dunkles Brot, die eben noch so köstlich schmeckten, führen einen Veitstanz in meinem Magen auf. Unwillkürlich muss ich aufstoßen. Meine Hand fährt zum Mund.

»Spatzerl. Hast du etwas?«, fragt Christian und zieht besorgt seine Stirn in Falten.

Spatzerl. Auch das noch. »Nichts. Es ist nichts.« Ich nestele nach einem Taschentuch, wende mich ab, wische mir über den Mund. Was tu ich hier? Was tu ich hier bloß? Unsicher stehe ich auf. »Christian, mir ist nicht so gut, und mir ist kalt. Hättest du etwas dagegen, wenn wir zurück zum Hotel fahren?«

»Aber nein.«

»Danke für dein Verständnis«, schiebe ich hinterher. Nicht nur die Außentemperatur, sondern auch die Stimmung ist im Keller. Und ich fühle mich ertappt.

Christian sieht mich an. Sein Mund lächelt, aber seine Augen sind so kalt wie der Schnee, der letzte Nacht gefallen ist. »Alles, was du willst, Spatzerl.«

21

Andreas

Murnau, Montag, 12. Dezember 2022

»Willst du auch einen?«

Rosi hält mir eine riesige Tasse unter die Nase. Kaffee, nehme ich an, zugedeckt von einem Gebirge aus feinporigem Milchschaum. Der Duft von Zimt und Karamell steigt mir in die Nase. Aus reinem Trotz antworte ich:»Nein, danke.« Doch die Neugier nagt an mir.»Nur so aus Interesse: Wo hast du den her?«

»Von den Kollegen zwei Büros weiter. Hab ich dir doch schon erzählt. Die sind voll nett.«

Ich schenke ihr einen spöttischen Blick.»Nett. Soso. Für mich sieht das schwer nach Bestechung aus.«

»*No shit, Sherlock?* Die haben mich schon gefragt, ob ich mich nicht dorthin versetzen lassen will.«

»Aha«, antworte ich und heuchele Desinteresse, indem ich mich meinem Bildschirm zuwende.»Und was hast du geantwortet?«

»Dass ich von dir und deinem Geknurre viel mehr lerne als von ihnen mit ihrem Kaffee.«

Ich lächele mein Display an.»Schau.«

»So schnell geben die aber nicht auf. Sie haben geschworen, dass bei ihnen die Stimmung tausendmal besser ist als bei dir. Als ich immer noch nicht Ja gesagt habe, haben sie einen selbst gebackenen Kuchen pro Woche obendrauf gelegt.«

Ich tippe mir an die Stirn.

Rosis Mundwinkel reichen inzwischen von einem Ohrläppchen zum anderen.»Dir kann man echt alles erzählen, gell?«

»Hast du's jetzt?« Ich rolle mit dem Stuhl an die Schreibtischecke.»Können wir weitermachen? Unsere Ermittlungsergebnisse sind immer noch mehr als dünn. Also noch einmal von vorne. Wo stehen wir?«

»Ernsthaft?«

»Seit wann mache ich Witze, Rosi?«

Mit einem Seufzen stellt Rosi ihre Tasse ab und baut sich vor dem Whiteboard auf. »Am Freitag, dem 2. Dezember, wurde Maximilian Schmiedt, sechsunddreißig, Gast im Hotel Eggers, um acht Uhr in der Früh tot im Outdoorpool gefunden. Die Autopsie ergab, dass er an einem Herzinfarkt verstorben ist. Schmiedt litt an einer Herzschwäche, er trug einen Schrittmacher, der ausgefallen ist.« Sie sieht mich erwartungsvoll an. Ich nicke knapp. »Weiter.«

»Die Kriminaltechnik hat eine Weidezauninstallation am Pool gefunden. Das Poolwasser wurde unter Strom gesetzt, Schmiedts Schrittmacher setzte aus, er starb. Offensichtlich war Schmiedt aber nicht das Ziel. Normalerweise geht Christian Egger, Juniorchef des Hotels Eggers, morgens als Erster schwimmen. Der Anschlag galt ihm, Schmiedt fiel ihm zum Opfer.«

»Okay. Und weiter?«

»Da wir davon ausgehen, dass das Attentat nicht Schmiedt, sondern Egger junior galt, haben wir unsere Ermittlungen auf ihn konzentriert. Bisher mit wenig …«

»… keinem …«

Sie zuckt die Schultern. »… meinetwegen keinem Erfolg. Er selbst behauptet, dass es sich um einen Scherz handelt.«

»Wie siehst du das?«

»Er spielt den Vorfall runter, weil er Aufsehen vermeiden will.«

»Interessanter Aspekt. Denkst du, er weiß, wer dahintersteckt?«

Rosi kraust die Stirn. »Du vermutest, dass er jemanden deckt?«

»Hältst du das für möglich?«

Sie schüttelt den Kopf. »So, wie ich ihn bisher kennengelernt habe, nein. Wenn der wüsste, wer ihm schaden will, würde der den sofort hinhängen.«

»Okay. Kann ich nachvollziehen. Also, er will den Ball flach halten, verdächtigt aber selbst niemanden. Weiter.«

Sie faltet die Hände. »Zusammengefasst haben wir es hier mindestens mit schwerer Körperverletzung mit Todesfolge zu tun. Das ist aber nicht sicher, weil uns ...«

»... ein Motiv fehlt.«

»Neben einem Tatverdächtigen, richtig. Am Donnerstag, dem 8. Dezember, wurde Josef Egger senior, fünfundsechzig, um dreizehn Uhr tot an seinem Hochsitz gefunden. Seine Angestellten hatten ihn zuvor als vermisst gemeldet, kurz darauf haben ihn Wanderer entdeckt. Seine Wertsachen hatte er bei sich. Einen Raub, der schiefgegangen ist, können wir also ausschließen. Egger hatte schwere Verletzungen im Gesicht. Die Obduktion ergab, dass sein Genick gebrochen war.«

»Dens-axis-Fraktur.«

»Bruch des zweiten Halswirbels, genau. Offensichtlich ist er mit Wucht auf dem großen Stein unter seinem Hochsitz aufgeschlagen. Darauf weisen die Verletzungen im Gesicht hin. Zudem hatte er leichte Abwehrverletzungen an den Unterarmen. So weit, so klar?«

»Ja«, brumme ich.

»Dieses Knurren, das meinen die Kollegen.«

»Rosi.«

»Gut. Dann mache ich mal weiter. Wir wissen, dass seine letzten Kontaktpersonen seine Angestellten im Hotel waren. Es gibt keine Zeugen. Sein Telefon war ausgeschaltet. Über die letzten eineinhalb Stunden seines Lebens wissen wir so gut wie nichts. Auch er könnte ein Zufallsopfer ...«

»Siehst du auch so?«

»Nein. Er hatte Male am Hals, die darauf hinweisen, dass ihn jemand post mortem mit Kabelbindern an seinem Hochsitz aufhängen wollte, um einen Suizid vorzutäuschen, also die Tat zu verdecken. Das sind Indizien für ein Kapitalverbrechen.«

»Hm«, brumme ich. »Manchmal frage ich mich schon, für wie blöd uns die Leute eigentlich halten.«

»Das, genau das, das nennen die Kollegen Geknurre.«

»Weiter«, knurre ich.

»Laut kriminaltechnischer Untersuchung muss das Opfer den Täter spätestens an seinem Hochsitz getroffen haben. Es kam zu einem Kampf, bei dem Egger sich die Verletzungen an beiden Unterarmen zugezogen hat. Er ist gestürzt, ob mit oder ohne Fremdeinwirkung, auf dem großen Stein aufgeprallt, dabei ist sein Genick gebrochen. Wenn es dabei geblieben wäre, könnten wir von schwerer Körperverletzung mit Todesfolge ausgehen. Der Vertuschungsversuch deutet allerdings auf Vorsatz hin. «

»Uns fehlt ein Motiv.«

»Richtig. Und ein Tatverdächtiger. Zwei Todesfälle innerhalb einer Woche sind ein Hinweis darauf, dass es jemand auf die Familie Egger abgesehen hat.«

»Das sehe ich auch so. Nur warum?« Rosi lässt sich auf ihren Stuhl fallen.

»Richtig. Warum? Komm, stell mal ein paar Thesen auf, Rosi.«

Ihre Augen blitzen. »Okay. These *numero uno*: Nach allem, was wir bisher wissen, waren die Eggers keine Sympathieträger.«

»Ich habe inzwischen gelernt, dass das eine Frage der Perspektive ist.«

»Oh ja? Wie das?«

»Die Eggers schwimmen seit Generationen gegen den Strom. Die haben schon, als sie noch Bauern waren, Zimmer an Gäste aus der Stadt vermietet. Der Alte hat alles riskiert, als er den Bauernhof zu einem Landhotel umgebaut hat. Christian tritt mit seinem Spa-Projekt praktisch in seine Fußstapfen. Das erzeugt Ängste, Eifersucht und Missgunst. Logisch, dass weder der Alte noch der Junge sich viele Freunde im schönen Markt Murnau gemacht haben.«

Rosi schlägt gespielt die Hand vor den Mund. »Andi. Was ist mit dir denn los?«

»Nichts, Rosi, ich versuche nur, einen halbwegs unvoreingenommenen Blick zu haben. Meiner Meinung nach ist es sinnlos, unter seinen Neidern zu suchen. Denen gönnt schon seit hundert Jahren niemand das Schwarze unterm Fingernagel. Wenn Neid das Motiv wäre, würden die schon lange die Radieserl von unten anschauen.«

Rosi wiegt ihren Kopf. »Ich stimme dir einerseits zu, andererseits … kaufe ich dir die Erfolgsgeschichte nicht zu hundert Prozent ab. These zwei: Egger war verschuldet, sein Medical-Spa-Projekt noch lange nicht in trockenen Tüchern.«

»Korrekt. Aber schwach. Sein Vorgehen kannst du auch als unternehmerisches Handeln verstehen.«

»Okay. Was hältst du davon? These drei: Klassische Beziehungstat. Diese Hochzeit ist in meinen Augen eine Farce. Es kriselt zwischen Anna Sieveking und Egger junior. Der Streit eskaliert.«

»In diesem Szenario wäre Anna deine Täterin? *No way*, aber mit einem hast du recht. Die Hochzeit ist abgesagt«, sage ich leichthin.

»Von wem?«

»Von beiden. Angesichts von Eggers Tod verbietet sich ein fröhliches Fest.«

»Sagt wer?«

»Spielt das eine Rolle? Da fällt mir etwas ein. Lass mich schnell mal was nachschauen.« Ich wende mich ab und hämmere auf meiner Tastatur herum.

Rosi tippt mir auf die Schulter. »Kannst du es nicht einfach sagen?«

»Wie?« Ich schüttele unwillig den Kopf. »Gib mir einen Moment. Anna hat da gestern etwas erwähnt …« Meine Nase klebt am Bildschirm.

»Du hast sie getroffen?«, fragt Rosi in mein Schweigen. »Am Sonntag? Privat?«

Ich nehme den Blick nicht vom Bildschirm. »Mein Gott, was willst du? Die Frau hat hier niemanden, an den sie sich wenden kann, aber den Stress ihres Lebens, und ich hab ihr neulich Hilfe angeboten.«

Rosi zieht ihren Stuhl heran. »Es ist mir nicht klar, dass mit dieser Plattitüde persönliche Betreuung gemeint ist.«

»*Jesus*«, stöhne ich, »Rosi!«

»Okay, okay, okay.« Sie hebt beschwichtigend die Hände.

»Das ist also deine Quelle. Hättest du auch gleich sagen können. Was hat sie denn Tolles von sich gegeben, weshalb dein Rechner jetzt dran glauben muss?«

»Nichts, was wir nicht schon wüssten. Nein, nicht ganz. Nichts, was wir nicht wüssten, sie aber nicht. Christian hat ihr gegenüber vergessen zu erwähnen, dass er hoch verschuldet ist, ein Megaresort bauen will und sie schon als seine Direktorin vorgesehen hat.«

Rosi pfeift durch die Zähne. »Du meinst, er wusste es, wir inzwischen auch, bloß sie nicht? Das ist ganz schön schräg.«

»Finde ich auch. Andererseits, wie du weißt, gibt es viele verschiedene Universen, und Christian hat sein ganz persönliches. Wenn ich das einmal so flapsig ausdrücken darf. Ich kenne meinen ehemaligen Schulkameraden nicht anders denn als den König des Eggers, als einen Blender und Aufschneider. Mich wundert das also nicht. Aber für sie war es ein Schock.«

Rosi legt ihre Hand auf meinen Unterarm. »Musstest du sie trösten?«, fragt sie mit zuckersüßer Stimme.

»Rosi, wenn du nicht gleich dein dreckiges Grinsen aus dem Gesicht nimmst, dann …« Ich schüttele ihre Hand ab.

»Dann was?« Lachend knufft sie mir in die Schulter. »Passt schon. Aber das wolltest du mir nicht erzählen.«

»Richtig. Ha! Endlich, hier ist es.« Ich rutsche wieder an den Tisch und tippe mit einem Stift auf den Bildschirm.

»Das? Die Berichte über die Einstellung der Baustelle?« Rosi kraust die Stirn. »Das hatten wir doch schon.«

»Richtig. Aber erkennst du nicht das Muster?«

Rosi stützt ihr Kinn in ihre Hand und beugt sich nach vorne. »Muster, Muster, was genau meinst du …?«

»Etwas, was Christian andauernd tut.«

»Er fängt ständig etwas Neues an.«

»Exakt. Aber dann kriegt er Ärger. Weshalb?«

»Weil er immer nur die halbe Wahrheit sagt.«

»Genau.« Ich stehe auf und gehe zum Whiteboard. »Seine

Baustelle wird eingestellt, weil er vergisst, genehmigen zu lassen, dass er viel größer baut, als er beantragt hat. Er stellt sein neues Projekt der Öffentlichkeit vor, und en passant kommt raus, dass es ein Gigaprojekt wird. Seiner Verlobten gegenüber unterschlägt er, dass er sie als Hoteldirektorin verplant. Von seinen Schulden erfährt diese aus der Zeitung.«

Rosi setzt sich auf. »Wenn du es so darstellst ... der Mann ist ein echter Haderlump. Ist aber strafrechtlich nicht relevant.«

»Annas Freundin will erfahren haben, dass die Banken Christian ein Schneeballsystem unterstellen.«

»Du meinst, er beantragt den Kredit für das Spa-Projekt, um Altschulden zu bedienen? Das ist sowohl widersinnig als auch Betrug. Außerdem, was bringt ihm das? Er braucht die Mittel doch letztlich für das neue Hotel.«

»Was ist, wenn das das Muster ist? Eines, von dem wir nicht wissen? Was sich nur jemand, wie soll ich es sagen, mit seiner psychischen Disposition ausdenken kann? Weil ein halbwegs normal denkender Mensch nicht darauf kommen würde?«

Rosi nickt bedächtig. »Du meinst, dass er sich steigert? Erst mal nur übertreibt, sich dann an der Grenze zur Legalität bewegt und schließlich ein Verbrechen begeht? Was er natürlich nicht so sieht. Aus seiner Perspektive hat er eine Gelegenheit genutzt. Dabei ist er jemandem so derartig an den Karren gefahren oder hat ihn über den Tisch gezogen, dass der sich an ihm rächt?«

»Genau.«

»Und was sollte das sein?«

»Das genau ist die Frage. Wenn wir das wissen, haben wir den Täter.«

22

Anna und Ester

Murnau, Montag, 12. Dezember 2022

Wann bin ich jemals in den letzten fünfzehn Jahren so lange an einem Ort gewesen? Ich kann mich nicht erinnern. Immer auf Achse, immer unterwegs, raus aus dem Koffer, rein in den Koffer. Nicht nur beruflich, sondern auch privat. Mit Christian war ich ununterbrochen auf Tour, alle zwei Wochen *on the road again*, immer auf Reisen, nie zweimal dieselbe Destination und auf jeden Fall nicht daheim. Rastlos, atemlos. Auch ruhelos? Haltlos?

Aber jetzt bin ich immer noch in Murnau. Und gerate aus dem Tritt. Nicht mehr in meinem Raum-Zeit-Kontinuum, in dem ich von Schiff zu Schiff getingelt war. Auch von Ablenkung zu Ablenkung? Hier ist mein Leben zum Stillstand gekommen, Vollbremsung, gerade noch rechtzeitig vor dem Einschlag. Aber Masse ist träge, mein Gehirn, eben noch in Warp-Geschwindigkeit auf der Reise in den nächsten Quadranten meines Lebens, ist vorn am Schädel aufgeschlagen.

Die Energie des Aufpralls hat meine Gedanken durcheinandergeworfen. Mein Kopf ist ein Brausebad, mein Leben, meine Zukunft, meine Liebe im Zustand kosmischer Inflation. Was mich eben noch geordnet nach den immerwährenden Gesetzen der Physik geradezu langweilig umgab, ist zu einem schillernden Multiversum geworden, fluktuierend im endlosen All. Und ich? Fließe halt- und fassungslos von einem Paralleluniversum ins nächste. Nur mühsam verschaffe ich mir einen Überblick.

Also immer noch Murnau. Mit Ester in der Fußgängerzone. Im Café Krönner. Das sich in einem deutlich gemächlicheren Zustand befindet als letzten Samstag. Was ich als sehr angenehm empfinde. Dann auch noch draußen in der Nachmittagssonne, nicht im engen, dunklen Innenraum. Ein Tee mit meiner Freundin. Ein Stück Kuchen. Wir zwei entspannt in unseren Korbsesseln. Ein dritter steht wie zufällig daneben. Es könnte alles so schön sein. Stattdessen bin ich nervös. Ich habe jeden der umliegenden Tische im Blick. Jeden Passanten, der ein neuer Gast werden kann. Beäuge jede weibliche Person besonders intensiv. Kommt sie? Oder warten wir umsonst? Versetzt sie uns wieder? Unter Aufbietung all meiner Kräfte schaffe ich es, nicht an meinen Fingernägeln zu knibbeln.

Wieder gehen Leute vorüber. Eine Frau im Oversize-Mantel, mit Mütze bis über die Stirn und verspiegelter Brille bleibt stehen, sieht sich suchend um, zögert. Ist sie das? Ich springe aus meinem Korbstuhl auf und gehe ihr entgegen. »Frau Auerbach?« Spontan strecke ich ihr meine Hand entgegen. »Sieveking. Anna Sieveking. Hallo. Kommen Sie doch zu uns. Da drüben sitzt meine Freundin.«

Sie steht mir gegenüber und ignoriert meine Rechte. Selbst durch ihre glänzende Sonnenbrille spüre ich ihren prüfenden Blick. »Ah. Sie sind Anna?«

Langsam lasse ich meine Hand in eine einladende Geste übergehen. Das fängt ja gut an. »Ja. Wollen wir uns setzen?« Ich zupfe das Schaffell zurecht, das in dem leeren Korbstuhl liegt.

»Gerne. Ich bin die Sylvie.« Nun streckt sie mir doch ihre Hand entgegen.

Überrascht und erleichtert greife ich zu. Mein Gegenüber versinkt geradezu in ihrer riesigen Daunenjacke. Zwei Drittel ihres Gesichtes werden von der Sonnenbrille, der Rest von Schal und Mütze verdeckt. Ich würde sie nicht wiedererkennen, wenn sie ohne dieses Outfit vor mir stehen würde. *Zufall oder Absicht?* »Danke, dass du dich mit uns triffst.«

»Ach ja. Passt schon. Hab eh Urlaub.« Sylvie winkt dem Kellner. »Morgentau, bitte. Eine Kanne.« Sie wendet sich uns wieder zu. »Was soll ich sagen? Irgendwas mit ›Das Kind ist ja eh schon im Brunnen‹ oder so?«

Ester kraust die Stirn. »Was soll das heißen? Ich bin übrigens Ester.«

»So? Danke.«

Der Kellner setzt ein Gedeck vor ihr ab. Sie gießt ein und führt die Tasse zum Mund, ohne auf Esters Vorstellung zu reagieren. »Dieser Tee. Mein Lebenselixier.« Mit leisem Klimpern von Porzellan auf Porzellan stellt sie die Tasse wieder ab. »Wisst ihr, es könnte alles so schön sein.«

Ich fühle mich ertappt. Kann sie Gedanken lesen? Hab ich das nicht auch gerade gedacht? Ich nicke schweigend, trinke meinen Cappuccino und warte auf das Aber.

Sylvie pustet vorsichtig in ihren Tee. »Ist es nicht hübsch hier, in unserer kleinen Marktgemeinde? Dann die Kultur, das Land, die Berge. Wir könnten in Frieden leben, auf einer Insel der Glückseligen.« Sie trinkt. »Ja, es könnte schön sein. Wenn nur nicht ein paar komplett verkommene Menschen hier leben würden.«

Statt einem »aber« ein »wenn nur nicht«. Bloß, wen meint sie damit? Redet sie etwa von Christian? »In den letzten Tagen sind häufiger die Begriffe Medical Spa und ›Blaues Land‹ gefallen. Wir haben uns gedacht, dass du als Tourismusreferentin uns vielleicht etwas mehr darüber erzählen könntest?«

Sylvie schiebt ihre Brille an die Stirn. Die Verspiegelung blitzt im Sonnenlicht. Langsam trinkt sie einen Schluck Tee. »Ah, daher weht der Wind. Über das Resort und ›Blaues Land‹«, sie stellt vorsichtig die Tasse ab, »wollt ihr reden. Ich sag euch, dieses Projekt«, sie hebt ihre Finger für Anführungszeichen in der Luft, »hat wahrlich der Teufel gesehen.«

»Aha.« Ester wirft mir einen Blick zu und hebt fragend die Schultern. »Dürfen wir erfahren, warum?«

»Weil sich Christian und Georg darüber total zerstritten haben. Nicht, dass die jemals dicke Freunde gewesen wären. Aber so? Ist das die Sache wert, frage ich euch?«

Wovon redet die Frau? Wir fragen nach Medical Spas und Blauem Land, und sie fängt von einem Streit an? Wen meint sie? Georg wer? »Okay? Das musst du uns erklären. Medical Spas sind doch ein interessantes touristisches Konzept. Eine echte Aufwertung und ein Zugewinn für Murnau. Und ›Blaues Land‹? Das ist doch nur ein Name. Wie kann man sich über so etwas ernsthaft in die Haare kriegen?«

Sylvie wirft uns einen kurzen Blick durch ihre Sonnenbrille zu. »Als ob das eine Rolle spielt. Ich sehe, ihr kennt die Gegend nicht. Und wisst nicht, wie hier die Leute ticken.« Sie stockt, lehnt sich zurück und beugt sich plötzlich über den Tisch, als ob sie es sich anders überlegt hätte. »Wisst ihr, wenn einer ein bekannter Schwerenöter ist, der sich Künstler nennt, aber im Grunde nur eine verkrachte Existenz ist, dann sind diese Dinge wichtig. Sehr wichtig sogar. Weil, wenn man immer auf Kante genäht, immer klamm ist, aber Durst hat, großen Durst, immer in der Kreide steht bei allen Wirtschaften so rumadum. Und dann plötzlich! Ein Mal! Ein einziges Mal! Eine gute Idee hat! Blaues Land! Pfft!« Sylvie wirft die wattierten Arme in die Luft und schnauft theatralisch. »Wisst ihr was? Dass ich nicht lache. Rumgetan hat er, der Georg, als ob er die Weltformel gefunden hätte. Blaues Land, Blaues Land! Angegeben bei jeder sich bietenden Gelegenheit hat er. Wegen eines einsamen Geistesblitzes in dem einen lichten Moment! Dass er die Marke hat eintragen lassen. Und alles weswegen? Wegen eines blöden Namens!«

»Okay?« Erst sagt sie nichts, und dann hört sie gar nicht mehr auf zu plappern? Ich sehe Ester ratlos an. *Was soll das?*

»Genau. Okay. Du triffst den Nagel auf den Kopf«, schnaubt Sylvie. »Denn es kam, wie es kommen musste. Das ewige Schaf Georg posaunt so durch die Weltgeschichte, was für eine Superidee er doch hat und was er alles damit anstellen wird: Tassen bedrucken, T-Shirts verkaufen und Basecaps gleich dazu. Blaues Land. Als ob das irgendjemanden interessiert, ob da jetzt ›Blaues‹, ›Rotes‹ oder ›Grünes Land‹ auf einem T-Shirt steht. Aber er sah sich als Erfinder des Steins der Weisen. Ha!«

Ester hebt die Schultern. »Sylvie, sorry, aber ich verstehe das immer noch nicht.«

»Was verstehst du nicht? Dass es Menschen gibt, die so von

sich überzeugt und gleichzeitig so naiv sind, dass es wehtut? Menschen, die von Natur aus Chaoten sind, komplett überfordert und niemanden haben, der ihnen hilft? Die aber Wunder was meinen, wer sie sind, was sie können und was ihnen alles Tolles einfällt? Das verstehst du nicht?«

»Doch, doch, das verstehe ich«, antwortet Ester zögernd, und ich höre an ihrer Stimme, dass sie nichts verstanden hat.

Wie eine Schildkröte zieht Sylvie ihren Kopf in ihre Jacke. »Unser Schaf Georg trifft auf Wolf Christian, exakt in der einen Sekunde, als dem lieben Georg das Wasser mal wieder bis Oberkante Unterlippe steht, aber so!« Ihre Rechte beschreibt eine Wellenlinie in der Mitte ihrer Stirn. »Der Mann hatte keine Puseratze mehr, und niemand ließ ihn mehr anschreiben. Er war total pleite.«

Ein Gedanke schießt durch meinen Kopf. »Aber dann hat Christian ihm geholfen. Wir reden doch von meinem Christian, oder? Stimmt's?«

Sylvie lacht spöttisch und winkt ab. »Christian? Deinem Christian? Helfen? Der? Du hast vielleicht Ideen. Wenn der jemandem hilft, dann sich selbst. Der macht nichts umsonst. Zumindest nicht für andere. Ja, er hat ihm Geld gegeben. Und ihm damit die Rechte an seiner Marke ›Blaues Land‹ abgekauft. Man munkelt, dass es sich dabei um einen mittleren vierstelligen Betrag gehandelt haben soll.«

Ich lächele, ernsthaft erfreut. Das ist Christian, wie ich ihn kenne. Ein Geschäftsmann durch und durch, dabei lösungsorientiert und pragmatisch. »Aber das ist doch großzügig von ihm, oder? Damit war doch allen geholfen. Ihm und diesem Georg. Findest du nicht auch?«

Sylvie forscht in meinem Gesicht. »So eine bist du. Team Christian, gell? Hat er dich im Sack, oder? Mit Leib und Seele? Hätt ich mir denken können.« Sie zuckt die Achseln. »Wie auch immer, das ist dein Problem, ist mir persönlich auch wurscht. Auf jeden Fall nennt Christian sein Megaresort jetzt ›Blaues Land‹, und Georg geht die Wände hoch.«

»Aber warum?«, frage ich, ehrlich erstaunt.

»Sag mal, was kapierst du daran nicht? Noch mal: Georg ist ein Schaf, und Christian ist ein Wolf. Und Wölfe fressen ihre Beute mit Stumpf und Stiel. Georg hat die Situation vollkommen falsch eingeschätzt. Den eigentlichen Wert seiner Idee nicht erkannt. Tassen, T-Shirts, Basecaps. Lächerlich. Christian ist nicht blöd, der hat verstanden, wozu der Name wirklich taugt. Welche Dimension er hat. Einfach und doch vielschichtig. Klar, sympathisch und geheimnisvoll. Aber er hat nichts getan, um seinen alten Kumpel aufzuklären. Georg konnte sich nicht vorstellen, wie groß Christian denkt. Er wollte T-Shirts bedrucken, die er für zehn Euro das Stück an seinem Standl beim Marktsonntag verkauft. Christian plante eine internationale Vermarktung. Das ist der Unterschied.«

»Aber ist das alles nicht Christians gutes Recht, wenn er Georg die Markenrechte rechtmäßig abgekauft hat?«

»Schon. Du kommst nicht vom Land, gell?«

»Hamburg«, antworte ich und frage mich, ob ich mich gerade dafür schämen soll. »Tut das hier irgendetwas zur Sache?« Ich merke, dass ich langsam ärgerlich werde.

»Hamburg. Pfft. Hab ich mir gedacht. Das ist Stadt. Großstadt. Da ist so etwas normal. Für Menschen wie dich ist das dein täglich Brot. Du denkst in Verträgen, Papier, Unterschriften. Du bist weit gereist, hast solche Deals schon mal gemacht oder begleitet und Gigaprojekte durchgezogen. Aber doch nicht bei uns am Land. Wir kommen nicht raus. Wir wollen nicht raus. Wir fühlen uns hier wohl in unserer kleinen, überschaubaren Welt am Fuß der Alpen. Und denken, dass es überall so ist. Wir, und ich sage bewusst ›wir‹, weil ich auch hier meine Wurzeln habe, können uns nicht vorstellen, welche Größenordnungen überhaupt möglich sind.« Sie rührt in ihrem Tee. »Was ich Georg vorwerfe, ist, dass er sich nicht gekümmert hat. Geschweige denn sich hat beraten lassen. Von niemandem. Typisch Mann. Der hat sich gedacht, ich kann das, ich mach das, und hat es getan. Vielleicht war die Versuchung, schnell Kohle zu machen, auch zu groß. Der ist an seiner eigenen Überheblichkeit komplett gescheitert. Der hat gedacht, er macht ein

Mordsgeschäft. Bis er schließlich kapiert hat, was Christian vorhat, dass er ein Gigaresort plant, für irrsinnige hundertfünfzig Millionen Euro«, sie unterbricht sich und tippt sich an die Stirn,»das muss man sich mal vorstellen, für die Kohle kannst du die halbe Marktgemeinde kaufen.« Sie schüttelt den Kopf. »Und das Ding heißt ›Blaues Land‹. Da ist der gute Georg aus allen Wolken gefallen und sehr hart auf dem Erdboden aufgeschlagen. Denn auch ein Murnauer Volldepp wie Georg weiß inzwischen, dass er für seinen Geistesblitz einen ganz anderen Preis hätte aufrufen können. Locker das Zehnfache. Ich glaube, als er das verstanden hatte, war der hinterher eine Woche lang besoffen.«

»Oh.« Ich schaue betroffen. Langsam schwant mir, was sie meint.

»Ja. Du sagst es. Oh.« Sylvie winkt dem Kellner.»Sonst noch etwas?«

Ich spüre, dass mein Gesicht glüht. Ich muss das jetzt wissen. »Darf ich dich fragen«, ich ringe mit meinen Worten, stocke und räuspere mich,»wie gut du Christian kennst?«

»Stimmt so.« Sylvie gibt dem Kellner Geld und steckt ihre Börse wieder ein.»Das willst du also auch noch.« Sie lehnt sich zurück.»Ich hab von der Hochzeit gehört. War ja nicht zu vermeiden. Christian hat es in die Welt hinausposaunt beziehungsweise -gepostet. Und bevor du dich fragst, ja, ich folge ihm immer noch, ausschließlich virtuell. Er hat mich nicht blockiert. Lustig, gell? Er will, dass ich es sehe. Dass alle es sehen, was für eine tolle Frau er sich mit dir geangelt hat. In meinen Augen schmückt er sich mit dir. Was meiner Meinung nach eine Menge über ihn sagt. Und über mich. Dass ich mir das immer noch antue. Wie heißt es so schön? Nicht nur *old*, sondern auch *bad habits die hard*.« Sie rückt ihre Brille zurecht.»*Anyway*, das war absehbar, wenn man wie ich seine Posts verfolgt. Ich kann nur eins dazu sagen: Es ist gar nicht so lange her, da hat er mir Blumen und Playlists geschickt.«

Das hat gesessen. Und zwar spitz, scharf und direkt ins Herz. Tränen schießen mir in die Augen.

Sylvie nickt. »Kommt dir bekannt vor? Denk ich mir. Er kann wunderbar sein, gell? Supersüß, überaus aufmerksam, zärtlich. Diese Reisen, diese Essen, die Geschenke. Und diese Musik. Das ist schon der Knaller. Überall, wo wir waren, lief Schmusemusik vom Band. Hat er das bei dir auch gemacht?«

Ich schaffe es noch nicht einmal, zu nicken.

»Hab ich mir gedacht.« Sylvie zieht ihren Mantel zurecht. »Ich weiß, das ist schwer, aber du musst es nicht persönlich nehmen. Mit dir hat es nichts zu tun. Das ist ausschließlich er. Er hat dieses Programm, das er abspielt und auf das wir blöden Weiber reinfallen. Nennt man übrigens Love Bombing. Kannst du mal googeln. Aber das hält niemand durch. Auch ein Christian Egger nicht. Es kommt der Tag, da kriegt die Fassade einen Riss. Du siehst ihn und denkst, kann vorkommen. Etwas passt nicht zusammen, ein Blick, eine Geste, und du kommst dir komisch vor. Und dann kommt der Tag, an dem du checkst, dass er etwas vorhat, was mit all den Reisen, Essen und Geschenken in keinem Zusammenhang steht. Du bist an dem Punkt, an dem du merkst, dass er einen Plan hat. Einen lange vorbereiteten und sehr ausgeklügelten Plan. In dem er durchaus Spaß hatte und du auch. Aber es ist ein Plan. Und in diesem hat er dir eine Rolle zugewiesen. Von der du nichts wusstest. Und du kapierst, dass du ihm vor allem nützlich bist. Ich bin mir sicher, dass er sich nicht ändert. Darf ich dich auch etwas fragen?«

»Ja.« Ich bin froh, dass ich überhaupt noch eine Stimme habe.

»Ich hab dich gegoogelt. Nicht die feine englische Art, aber ich wollte wissen, mit wem ich es zu tun habe. Du hast eine beeindruckende Vita, wenn ich das mal sagen darf. Muss ich neidlos anerkennen. Hotelfachschule, Adlon, Kreuzfahrtschiffe bei tollen Reedereien, jetzt das Haus in der Schweiz …« Sie überlegt. »Christian will dich zu seiner Hoteldirektorin machen. Hab ich recht?«

Gibt es gerade ein Erdbeben in Murnau? Der Boden unter meinen Füßen schwankt. »Woher weißt du das?«

»Ich kann einfach eins und eins zusammenzählen. Und das zu erkennen ist nicht so schwer. Christian will international groß durchstarten. Beziehungsweise er muss das auch, denn mit der hier üblichen Mittelklasseklientel kriegt er sein neues Resort nicht gefüllt. Und da kommst du ihm gerade recht. Und als seine Ehefrau würdest du ja auch noch umsonst für ihn arbeiten.« Ich hocke stumm auf meinem Stuhl. Mir ist schlecht. »Das hört sich jetzt brutaler an, als es ist. Für Christian sind Menschen Personal. Sonst nichts. Wenn man es zu Ende denkt, bleibt nichts anderes von ihm übrig.« Sie steht auf. »Hat er dich gefragt, ob du damit einverstanden bist?«

Ich schweige.

»Wie gesagt, auch an mir haben sich die Murnauer Floristen eine goldene Nase verdient und der Streamingdienst ein Premiumabo. Aber eigentlich hat er mich nur benutzt, um herauszufinden, was im Verband hinter den Kulissen vorgeht. Als er selber die Kontakte hatte, wurden die Blumengrüße deutlich seltener. Irgendwann wurde mir das zu blöd, und ich habe ihn nach dem Grund gefragt. Am nächsten Tag hat er nicht mehr auf meine Nachrichten reagiert. Aber mich nicht auf Social Media blockiert. Für meine Unverschämtheit, ihm eine kritische Frage zu stellen, darf ich ihm dabei zusehen, wie er einfach weiterzieht.«

23

Andreas

Murnau, Dienstag, 13. Dezember 2022

Was für eine Scheißnacht. Stundenlang hatte ich mich von einer Seite auf die andere gewälzt, ohne die eine Stellung zu finden, in der ich ein paar Stunden hätte ruhen können. Jedes Mal, wenn ich in den Schlaf hinübergeglitten war, stand ich auf einem Hof. Umgeben von Stimmen, die auf mich einschrien wie eine Rotte Erstklässler in der großen Pause: »Angeber, Angeber!« Und: »Loser, Loser, bist ein blöder Loser!« Und: »Nullchecker! Nullchecker!« Ohne Pause. Mit einem Ruck hatte ich mich wieder in mein Zimmer katapultiert, nur um Minuten später wieder auf dem Hof zu stehen.

Als der Wecker klingelte, lag ich im Bett wie nach einem Einsatz auf einer Großdemo, inklusive Schlägerei. Ich quälte mich aus dem Bett, lief eine Runde, duschte kalt. Kurzzeitig war es mir besser gegangen. Das Geschrei war etwas leiser geworden. Halbwegs frisch, aber immer noch nicht ganz klar im Kopf, war ich entlang der Loisach nach Murnau gefahren und hatte mich an meinen Schreibtisch gehockt.

Das hätte ich besser nicht getan. Denn jetzt stürzt wieder alles auf mich ein. Die Toten. Die Berichte. Die Fotos.

Rosi und ich hatten auf systematische Polizeiarbeit gesetzt. Jeden Stein einzeln umgedreht, jede Kleinigkeit überprüft, mit jedem noch einmal gesprochen. Ließen uns alle Geschichten wieder und wieder erzählen. Durchforsteten das Internet nach Storys über Christian Egger. Irgendwo, hinter irgendeiner Ecke, musste er doch stecken, der Konflikt, der die Lawine ins Rollen gebracht hatte.

Aber: Wir fanden einfach nichts. Das kann doch nicht sein. Wieso kommen wir nicht weiter? Es ist doch nicht meine Aufgabe, wieder und wieder durch die Tatortfotos zu scrollen. *Was übersehen wir? Was, um Himmels willen, was?*

»Andi?« Rosi, die ruhig an ihrem Schreibtisch mir gegenübersitzt, nimmt den Blick nicht von ihrem Bildschirm. »Ja?« Da ist sie wieder, diese Stimme. *»Andi und Anna! Andi und Anna!«* Ich dreh noch durch. *Dieser Fall macht mich wahnsinnig. In jeder Hinsicht.*

»Andi.«

»Was?«

»Es klopft.«

Wie, es klopft? Hab ich jemanden einbestellt? Nicht dass ich wüsste. Bevor ich nachfragen kann, wen Rosi hat kommen lassen, öffnet sich die Tür, und Anna steht im Rahmen, gefolgt von Ester. *Sie sieht schmal aus. Blass. Aber sie lächelt.* Ich schiebe meinen Stuhl zurück, stehe auf und trete neben unsere Schreibtische.

»Die Damen«, sage ich und höre mit Erstaunen Freude in meiner Stimme, »was verschafft uns das Vergnügen?«

Rosis Kopf ruckt herum wie der eines Dackels, wenn Herrchen die Tonlage ändert. Ihre Augenbrauen hängen unter dem Haaransatz. *Das ist kein Streichelzoo,* steht in Leuchtschrift auf ihrer Stirn. *Hier kommt man nicht einfach reingeschneit. Was wollen die hier?*, eine Zeile darunter.

Ich nicke ihr ein stummes »Passt schon!« zu. »Was kann ich tun?«, ändere ich meine Tonlage von herzlich in geschäftsmäßig.

Das Strahlen kippt aus Annas Gesicht. Überraschung flutet ihre Augen. Und noch etwas anderes. Unsicherheit. Enttäuschung. Auch Verletzung? Zögernd bleibt sie stehen, die Klinke in der Hand.

Ich kann ihren Blick nicht halten. *Ja, ich weiß, ich hab gesagt, ich helfe.* »Gibt es Neuigkeiten?«, versuche ich, eine Brücke zu bauen. »Oder was führt Sie zu uns?«

»Nun«, antwortet Anna und umklammert ihre Tasche, »es hieß, wir sollen uns melden, wenn uns etwas auffällt.«

Es hieß. Beschönigender kann sie nicht umschreiben, was ich

vollmundig angeboten habe. *Ja, ich weiß, was ich gesagt habe.*
»Also …«

»Machen wir es kurz«, werde ich von Ester unterbrochen, die vor Anna tritt. Sie beiseiteschiebt. Oder sich vor sie stellt, um sie zu beschützen? Ihr Gesichtsausdruck sagt überdeutlich, dass sie jetzt schon die Geduld mit mir verloren hat. »Wir haben Informationen vorliegen, dass ein gewisser Georg, dessen Nachnamen wir nicht kennen, sich massiv mit Christian gestritten hat.«

»Woher haben Sie diese Informationen?«, geht Rosi dazwischen, bevor ich mich fangen kann und zu einer Antwort fähig bin.

Ester misst sie mit einem abschätzigen Blick. »Informantenschutz.«

Rosi wendet sich betont langsam wieder ihrem Bildschirm zu. »Hörensagen können wir nicht berücksichtigen. Wenn Sie nicht selbst Zeuge sind, ist das nicht relevant.«

Ester schüttelt den Kopf, fasst ihre Freundin am Ärmel. »Anna, ich glaube, wir gehen jetzt besser. Hier will man uns nicht zuhören.«

»Moment.« Ich werfe Rosi einen warnenden Blick zu und sage lautlos: »Schnauze!« Dann knipse ich ein Lächeln an, hole Luft und wende mich den Frauen zu. »Wir beruhigen uns jetzt alle mal. Fangen noch einmal von vorne an. Grüß Gott. Schön, dass ihr da seid. Möchtet ihr euch setzen? Bitte schön.« Ich ziehe zwei Stühle unter den Tischen vor. »Etwas zu trinken?«

»Danke, nein.« Ester knöpft ihren Mantel auf, setzt sich auf die Stuhlkante. Anna lässt sich langsam nieder. Stellt ihre Tasche auf dem Fußboden ab. Wortlos.

Entschuldigung akzeptiert. »Bitte noch einmal von vorne. Ihr wisst von einem Streit? Wer mit wem?«

Ester stößt ihrer Freundin den Ellenbogen in die Rippen. »Anna. Nun sag schon.«

»Genau. Es gab anscheinend eine schwere Auseinandersetzung zwischen einem gewissen Georg, der eine Marke ›Blaues Land‹ erfunden hat, und Christian. Sagt man ›erfunden‹?«

Ich bemühe mich, interessiert auszusehen. Was davon ist Angelegenheit der Polizei?»Bestimmt. Das hört sich richtig an. Ein Georg hatte Streit mit Christian? Inwiefern?«

In Annas Gesicht ist etwas Farbe zurückgekehrt.»Dieser Mensch namens Georg muss chronisch knapp bei Kasse sein. Als es wohl mal wieder ganz besonders schlecht um ihn stand, hat Christian die Lage ausgenutzt und ihm die Namensrechte abgekauft. Für sehr kleines Geld. Und jetzt heißt sein Hundert-fünfzig-Millionen-Hotelprojekt auf einmal ›Blaues Land‹.«

Weiß ich doch schon. Belanglos also.»Okay.« Ich überlege fieberhaft, was ich sagen soll. Was ich tun soll.»Also ...«

»Also mir fällt dazu ein, dass diese schwindligen Typen vom Weihnachtsmarkt ihr Standl doch so nennen«, meldet Rosi sich. »›Kunst und Kultur im Blauen Land‹.«

»Das ist richtig«, sagt Ester bedächtig.»Da haben wir schon öfter in den letzten Tagen Glühwein gekauft. Und dieser eine Typ, der da immer bedient, dieser Zausel mit den wilden Haaren, heißt der nicht ...?«

Die Erkenntnis trifft mich mit voller Wucht.»Schorschi.« Ich sehe sie betroffen an.

»Ist Schorschi nicht die Koseform von ...?«, fragt Anna mit großen Augen.

»Georg. Georg Weißgerber.« Energie schießt durch meinen Körper. Plötzlich bin ich hellwach. Ich springe auf und wühle in meinen Unterlagen.»Mädels, ich weiß nicht, ob euch das schon mal jemand gesagt hat, aber ihr seid einfach nur super.«

Ester grinst und klopft ihrer Freundin auf den Oberschenkel.

Rosi geht zum Whiteboard und tippt auf einen Zeitungsaus-schnitt.»Georg Weißgerber ist Künstler –«

»Künstler nennst du das? Eher eine verkrachte Existenz, wenn ihr mich fragt«, fällt Ester ihr ins Wort.

Rosis Finger liegt auf dem Artikel.»Künstler«, wiederholt sie stoisch,»und Mitglied in der Gruppe ›Kunst und Kultur im Blauen Land‹. Die sind ganz bekannt hier, machen Ausstel-lungen, Feste und sind auch immer auf dem Weihnachtsmarkt. Schon seit ewigen Zeiten.«

»Richtig.« Mit einem Zettel in der Hand stelle ich mich neben sie. »Wir wissen, dass Georg Weißgerber schon letztes Jahr bei einer Versammlung im Griesbräu mit dabei war. Damals hat Christian sein Hotelprojekt der Öffentlichkeit vorgestellt. Anschließend gab es ordentlich Krawall. Bis hin zu Morddrohungen.«

»Und«, Rosi zeigt auf eine Landkarte, »die Familien Egger und Weißgerber sind Nachbarn. Seit Generationen. Seit der Zeit, als sie noch Bauern waren.«

»Das sind sie immer noch.« Ich nehme einen Marker und umkreise den Outdoorpool auf der Karte. »Der Alte ist schon tot, aber es gibt noch ein paar Stück Vieh. Wie auch immer, die Weißgerbers mussten einen Teil ihres Grundstücks an Christians Vater abtreten, weil Georgs Großtante diese Wiese als Mitgift in die Ehe mit Sepp Egger senior eingebracht hatte. Diese Tante wiederum setzte ihrem Leben ein Ende, als Christians Vater sie während ihrer Schwangerschaft mit einer Magd betrog.«

»Um Gottes willen.« Anna sieht mich betroffen an. Selbst Ester schaut sehr sparsam geradeaus.

»Wisst ihr noch, was ich euch über die Leute hier erzählt habe? Denen hier ist alles zuzutrauen. Typisches Beispiel.«

»Was wisst ihr denn darüber, wann und wie der Verkauf der Marke ›Blaues Land‹ zustande kam? Vielleicht auch, warum?«, fragt Rosi.

»Wann und wie genau der Deal über die Bühne ging, können wir nicht sagen. Anscheinend ist es so, dass dieser Georg Weißgerber andauernd pleite ist. Das ist seine Hauptmotivation. Und er scheint ein Alkoholproblem zu haben.«

»Stimmt«, bestätige ich. »Das ist ein offenes Geheimnis. Der hatte schon immer großen Durst.«

Ester nickt. »So wurde uns das auch berichtet. Und in einer dieser Situationen, als dieser Georg einmal wieder superklamm war, hat ihm Christian die Markenrechte abgekauft. Für einen mittleren vierstelligen Betrag.«

»Wir reden von mehreren tausend Euro? Vielleicht fünftausend Euro? Als Marke für ein Gigahotel? Das wie viel, sagtest du, kosten soll?«, fragt Rosi.

»Hundertfünfzig Millionen.«

»Sehe nur ich das so, oder findet ihr nicht auch, dass das jede Verhältnismäßigkeit vermissen lässt?« Rosi schaut kritisch in die Runde.

Ester nickt. »Genau das hat dieser Georg dann wohl auch erkannt. Nachdem öffentlich wurde, dass Christians Luxushotel ›Blaues Land‹ heißen wird, ist der Streit wohl eskaliert. Soviel wir wissen, hat Christian aber nicht eingelenkt. Nicht nachgeschossen. Der hat das einfach durchgezogen.«

»So kenne ich Christian Egger«, sage ich. »Beinhart. Ohne Rücksicht auf Verluste. Das macht ihm gar nichts, dass der Weißgerber sein Nachbar ist. Er hat den Deal gemacht. Punkt. Und dass er, sagen wir mal, die wahren Hintergründe verschwiegen und damit seine Vertragspartner getäuscht hat, tangiert ihn nicht.«

Drei Frauen sehen mich schweigend an: Rosi hoch konzentriert mit zusammengezogenen Augenbrauen, Ester unangenehm berührt mit zusammengepressten Lippen und Anna verletzt wie ein waidwundes Reh.

»Es widerstrebt mir, das sagen zu müssen, aber das ist eins zu eins der Christian, wie ich ihn seit vielen Jahren kenne. Immer auf seinen eigenen Vorteil bedacht.«

Ester funkelt mich an. »Und das geht so weit, dass er den Tod seines Freundes indirekt in Kauf nimmt?« Sieh, was du meiner Freundin antust, sagt ihr Blick.

Anna schreckt auf. Auch Rosis und meine Augen treffen sich. Wir beide kennen die Antwort. Ja, jedem Menschen ist alles zuzutrauen. Aber wir sind hier nicht in einer Selbsthilfegruppe.

»Kommen wir zu den Fakten zurück«, gebe ich dem Gespräch eine andere Richtung. »Wir haben eure Informationen, dass Georg Weißgerber in einen heftigen Streit mit Christian Egger über die von ihm entwickelte Marke ›Blaues Land‹ geraten war. Wir wissen auch, dass die Familien Weißgerber und Egger seit langer Zeit verfeindet sind. Nicht nur der unglückliche Tod der Großtante, sondern auch der Verlust eines kostbaren Grundstücks stehen zwischen den Familien. Wobei ich persönlich glaube, dass die Wiese weitaus schwerer wiegt als die Tante.«

Wenn eine der Anwesenden den leisen Anflug von Ironie gehört hat, gibt sie es nicht zu erkennen. Ich sitze drei Frauen gegenüber, die mir bewegungslos ins Gesicht starren. »Nun gut, wir haben einen alten Groll und einen neuen Streit. Womit wir ein Motiv haben. Wir wissen auch, dass Georg Weißgerber am Tatort von Sepp Egger war. Ich persönlich habe ihn vor der Absperrung am Hochsitz gesehen.«

»Du schließt also daraus, dass Georg Weißgerber sowohl hinter dem Poolanschlag als auch dem Tod von Annas Schwiegervater steckt?«, fragt Ester, die Augenbrauen hochgezogen.

»Zumindest ist der Streit zwischen Weißgerber und Christian ein Hinweis auf ein Motiv.«

Anna schenkt mir einen müden Blick. »Und was jetzt?«, fragt sie. »Was habt ihr vor?« Sie setzt sich zurück und stößt ihre Tasche mit dem Fuß an. Ein Steingutkrügerl mit einem roten Kabelbinder kullert heraus.

»Richtig.« Ester nickt. »Das würde ich langsam auch mal gerne wissen.«

Ich sehe den Krug an. Rosi. Dann Anna. Mir bleibt nur eine Antwort. »Ich denke, ich muss mal wieder auf den Weihnachtsmarkt.«

24

Anna

Murnau, Mittwoch, 14. Dezember 2022

Ich kann nicht anders. Ich beobachte ihn. Wie er den großen, massiven Tisch zwischen uns schräg von der Seite begutachtet, eine Serviette zur Hand nimmt, ihn abwischt, seine Arbeit prüft, noch einmal nacharbeitet, bevor er, sichtlich zufrieden mit sich und dem Ergebnis, seinen Ellenbogen, verpackt in den alaskatauglichen Expeditionsanorak, darauf ablegt. Wie er die Augenbrauen hochzieht, als er den Becher mit Glühwein, den ich vor ihm abstelle, untersucht und den Schriftzug »Blaues Land« entdeckt. Wie er den Krug zum Munde führt, vorsichtig trinkt und angeekelt das Gesicht verzieht. Mir einen vorwurfsvollen Blick zuwirft. »Pappsüß. Dass ihr so etwas überhaupt runterbringt.«

Ich folge jeder seiner Bewegungen, wie eine Wissenschaftlerin ein Lebewesen betrachtet. Mit freundlichem, aber distanziertem Interesse. Und stelle Erstaunliches fest: Dieses Viech ist ein Blender. Eine Hochstaplerkröte, die sich als Schlange verkleidet. Überlegenheit vortäuscht, die nichts als Fassade ist. Dieser Mann hat keinen Beitrag zu unserem Nachmittag geleistet, außer dass er seinen Körper aus dem Hotel zum Weihnachtsmarkt transportiert hat. Und nun mit geblähten Nasenlöchern, gerunzelter Stirn und Fingern, die auf die Tischplatte klopfen, sein Missfallen darüber zum Ausdruck bringt, dass er mit uns hier sein muss. Ich hebe die Augenbrauen. So war mir das vorher gar nicht aufgefallen. Wie sich die Zeiten ändern.

Wir sind mittendrin im weihnachtsmärktlichen »*Thank God it's Wednesday*«. Es ist voller als die Male zuvor und noch feuchtfröhlicher, wenn das überhaupt möglich ist. Den riesigen Grill, die Mariensäule und den beleuchteten Tannenbaum im

Rücken geht Esters und mein Blick die leicht abfallende Fußgängerzone hinab Richtung Estergebirge. Sanft schaukelt ein sonnengelber Herrnhuter Stern vor dem markanten Gipfel der ganz in Weiß gehüllten Hohen Kisten. Von Minute zu Minute färbt sich der aprikosengelbe Himmel blauer, leuchten die Girlanden an den Weihnachtsbuden heller. Vor Schorschis Künstlerstandl stehen die Menschen im Schnee und warten. Auch ich habe eine geschlagene Viertelstunde gebraucht, bevor ich Ester, Christian und mir drei Becher Glühwein auf den massiven Tisch zwischen uns stellen konnte. Was Christian ebenfalls mit einem Naserümpfen quittierte.

Es hat eine Zeit gegeben, und die ist noch gar nicht lange her, da hätte ich neben ihm gestanden, meine Hand in seine Jackentaschen gesteckt und ihn angehimmelt. Hätte in seinem Gesicht nach einem Blick gesucht und mich über eine Geste gefreut. Heute trennt uns nicht nur eine Tischbreite, sondern solide eineinhalb Meter Entfremdung. Wie schnell das gegangen ist. Was sagt das über die Fundamente unserer Beziehung aus? Dass sie bei der geringsten Belastung schneller erodieren als Treibsand im Regen? Was ist davon noch übrig? Und was, *for heaven's sake*, sagt das alles über mich?

Ester lächelt Christian milde an. »Weihnachtsmarkt und Glühwein. Gehören seit dem Urknall zusammen. Das musst auch du anerkennen, Christian. Um nicht zu sagen, da musst du durch.«

Er misst sie mit einem abschätzigen Blick. »Also von dir, liebe Ester, hätte ich schon etwas mehr Qualitätsbewusstsein erwartet. Ihr fallt doch alle nur auf das völlig durchsichtige, rührselige Weihnachtsgetue rein. Ein paar Kerzen, ein bisserl Schnee, und schon werft ihr euren guten Geschmack über Bord. Allein dieser Grill da drüben. Wie der stinkt. Pures Fett. Und dieses Gepansche.« Er schwenkt seinen Krug durch die Luft. »Aber was rede ich.« Er wendet sich mir zu. »Darling, du weißt schon, dass wir unseren Glühwein im Hotel tatsächlich aus Wein herstellen, nicht wahr, mit echten Orangen und Gewürzen? Und nicht aus diesem Gesöff hier, das eine Bande italienischer Mafiosi aus dem Bodensatz irgendwelcher Plastikfässer zusammengeschüttet und mit künstlichen Aromastoffen versetzt hat? Von kiloweise Zucker einmal ganz zu schweigen?« Ester langt über den Tisch und klopft ihm beruhigend auf den Unterarm.»Krieg dich wieder ein. Das wissen wir. Es geht hier nicht um dein Getränk.« Er sieht sie an, als wäre sie von allen guten Geistern verlassen.»Wie bitte? Aber warum habt ihr mich denn von der Arbeit weggezerrt, weg aus dem Hotel, in dem ich dringend gebraucht werde, um mit euch auf diesem, diesem«, er fuchtelt mit der freien Hand herum,»sogenannten Weihnachtsmarkt Glühwein zu trinken?«

Ester betrachtet ihn milde. Ihre Hand schlägt einen gleichmäßigen Rhythmus auf seinen Anorak.»Wir wollen dir etwas zeigen. Dafür brauchten wir einen Anlass. Und deshalb sind wir hier. Der Glühwein ist nur Requisit.«

Ich beiße mir auf die Unterlippe und verstecke mein Gesicht in meinem Schal. Bilde ich es mir ein, oder pumpt Christian mit den Armen wie ein Maikäfer in der Frühjahrssonne? Ich ziehe Luft durch die Nase, um nicht loszuprusten. Jetzt stemmt Christian auch noch die Hände in die Hüften. Gleich kann ich nicht mehr.

»Das ist jetzt aber nicht dein Ernst, Ester. Etwas zeigen willst du mir? Und was, bitte? Und vor allem wann? Noch in diesem Leben? Ich weiß nicht, ob du das verstanden hast, aber im Gegensatz zu dir mache ich keinen Urlaub. Auf mich wartet Arbeit. Ich hab nicht so viel Zeit wie ihr für irgendwelchen Schmarrn.«

Ester, die gerade ihren Becher zum Mund führen will, hält in der Bewegung inne. Ihr Mund ist leicht geöffnet, ihr Blick starr auf Christian gerichtet.

»Lass es gut sein, Christian«, springe ich meiner Freundin zur Seite.

»Du jetzt auch, Anna?« Christian schüttelt den Kopf.»Was ist bloß in euch gefahren, dass ihr in letzter Zeit dauernd diesen Unsinn −«

Ich lege meine Hand auf den Expeditionsanorak. »Halt einfach mal deinen Schnabel«, unterbreche ich seine Tirade und drücke kurz und fest seinen Arm.

Das hat gesessen. Christian sieht mich an, als hätte ich ihn geohrfeigt. Aber er klappt seinen Mund wieder zu. Ich nicke ihm aufmunternd an. »*Piano*, Christian, *piano*. Du kannst wieder runterkommen. Es geht los. Schau. Da drüben. Da kommen sie.«

Christian sieht mich an, als ob ich plötzlich chinesisch sprechen würde. »Wer?«, fragt er ungehalten und dreht sich theatralisch in alle Richtungen.

Ester neben mir zieht hörbar Luft in ihre Lungen.

»Da drüben. Schau. Die Polizei.« Mein Kinn deutet in Richtung Postgasse.

Gemächlichen Schrittes biegen zwei Streifenpolizisten in den Untermarkt, gefolgt von Andreas und Rosi in Zivil. Sie verschwinden in dem Durchgang zwischen Schaufenstern und Standlrückseiten. Niemand außer uns hat von ihnen Notiz genommen.

Christian schiebt die Unterlippe vor und runzelt die Stirn. Sein Daumen deutet in die Richtung, aus der die vier gekommen sind. »War das nicht …?«

Wieso war es mir nie aufgefallen, dass er bockig sein kann wie ein Kleinkind? »Dein Freund Andreas.«

Christian zieht unwillig die Augenbrauen zusammen. »Mit dem war ich noch nie befreundet. Im Gegenteil. Der hat sich immer wichtig gehabt mit seinen Skitouren und so. Wir sind zusammen zur Schule gegangen. Das trifft es eher. Mehr nicht. Was tut er hier?«

Andreas, Rosi und die zwei Streifenpolizisten biegen von unten in den Weihnachtsmarkt ein. Andreas sieht sich um, sucht und findet mich in der Menge. Hebt grüßend die Hand.

Christians Rechte fährt an seine Stirn. »Was war das denn jetzt?«, fragt er mit Ärger in der Stimme. »Hab ich das richtig gesehen? Der grüßt uns? Wieso? Anna«, er sieht mich warnend an, »was geht hier eigentlich vor?«

In meinem Magen kribbelt es. Eindeutig Aufregung. Wegen Christian, der Polizei oder Andreas? Ich kann es nicht entscheiden. »Das wirst du gleich sehen.«

Einer der Streifenpolizisten tritt an die Seite des Künstlerstandls, öffnet die Tür und steckt seinen Kopf ins Innere. Was er sagt, ist von meiner Position aus nicht zu verstehen. Aber wir werden Zeugen, dass Schorschi kurz diskutiert, die Arme in die Luft und sein Handtuch auf den Tresen wirft. Der Polizist geht einen Schritt zurück, Schorschi tritt ins Freie und baut sich breitbeinig vor den Kommissaren auf.

Abgekapselt als Vignette in dem sie umflutenden Weihnachtsmarkttrubel verharren fünf Menschen am Standl in perfekter Ruhe. Keiner der Besucher nimmt von der Szene Notiz, alle Umstehenden sind mit ihren Bratwurstsemmeln, den Glühweinbechern und ihrem Feierabendschwatz beschäftigt. Um mich herum verschwimmen sämtliche Geräusche zu einem einzigen Brei. Ich starre wie gebannt auf die kleine intime Gruppe in ihrer Zeitkapsel.

Ruhig, unaufgeregt, die Hände in den Jackentaschen richtet Andreas seine Worte an sein Gegenüber. Schorschi hört ihm zu, den Kopf gesenkt. In dem Stimmengewirr ist Andreas nicht zu hören, aber was er sagt, scheint seine Wirkung nicht zu verfehlen. Als hätte eine Nadel eine Luftballonhülle durchstochen, entweicht die Luft aus Schorschi, er sackt in sich zusammen und nickt. Auch Andreas bewegt bestätigend den Kopf, dreht sich um und setzt sich in Bewegung. Georg folgt ihm, flankiert von den Streifenpolizisten. Ebenso unaufgeregt wie die anderen geht Rosi ihnen nach, dem Ende des Marktes zu. Andreas biegt um die Ecke, ohne sich noch einmal umzusehen.

Ich atme ein und trete irritierend sicher von einem Paralleluniversum ins andere. Konturen schärfen sich, aus dem Lärmgewabere schälen sich einzelne Stimmen hervor.

Christian lehnt sich auf den Tisch. »Langsam wird mir das hier echt zu bunt. Hab ich das jetzt richtig verstanden? Wir sind hierhergekommen, um Andreas bei einer Verhaftung zuzusehen?«

Blut verteilt sich unkontrolliert in meinen Wangen. »Ich

dachte, es würde dich freuen, wenn der Mörder deines Vaters überführt wird.«

Christian starrt mich ungläubig an. »Ah, ich verstehe«, sagt er sarkastisch. »Du tust mir hier also einen Gefallen. Meinst du nicht, es hätte gereicht, wenn ich das aus der Zeitung erfahren hätte?«

Ich weiß, dass ich glühe. Vor Aufregung, vor schlechtem Gewissen oder Freude? Seit wann ist mein Gefühlsleben ein einziges Durcheinander? Über den Tisch hinweg suche ich nach Kontakt mit ihm. »Meinst *du* nicht, dass du hier etwas über das Ziel hinausschießt?«

Mit einem Ruck zieht er seine Hand aus meiner. »Sag mal, hältst du mich eigentlich für blöd? *Du* sagst *mir*, ich übertreibe? Glaubst du, ich habe keine Augen im Kopf? Dass ich nicht sehe, was hier gespielt wird?«

Muss der Mann mich den ganzen Abend über anmeckern? *Ich glaube, langsam reicht es mir.* Ich stecke meine Hände in die Jackentaschen. »Äh, sorry, was willst du damit andeuten?«

Auf Christians Stirn bildet sich erneut die unbekannte, aber inzwischen doch vertraute Zornesfalte. »Was heißt hier ›andeuten‹? Denkst du allen Ernstes, ich bin blind? Seit der ersten Sekunde macht Andreas dich an, und du gehst auch noch darauf ein.«

Das muss ich mir nicht bieten lassen. Ich recke mein Kinn nach vorne. »Der Mann macht mich nicht an, er macht seinen Job. Und das offensichtlich sehr erfolgreich. Wozu du ihn beglückwünschen solltest.«

Christian schüttelt den Kopf und hebt abwehrend die Hände. »Also, für diesen Schmarrn fehlt mir eindeutig die Zeit. Und die Lust. Ich gehe jetzt. Kommst du, Anna?«

Bin ich neuerdings sein Hund, nach dem er pfeift, wenn es ihm passt? Ich sehe ihm in die Augen. »Geh du nur. Mach deine Arbeit. Du hast recht, im Hotel brauchen sie dich. Ich bleibe hier noch ein bisschen mit Ester.« Ich halte ihm meine Wange hin, auf die er einen flüchtigen Kuss platziert. Vorbei die Zeiten, in denen seine Berührung an der einen Stelle unterhalb meines Ohres mich erschauern ließ. Ich sehe ihm nach, wie er davonstapft, in die Gasse abbiegt, und vergrabe mein Gesicht in meinen Händen. »Oh! Mein! Gott!«

Ester klopft mir auf die Schulter. »Der beruhigt sich wieder. Prost.« Sie gibt meinem Glühweinbecher mit ihrem einen lautstarken Schubs.

Ich sehe auf, nehme einen Schluck und verziehe das Gesicht. Kalt und pappig. Irgendwo hat Christian schon recht mit seiner Kritik. »Was für ein Theater.«

Ester sieht mich durchdringend an. »Christians? Das stimmt auffallend. Was mich zu der Frage führt, wieso dir das erst jetzt auffällt.«

Ich male Figuren in die Glühweinpfützen auf dem Tisch. »Was meinst du damit?«

»Na ja, dass er sich benimmt wie ein missratener Teenager, kann eigentlich nicht an dir vorbeigegangen sein. Außer ihr habt nie ein ernsthaftes Gespräch geführt. Was aber, wie wir gerade besichtigen konnten, anscheinend dringend Zeit wird. Kaum bietet sich aber die Gelegenheit, schon inszeniert der Mann ein Dramolett mit ihm in der Opferrolle und tritt ab, bevor es interessant wird.«

Zerknirscht lege ich mein Gesicht in Falten. »Da hast du auffallend recht.«

Ein spitzbübisches Grinsen flackert über Esters Gesicht. »Obwohl ja auch ein Körnchen Wahrheit in seinem Vorwurf steckt.«

Ich betrachte interessiert den Boden meines Glühweinbechers. »Was meinst du damit?«

Ester stößt mir den Ellenbogen in die Rippen. »Na, der Kommissar. Der flirtet schon mit dir.«

Sämtliche Blutzellen meines Körpers treffen sich in meinen Wangen. »Ester, du spinnst!«

»Und du wirst puterrot.«

»Das ist der Glühwein. Und der Schnee. Und …«

»Anna«, Ester tätschelt meine Hand, »ich versteh dich doch. Der Mann sieht gut aus, ist Single –«

»Woher weißt du das?«, falle ich ihr ins Wort.

»Ha! Siehst du! Er interessiert dich.« Sie lacht. »Ich geh mal schwer davon aus, ansonsten würden wir das längst wissen in diesem Kuhdorf. Also, er sieht gut aus, ist Single, grundsolide, hat einen respektablen Beruf und ist offensichtlich ein Mann zum Pferdestehlen. Wenn man das über einen Polizisten sagen darf. Was trotzdem eine echte Abwechslung in deinem Liebesleben wäre.«

»Ester, du bist einfach unmöglich. Meine Hochzeit ist gerade geplatzt, ich bin nicht Herr oder Frau meiner Emotionen und habe offensichtlich keine Kontrolle über meine Körpersäfte, was ausschließlich am Glühwein und der Außentemperatur liegt.«

Meine Freundin winkt ab. »Ja, ja, und am Heiligen Geist. Komm«, sie greift nach meiner Tasse, »die Nacht ist jung, wir zwei haben heute nichts mehr zu verlieren, und ich geb noch einen aus. Zur Feier des Tages.«

Das habe ich an ihr immer gemocht. Unempfindlich und immer gut aufgelegt. »Bombenidee, Ester.« Mein Telefon vibriert in meiner Tasche, reflexartig zieh ich es hervor.

Eine Nachricht von Andreas. »Ich hätte da noch ein paar Fragen zum Ablauf der letzten Tage. Passt morgen 15:00 im Hotel?«

25

Anna

Murnau, Donnerstag, 15. Dezember 2022

Langsam gewöhne ich mich an dieses Leben. Als objektiv alleinstehende Frau, mitten im Winter, tief in Bayern. Wenn ich es genauer betrachte, ist es gar nicht so schlecht. Nach zwei weiteren Bechern Glühwein und einer riesigen gegrillten Käsekrainer in einer erstaunlich knusprigen Semmel mit einer ordentlichen Menge Senf waren Ester und ich Arm in Arm und äußerst beschwingt zurück zum Hotel gestapft. Nur damit ich eine leere, aber dennoch zauberhaft schöne Suite vorfinden und unter weiche, warme Bettdecken kriechen konnte. Nach soliden acht Stunden Schlaf war ich heute Morgen frisch und ausgeruht erwacht, hatte Kaffee getrunken, zwei Stunden lang online die Zeitungen der Welt gelesen und mich mit Ester zum Frühstück getroffen. Nach kurzem Durchlüften in der Morgensonne setzten wir uns im Kaminzimmer gegenüber und lasen unsere Mails. Unausgesprochen stand die Frage im Raum, wie es weitergehen sollte.

Erstaunlich, wer mir alles schrieb. Noch erstaunlicher, wer mir alles Angebote machte. Nach Löschen von drei Vierteln Spam hatte ich immer noch fünf Jobangebote in meinem Briefkasten, die sich sehen lassen konnten. Dreimal Kreuzfahrtschiff und zweimal Fünf-Sterne-Hotel. Ich war vielleicht noch nicht so weit, den nächsten Schritt zu tun, aber das war ein gutes Gefühl.

Von Christian keine Spur. Kein Klopfen an der Tür, kein Anruf, keine Nachricht. Nicht, dass ich mich daran störe. Ich melde mich ja auch nicht. Nach dem Auftritt gestern habe ich heute die Nase voll. Dennoch wundert es mich, wie jemand es schafft, sich in seinem eigenen Hotel in Luft aufzulösen.

Vielleicht trägt er ein Sherlock-Holmes-Kostüm im Muster der Tapete und verschmilzt chamäleonartig mit seiner Umgebung? Ich grinse und schlage die Beine übereinander. Ester ist zur Wellness gegangen. Und ich sitze seit ein paar Minuten auf der Lehne eines Polstersessels in der Halle und warte. Auf Andreas. Versuche, mein Herzklopfen zu ignorieren. Das Kribbeln im Bauch. Und meine Mundwinkel, die sich ständig nach oben bewegen, wenn ich daran denke, ihn gleich wiederzusehen.

»Frau Sieveking. Möchten Sie vielleicht einen Kaffee?« Sergio hinter dem Tresen sieht mir aufmerksam entgegen. Bilde ich es mir ein, oder sehe ich Sorge in seinen Augen? »Oder lieber einen Cappuccino? Sagen Sie einfach, was Sie möchten, ich hole es Ihnen von der Bar.«

Alles an diesem Mann wärmt mein Herz. Im Gegensatz zu einem anderen Mann in meinem Leben. »Sergio, Sie sind ein Schatz.« Ich sehe auf die Uhr. Zehn nach drei. »Aber ich bin verabredet. So gern ich jetzt einen Kaffee trinken würde.«

Der Klang des Telefons am Empfang unterbricht unser Gespräch. Sergio nickt mir freundlich zu, sagt: »Entschuldigen Sie mich bitte«, und greift zum Hörer.

Ich fische in meiner Jacke nach meinem Handy. *Vielleicht ist es ein Missverständnis.* Lese zum hundertsten Mal Andreas' Nachricht. »Ich hätte da noch ein paar Fragen zum Ablauf der letzten Tage. Passt morgen 15:00 im Hotel?« Spüre, wie Unruhe mich erfasst. Schaue wieder auf die Uhr. Fünfzehn Uhr fünfzehn. Sergio hat aufgelegt. »Sergio?«

Er hebt den Kopf. »Frau Sieveking?«

Ich stehe auf und ziehe den Reißverschluss meiner Jacke nach oben. »Wenn Christian nach mir fragt, ich mache einen Spaziergang.«

Sergio lächelt routiniert. »Herr Egger junior ist nicht im Haus. Aber ich gebe ihm Bescheid, sobald er wieder hier eintrifft.«

Christian ist nicht im Hotel? Am Nachmittag? Was war so dringend, dass er wegmusste? Davon weiß ich gar nichts. Was allerdings auch kein Wunder ist. Ich stülpe mir eine Mütze über die Ohren und gehe aus dem Foyer.

Frische, kalte Luft umfängt mich. Wieso kann ich keinen klaren Gedanken fassen? Ich muss etwas unternehmen. Wieder greife ich nach meinem Telefon, suche Christians Nummer in der Anruferliste. Muss ganz schön weit scrollen. Drücke auf den grünen Hörer. Mailbox. »Bitte hinterlassen Sie eine Nachricht für Christian Egger.« Und lege auf. Suche Andreas' Kontakt und rufe sein Mobiltelefon an. Höre dem Freizeichen zu. Nach dem zwanzigsten Ton unterbreche ich die Verbindung. Seltsame Unruhe erfasst mich. Meine Hände sind kalt, mein Atem flach, mein Magen zieht. Und in meinem Kopf ist grauer Nebel. Atmen, Anna, atmen, ein und wieder aus. Du musst etwas tun. Ich drehe mich um und gehe zurück in die Halle. Einträchtig stehen Sergio und Stanzi nebeneinander am Empfang. Beide haben die Köpfe gesenkt.

»Sergio. Noch eine Frage, bitte.«

Er hebt den Kopf. Strahlt. Ehrlich erfreut. »Ja, Frau Sieveking?«

Ich antworte mit einem ebenso herzlichen Gesichtsausdruck. Der Mann ist einfach Gold. »Hat Christian erwähnt, wohin er wollte?«

Über Sergios Gesicht zieht eine Wolke. Schnell wirft er Stanzi einen Blick zu und hebt fragend die Schultern.

Was haben die beiden? Was ist hier los? »Stanzi? Ist etwas passiert?«

Die junge Frau läuft hellrosa an. »Das kann ich Ihnen nicht beantworten. Er hat bloß telefoniert.« Sie wendet den Blick von mir ab, sieht unsicher ihren Kollegen neben sich an.

»Stanzi, bitte«, höre ich mich flehen, »es ist nicht schlimm, wenn Sie Christians Gespräch mitangehört haben. Das ist nicht lauschen. Sie sind nicht indiskret, Sie geben acht auf andere. Bitte, Sie können es mir sagen.«

Die Wangen der jungen Frau leuchten dunkelrot. »Er hat sich gestritten. Mit jemandem am Telefon. Um was es ging, hab ich nicht gehört. Ich glaube, er hat etwas vom Wald gesagt. Und von der Hütte seines Vaters. Ziemlich sicher sogar.« Sie schlägt die Augen nieder.

»Danke, Stanzi.« Ich wende mich ab, haste aus dem Haus, stehe wieder vor der Tür. Erneut mit meinem Handy in der Hand. Rufe Andreas' Dienstnummer an.

»Kripo Garmisch, Brandstätter, Apparat Kienlechner«, meldet sich Rosi nach dem zweiten Läuten.

»Rosi, hier ist die Anna Sieveking.« Ich presse mein Telefon ans Ohr.

»Grüß Gott, Frau Sieveking.« Sie klingt reserviert. »Was kann ich für Sie tun?«

»Rosi«, duze ich sie, »ich stehe vor dem Hotel. Ich bin hier mit Andreas verabredet. Er wollte um fünfzehn Uhr hier sein. Er ist aber nicht eingetroffen. Jetzt ist es gleich halb vier.«

Es herrscht Stille in der Leitung. Zwei, drei, fünf Sekunden. »Rosi?«

»Und weiter?«

Ich verdrehe die Augen. Was an meinen Ausführungen versteht sie nicht? »Die Mitarbeiter im Hotel sagen, dass Christian kurz vor meinem Treffen mit Andreas telefoniert hat. Es war vom Wald und von der Hütte seines Vaters die Rede.« Ich hole Luft. »Ich vermute, dass Christian und Andreas miteinander gesprochen haben.« Und nehme allen Mut zusammen. »Ich hab ein verdammt mieses Gefühl dabei.« Das Telefon an mein Ohr gepresst, lausche ich. »Rosi? Bist du noch da?.«

»Auf Gefühle kann ich mich nicht verlassen«, höre ich ihre Stimme aus dem Lautsprecher. Bevor ich protestieren kann, unterbricht sie mich. »Moment, ich bin noch nicht fertig. Du bist für mich nicht einschätzbar. Was ich aber einschätzen kann, ist Andreas' Verhalten. Und auf den Mann ist Verlass. Wenn der eine Verabredung nicht einhält, ist ihm etwas zugestoßen. Weißt du, wo die Hütte ist?«

Ich atme auf. »Ich war schon ein paarmal da. Mit Christian. Ich kann mir eine Karte anzeigen lassen, eine Markierung setzen und dir mailen.«

Rosis Stimme klingt gedämpft. Offensichtlich hat sie sich den Hörer zwischen Ohr und Schulter geklemmt. »Mach das. Und dann gehst du zurück ins Hotel und wartest da auf mich. Keine

Eigenmächtigkeiten. Wir übernehmen das jetzt. Ich gebe dir Bescheid, wenn wir ihn gefunden haben.« Sie legt auf. Grußlos. Ich ringe nach Luft. Auf einmal wird mir schwindelig. Der Boden bewegt sich unter mir. Ich beuge mich vor, stütze die Hände auf den Knien ab, suche Halt an mir selbst. *Atme, Anna, atme.* Ich schließe die Augen. Ein und wieder aus. Richte mich wieder auf. Blut rauscht durch meine Ohren. Ich bin froh und entsetzt zugleich. Rosi stimmt mir zu. Es ist etwas passiert. Was hat sie gesagt? Was soll ich machen? Die Wegbeschreibung. Mit zitternden Fingern rufe ich eine Landkarte auf und ziehe sie groß. Klein, blau, pulsierend finde ich meinen Standpunkt. In Gedanken laufe ich den Weg ab, den ich mit Christian genommen habe, erst runter ins Moos, dann ein weites Halbrund und schließlich wieder rauf in den Wald. Die Enden des Halbkreises verbindet die schmale Teerstraße an der Kante des Molasseriegels, auf der vor einer Woche die Einsatzfahrzeuge standen. Dahinter auf der Anhöhe beginnt der Wald, dort stehen der Hochsitz meines Beinahe-Schwiegervaters und tiefer im Forst die Hütte. Ich setze eine Markierung, mache einen Screenshot und maile ihn Rosi. Dann lasse ich das Telefon sinken.

Plötzlich fühle ich mich matt, leicht unterzuckert. Ziehe einen Notfall-Müsliriegel aus der Tasche, reiße die Verpackung auf und beiße hinein. Kohlenhydrate und Zucker fluten mein System, sofort fühle ich mich frischer. Meine Gedanken rasen. Was soll ich jetzt tun? Zurück in meine Suite? Wie ein Tiger im Käfig auf und ab laufen? Ich schüttele den Kopf. Vielleicht in einem nächsten Leben. Aber selbst das ist nicht sicher.

Ich stopfe mein Handy in die Jackentasche und setze mich in Bewegung. Die Hoteleinfahrt hinunter, durch den Garten, raus auf die schmale Straße. *Was ist hier los? Was passiert hier gerade? Wieso spielt mein Körper verrückt?*

Kalter Wind strömt mir entgegen und weht den Nebel aus meinem Kopf. Plötzlich sehe ich glasklar. Und die Einsicht jagt mir einen Schauer über den Rücken. Jemand ist in Gefahr. Andreas ist in Gefahr. Und Christian steckt mit drin. Das weiß ich so genau, dass mir der Atem stockt.

Verdammt, wo ist bloß diese Hütte? Hoffentlich hab ich die Polizei in die richtige Richtung geschickt. Ich wende mich nach rechts und haste los. Ignoriere die Aussicht. Getrieben von Vorahnung und Gewissheit. Den großen Bogen hinunter ins Moos und wieder rauf zum Wald kann ich mir sparen. Abwechselnd laufend und gehend, gerade so schnell, wie es mein klopfendes Herz und meine pumpenden Lungen noch aushalten, bewege ich mich auf der schmalen Straße Richtung Wald. Rasend schnell sinkt die Wintersonne tiefer Richtung Berge herab und taucht das weite Moorbecken vor den Alpen in milchig gelbes Licht.

Die Straße endet und mündet in einen Wanderweg. Vor einer Woche stand ich schon einmal hier, festgewurzelt hinter der Absperrung. Um den Stamm einer großen Tanne ist immer noch ein Stück rot-weißes Absperrband geknotet. Ein Zipfel schwingt leise im Wind. Ich umrunde die Tanne, biege in den steinigen Weg ab und folge ihm immer tiefer in den Wald hinein. Da, der Hochsitz. Davor der große Stein. Der Schnee ist nicht mehr blütenweiß, sondern aufgewühlt und verdreckt. Bis zur Hütte kann es nicht mehr weit sein. Langsam schwindet das Tageslicht, die Dämmerung setzt ein und taucht die Welt in samtiges Blau.

Da vorn ist die Lichtung. Endlich. Und da die Hütte. Wie vor meinem ersten Besuch vor zehn Tagen hockt sie knorrig und geduckt unter den herabhängenden Ästen der Tanne, dick eingemummelt im tiefen Schnee. Holz stapelt sich unter den Fenstern. Leere Blumenkästen hängen darüber. Das ist mir damals gar nicht aufgefallen. Ob sie wohl jemand bepflanzt? An den gemeinsamen Ausflügen letzte Woche mit Christian war es meist dunkel gewesen, die Sterne hatten gefunkelt, und ich hatte schon ein paar Gläser Champagner intus. Ein Seufzer entschlüpft mir. Zu diesem Zeitpunkt hatte ich noch eine Chance gesehen. Obwohl Christian und ich schon über Kreuz lagen. Unzufrieden waren. Enttäuscht und wütend. Wir waren wieder aufeinander zugegangen. Aber heute? Würde ich mich immer noch so verhalten?

Ich sehe mich um. Friedlich, ruhig schaut es aus. Beschaulich. Nur ein paar Fußspuren kreuz und quer zeugen von menschlicher Anwesenheit. Plötzlich überfallen mich Zweifel. Was hat mich bloß geritten, die Polizei anzurufen und die Kavallerie anrücken zu lassen? Wenn die jetzt gleich auftauchen, womöglich mit mehreren Leuten, und hier ist nichts? Nur ein Fehlalarm einer überdrehten Norddeutschen? Wie peinlich! Wie soll ich bloß den Aufwand rechtfertigen? Was mache ich hier eigentlich?

Das Herz schlägt mir bis zum Hals. Atme, Anna, atme. Ich gehe zum Eingang und drücke die Klinke. Abgeschlossen. Kein Wunder. Wer lässt auch eine Hütte im Wald einfach offen stehen? Ich klopfe, erst sacht, dann fest auf das vergraute Holz. Nichts. Lausche. Höre die Tannen rauschen. Ein Knacken im Wald. Meinen eigenen Atem. Lege die Hände an den Mund. Rufe. »Andreas? Bist du hier?«

Es wird immer dunkler. Gleich ist es stockfinster. Ich drehe die Augen gen Himmel. Wenn mich jetzt jemand sehen könnte. Was hab ich mir bloß dabei gedacht? Der Mann ist deutlich über achtzehn, ein Baum von einem Kerl und durchaus in der Lage, auf sich selber aufzupassen. Er hat sogar eine Waffe. Mit Waffenschein. Und Schießtraining. Vielleicht ist ihm etwas Unvorhergesehenes dazwischengekommen, und er musste weg? Hatte keine Zeit, sich zu melden? Wieso führe ich mich hier auf wie die personifizierte Helikoptermutter? Was will ich hier beweisen? Und vor allem wem?

Etwas kitzelt in meiner Nase. Ist das Rauch? Wieso Rauch? Heizt hier etwa jemand? Warum? Die Hütte ist doch leer. Ich trete drei Schritte zurück, um den Kamin sehen zu können. Tatsächlich, es zieht etwas aus dem Schornstein. Ein hellgrauer Schleier schwebt langsam zwischen den Tannen gen Himmel. Hier ist doch niemand. Allemal jetzt, wo Sepp tot ist. Wieso wird geheizt? Wenn hier keiner ist?

Ich trete zur Seite, lege die Hände an das Glas des Fensters, versuche, ins Innere der Hütte zu sehen. Sofort schlägt sich mein warmer Atem an der kalten Scheibe nieder. Ungeduldig wische ich das Kondenswasser wieder ab, ziehe mein Telefon hervor, mache die Taschenlampe an und leuchte in die Hütte. Da, ein roter Schimmer. Etwas glimmt in dem offenen Kamin. Es brennt tatsächlich ein Feuer, aber keines mit heller, fröhlich flackernder Flamme, sondern ein schwaches, kaum zu erkennendes. Aus der Öffnung des Rauchfangs quellen Unmengen graue Schwaden. Hat derjenige, der das Feuer angemacht hat, nicht gemerkt, dass das Holz viel zu nass dafür ist? So blöd kann man eigentlich nicht sein. Und wo ist dieser Volldepp jetzt? Ich lege meine Stirn an die Scheibe, leuchte und starre hinein. Das Licht meines Telefons zuckt unruhig durch die Hütte und bleibt an etwas hängen.

An einem Stiefel. Einem Bergschuh. Mit neongrünen und korallenroten Streifen.

Adrenalin jagt durch jede Kapillare meines Nervensystems, mein Puls beschleunigt, ich fahre herum. Greife nach dem Nächstbesten, was mir in die Finger kommt. Ein Holzscheit. Ohne nachzudenken, schlage ich die Scheibe ein. Eine Wolke verrauchter Luft strömt mir entgegen. Ich trete zurück, hole aus, prügele auf das Fenster ein, zertrümmere das Fensterkreuz, greife nach innen, reiße auf, was vom Rahmen noch übrig ist, und krieche in die Hütte.

Sofort dringt Rauch in meine Lungen, brennt mir in den Augen, ich kann nicht atmen, kann nichts sehen. Andreas liegt regungslos vor dem Kamin. Ich reiße meinen Schal herunter, halte ihn vor meinen Mund, huste unkontrolliert hinein. Halb blind taste ich nach der Tür, rüttele an ihr. Abgeschlossen. Tränen rinnen aus meinen Augen, ich stolpere zum nächsten Fenster, reiße es auf, recke den Kopf ins Freie, atme einmal tief durch, halte die Luft an und haste zum rückwärtigen Ausgang.

Mir wird schlecht. Bloß das nicht. Würgend zerre ich am Riegel, stoße die Tür auf, fülle meine Lungen, stürme zurück in die Hütte, greife Andreas unter die Arme. Er ist schwer, verdammt, ist der Mann schwer. Ich beiße die Zähne zusammen, geh in die Knie, hebe ihn an und zerre ihn quer durch den Raum über die Schwelle ins Freie.

Röchelnd kauere ich über ihm und schüttele ihn. Greife in den Schnee und reibe über sein Gesicht. »Andi? Andi! Hörst du mich?« Tränen rollen mir über das Gesicht, meine Nase läuft, ich huste, spucke und werfe den nächsten Haufen Schnee auf ihn.

Keine Reaktion. Ich muss etwas tun. Stabile Seitenlage. Wie war das noch? Dieser Kurs ist so lange her. Ich knie mich neben ihn, winkele einen Arm an, lege ihm die andere Hand auf die Brust, hebe sein Bein an und ziehe ihn mit allem, was ich an Kraft zur Verfügung habe, auf die Seite. Sein Kopf liegt auf seiner Hand. Ich öffne seinen Mund und versuche zu hören, ob er atmet. Aber ich höre nur mich. Panik wallt in mir auf. Da. Er ringt nach Luft. Hustet, krümmt sich im Schnee zusammen, wirft sich auf die andere Seite, würgt, schnappt und röchelt gleichzeitig.

Ich höre ihn japsen und weiß, er ist am Leben. Jemand lacht und weint und lacht durcheinander. Das kann nur ich sein, denn außer mir ist niemand da. Die Adrenalinzufuhr, die eben noch mein System durchzuckte, versiegt schlagartig. Urplötzlich schaltet mein Körper wieder auf Normalzustand. »Gott sei Dank«, flüstere ich matt, »Gott sei Dank.«

Vollkommen erledigt sinke ich zurück, falle rückwärts in den Schnee. Über mir zünden die ersten Sterne ihre Lichter an. Neben mir hustet Andreas sich die Seele aus dem Leib, und es ist das schönste Geräusch, das ich in meinem Leben je gehört habe. Ich lasse los, mein Kopf kippt zur Seite, der Schnee ist kalt und frisch. Bleierne Müdigkeit deckt mich vollständig zu. Bevor ich meine brennenden Augen schließe und schlafe, einfach nur schlafe, höre ich in der Ferne noch ein Martinshorn.

26

Anna

Murnau, Mitte Juni 2023

Gedimmt von ungeputzten Scheiben fällt milchiger Sonnenschein auf einen diesigen Parkettboden. Staubkörner tanzen im Licht. Die Luft ist abgestanden. Wenn ich ehrlich bin, mufft es ganz gewaltig in diesem Raum. Im besten Fall. Eigentlich riecht es wie seit Monaten nicht gelüftet. Mit zwei Handgriffen öffne ich das große Doppelflügelfenster und lehne mich hinaus. Weicher Juniwind streicht über meine Wangen, Wärme umfängt mich, wickelt mich in einen meterlangen Sari aus bunt gewebter Seide. Ich blinzele in die Sonne, halte meine Hand über die Augen und sehe in die Ferne. Was für ein Blick. Freie Sicht über das Moor auf die Alpen. Blitzartig wird mir klar, wie sehr mir das gefehlt hat.

In den letzten Monaten war meine Aussicht flach. Keine Berge, sondern Wasser. *Back to the roots*, zurück aufs Schiff, Ozeane, Kreuzfahrt. Neuseeland und Australien, sechs Monate, die in Down Under Sommer waren. Es war mir alles so vertraut gewesen, als käme ich nach Hause, ich kannte sogar einige Mitglieder der Crew. Nur die Städte, die wir anliefen, hatten andere Namen. Der Abstand tat mir gut. Ließ mich zur Ruhe kommen, atmen, wieder die Anna sein, die mir vor langer Zeit begegnet war.

Ich war nahtlos zurück in die täglichen Routinen geglitten. Wie ein neues Huhn, das jemand nachts zwischen die anderen auf die Stange setzt, das morgens mit den anderen in den Hof flattert und pickt, als wäre es nie woanders gewesen. Tägliches Briefing, tägliches Troubleshooting auf und unter Deck, der abendliche Sundowner, Essen und ins Bett. Zugegebenermaßen, der Drink bei Sonnenuntergang war mir in den ersten Wochen schwergefallen. Ich sah ständig Christian auf mich zukommen. Auf Esters Anraten hin hatte ich eine Kollegin eingeweiht, die sich abends zu mir stellte und mich ablenkte, wenn mal kein Gast in meiner Nähe war.

Nur sporadische Blumenlieferungen lösten immer noch Herzrasen aus. Aber sie waren nie für mich. Es herrschte Stille. Kein Wort von Christian. Nicht ein einziges. Manchmal konnte ich mich nicht entscheiden, ob ich erleichtert, schockiert oder enttäuscht sein sollte.

An die ersten Tage nach seiner Verhaftung erinnere ich mich kaum. Es war, als hätte mich jemand in Watte gewickelt und mit Gewichten beschwert. Ich konnte die Füße nicht heben, geschweige denn den Kopf. An Essen war überhaupt nicht zu denken, die meiste Zeit verschlief ich sowieso.

Am dritten Tag hatte ich Ester unter Tränen gestanden, dass ich Angst hatte, wieder in eine Depression zurückzufallen. Meine Freundin hatte mich angesehen, mich aus dem Bett gezogen und unter die Dusche gestellt. Als ich mit einem Handtuch um den Kopf und einem Frotteemantel um meinen zitternden Körper aus dem Bad gekommen war, standen ein riesiger Obstsalat und eine große Kanne schwarzer Tee auf dem Tisch. Anschließend ging Ester mit mir in den Schnee, reichte mir Taschentücher, wenn ich weinte, und drehte mich mit dem Gesicht in die Sonne. Tag für Tag. Das half mir zurück in den Alltag.

Widerstrebend kümmerte ich mich um einen Anwalt. Einen staubtrockenen Strafverteidiger, der Christians Chancen als gar nicht so schlecht einschätzte – keine Vorstrafen, solide persönliche Verhältnisse, gesichertes Einkommen. Dabei hatte er mich angesehen. Fordernd. Ich wusste nicht, wie ich reagieren sollte, und wich ihm einfach aus.

Zwei Tage und etliche Gespräche mit Ester später rief ich den Anwalt an und teilte ihm mit, dass ich die Verlobung lösen und sein Mandant sich einen Interimsmanager für das Hotel suchen solle. Christian teilte ich meine Entscheidung schriftlich mit. Inzwischen war auch ich so weit, keine Notwendigkeit mehr darin zu erkennen, mich seinen Lügen noch einmal persönlich aussetzen zu müssen.

Zweimal hatten Ester und ich Andreas im Krankenhaus besucht. Beim ersten Mal war er hinter all den Schläuchen und Monitoren kaum zu erkennen gewesen. Wir hatten die piepsenden Geräte betrachtet, sich aufbauenden Diagrammen zugeschaut und waren wieder gegangen. Beim zweiten Mal standen Kollegen im Zimmer, die sich lautstark mit ihm unterhielten. Wir winkten aus der zweiten Reihe und gingen erneut. Am selben Abend unterschrieb ich meinen Vertrag mit der Reederei.

Während der Monate auf See hatte Ester nicht aufgehört zu fragen. Wie es mir gehe. Was ich machte. Und vor allem, was ich vorhätte, wenn ich wieder an Land sei. Mit jeder ihrer Nachrichten schickte sie Fotos. Von der Alpenkette im Gegenlicht. Von glitzernden Schneeflächen im Moor. Und von den Gassen Murnaus.

Bis eines Tages, wir lagen vor Sydney, mein Telefon vibrierte. Eine Nachricht von Andreas. Ohne Zwinker-Emoji. Ohne Fragen. Ohne Umwege:»Liebe Anna, ich habe mich noch gar nicht bedankt. Dafür, dass du mir das Leben gerettet hast. Dabei wollte ich mich doch nur mit dir treffen. Das möchte ich immer noch. Komm vorbei, wenn du in Murnau bist. Andi«.

Ich wusste nicht, was ich antworten sollte. Als ob ich jemals wieder nach Murnau kommen würde. Was sollte ich da? Was gab es in diesem kleinen Nest am Rande der Alpen denn schon für mich? Okay, ja, es stimmte, ab und zu dachte ich an ihn. Wie an eine Reisebekanntschaft. Ebenso freundlich wie flüchtig. Viel deutlicher sah ich die Bergkette vor mir. Roch die Luft. Hörte den Schnee unter meinen Stiefeln knirschen. Sah in diesen unfassbar blauen Himmel über den Bergen. Einen Himmel, wie es ihn nur einmal gab. In genau diesem Blau.

Heimlich fing ich an zu vergleichen. Mich zu fragen, ob der Strand, an dem ich entlangging, mit dem Weg durch das Moor mithalten konnte. Ob der Wind so frisch und klar sein würde wie der vom Gebirge. Ob mich der Blick über Brandung und

Palmen genauso berührte wie der ins Werdenfelser Tal. Kam ich zu keinem Ergebnis, oder wollte ich meine Schlussfolgerung nicht wahrhaben?

Eines Tages fand ich in meinem E-Mail-Eingang ein Jobangebot. Das war nichts Neues. Wie jedes Mal, wenn ich auf einem Schiff anheuerte, stellte ich eine neue Suche online. Auf dem Schiff hieß vor dem Schiff. Täglich trudelten Anfragen ein. Mindestens drei. Die meisten warf ich in den virtuellen Mülleimer, wenige speicherte ich ab. Auf diese eine antwortete ich: »Die Tourismusregion ›Das Blaue Land‹ sucht einen neuen Geschäftsführer / eine neue Geschäftsführerin. Wir sind eine einzigartige Natur- und Kulturlandschaft am Rande der oberbayerischen Alpen. Um unsere Werte zu bewahren, uns Neuem zu öffnen und ein lebendiges Miteinander von Einheimischen und Gästen aktiv zu gestalten, suchen wir Sie zum nächstmöglichen Zeitpunkt. Sie sind …«

»Hm-hm.«

Ich schließe das Fenster und drehe mich um. Ein beleibter Mittfünfziger, eine Mappe unter dem Arm, steht auf der Schwelle. Er kommt auf mich zu, baut sich vor mir auf, die Hände über dem Bauch gefaltet, und betrachtet mich väterlich. Ein Walkjanker spannt sich über seinem kugelrunden Bauch. Das Parkett knarrt unter seinen Füßen. »Frau Sieveking. Grüß Sie Gott. Haben Sie sich alles noch einmal angesehen? Sie sind sich immer noch sicher, dass Ihnen die Wohnung gefällt?«

Ich lächele ihn an. »Sehr sicher sogar.«

»Nicht zu klein für Sie? Drei Zimmer, Küche, Bad, Balkon?«

»Mir gefällt's.«

Er legt seine Stirn in besorgte Falten. »Und was zieht Sie zu uns, wenn ich fragen darf?«

»Die Arbeit. Ich habe ein ganz tolles Angebot vom Fremdenverkehrsverband.«

Sein Blick wechselt von Fürsorge zu Unglauben. »So? Die Arbeit? Und ich dachte, Sie kommen aus privaten Gründen in unsere Marktgemeinde.« Er verzieht den Mund. »Eine Frau wie Sie will bei uns arbeiten? So weit gereist. Hotelfachschule,

Kreuzfahrt, Schweizer Spitzenhotellerie. Sie kennen doch niemanden bei uns. Und ... ist es Ihnen bei uns nicht, wie soll ich sagen, zu klein?«

Ich unterdrücke den Impuls, seinen Arm zu tätscheln. Davon, dass ich Andreas vorgestern meine Ankunft mitgeteilt habe, braucht er nichts zu wissen.»Aber nein. Ich kann Ihnen versichern, ich bin lange genug durch die Welt vagabundiert. Auf Dauer ist das auch nichts. Ich habe festgestellt, dass ich hier gerne bin.«

Er betrachtet mich forschend.»So. Na dann. Hier sind die Schlüssel und das Übergabeprotokoll. Bitte unterschreiben Sie hier«, ich signiere,»und hier.« Er greift nach meiner Hand. »Herzlich willkommen in Murnau!«

Ein paar Minuten später drehe ich mich zu Ester.»Ist das der Weg zum Untermarkt?« Sie und ich im Sommerkleid, mit Flipflops an den Füßen, hatten meine neue Wohnung Richtung Fußgängerzone verlassen, waren durch stille Straßen gegangen, die Berge im Rücken. Schmucke Einfamilienhäuser hinter Hecken und Zäunen reihen sich links und rechts wie Perlen an einer Kette, die Gärten erblüht in voller Frühsommerpracht. Untergehakt steigen wir eine schmale, mit Bäumen gesäumte Straße empor. Hier waren wir doch schon einmal.

»Wirklich?« Mit hängenden Schultern stehe ich vor der kleinen Gartenpforte. Der Schnee ist geschmolzen und hat einem halbrunden Blumengarten Platz gemacht. In weitem Bogen führt ein gepflasterter Weg zwischen bunten Rabatten und gepflegtem Rasen zum Eingang. An der gelb-weiß-blauen Fassade ranken Rosen empor.»Das ist jetzt aber nicht dein Ernst. Schon wieder das Münter-Haus? Das fällt dir ein, um meinen neuen Job und meine Wohnung zu feiern?«

Ester hakt sich bei mir unter.»Ja, schon wieder. Ich glaube, das ist wichtig für uns. Komm, lass uns reingehen.«

Was hatte mich bloß geritten, Ester zu bitten, meinen Umzug nach Bayern zu begleiten? Es ist Sommer, wir könnten im See schwimmen, im Biergarten unter Kastanien sitzen oder meinetwegen in der Eisdiele mit Prosecco anstoßen. Das kommt ihr in den Sinn? *Of all places?* Das Münter-Haus? Aber wer bin ich, dass ich nach allen Schlachten, die Ester mit mir geschlagen hat, das Streiten anfange? Schweigend folge ich ihr in das kleine Haus. Zahle unseren Obolus bei der Dame am Empfang, steige die Treppe hinauf, wandere durch die Räume, betrachte die bunten Möbel und die Bilder an den Wänden. Vorsichtig lasse ich meine Finger über das Geländer der bemalten Stiege gleiten, die unter meinen Füßen ächzt, als wir wieder ins Erdgeschoss hinabklettern. »Entschuldige, Ester, dass ich dich eben so angemault habe. Du hast ja recht. Das Haus hat einen ganz besonderen Zauber.« Ester drückt meinen Arm. »Ist schon okay. Ich finde auch, es ist ein einzigartiger Ort.«

»Ich würde mir gerne noch die Bücher und die Postkarten anschauen.« Im Vorbeigehen nicke ich der Dame zu, die im Kassenhäuschen ihren Dienst versieht, und ernte dafür ein Lächeln.

»Natürlich.« Ester betritt den hellen Raum mit den Infotafeln, dem Büchertisch und den Postkartenständern. »Du hast doch über sie gelesen. Erzähl mir mehr von ihr. Was weißt du noch von ihr?«

Ich inspiziere die Karten auf dem Ständer. »Dass sie talentiert war, ihre Gabe leben wollte und nicht akzeptiert hat, als Frau Grenzen gesetzt zu bekommen. Auch wenn das bedeutete, private Malschulen besuchen zu müssen, weil ihr der Weg an die Akademie aufgrund ihres Geschlechts verwehrt war.«

Ester lacht auf. »Ein Unding, nicht wahr? Wenn man sich das mal richtig überlegt! In diesen Schulen haben die Männer, die den Frauen zuerst den Zugang zur regulären Ausbildung an der Akademie verboten haben, anschließend mit ihnen in privaten Kursen eine goldene Nase verdient. Das ist an Scheinheiligkeit nicht zu überbieten.«

Ich hebe die Achseln. »Du sagst es. Scheinheilig. Klar. Aber was hätte sie machen sollen? Ansonsten hätte sie sich auf das beschränken müssen, was Frauen in dieser Zeit als Beschäftigung zugestanden wurde. Aber sie wollte malen lernen, sie wollte sich ausdrücken, sie hatte das Geld, also ist sie diesen Weg gegangen.«

»Und ist eine Beziehung mit Kandinsky eingegangen.«

Erneutes Schulterzucken. »Ja, mäßig bekannt, aber nicht berühmt. Er hat sehr damit gehadert, in München keine Anerkennung zu finden.«

»Aber er hat, das musst du zugeben, ihr Talent erkannt. So viel steht fest.«

Ich kann nicht anders und lache auf. »Was heißt ›ihr Talent erkannt‹? Sie hat ihn umgehauen. Heute würde man sagen, geflasht. Sie muss aus seinen Schülerinnen hervorgetreten sein wie eine Orchidee aus einer Löwenzahnwiese. Dir kann man nichts beibringen, hat er gesagt, du kannst alles schon von Natur.« Ich lasse den Kartenständer Karussell fahren.

Ester betrachtet die Bildbände auf dem Büchertisch. »Sie wurde seine Geliebte, er der ältere Lehrer, sie die junge Schülerin.«

Gedankenverloren sehe ich den kreisenden Karten hinterher. »Heutzutage würde man so etwas als sexuellen Übergriff betrachten und Kandinsky von der Schule verweisen. Mindestens. Solche Kategorien haben die beiden aber nie interessiert. Ich sehe das auch vollkommen anders.«

»Wie denn?« Ester blickt von den Büchern auf.

Vorsichtig ziehe ich eine Karte aus dem Ständer. »Für mich waren sie ein *power couple*. Jeder für sich hatte schon gigantische künstlerische Kraft, zusammen stieg ihr kreatives Potenzial ins Unermessliche. Sie haben sich so sehr gegenseitig beflügelt, es muss der Wahnsinn gewesen sein. Für beide.«

Ester zieht kritisch ihre Stirn in Falten. »Findest du? Ob sie das auch so verstanden hat? Das wage ich zu bezweifeln. So richtig für sich eingestanden ist sie nämlich nie. Es war ihr nicht möglich, vielleicht weil sie nicht der Typ dafür war, vielleicht weil in dieser Zeit Frauen einfach nicht gleichzogen oder gar besser wurden als ihre Lehrer.«

»›Zweifle doch an allem sehr‹.« Ich schüttele den Kopf. »Das hat sie mal geschrieben. Für mich völlig unverständlich, komplett unvorstellbar. Sie war es, die das Haus hier gekauft hat, sie war es, die hier rauszog, und Kandinsky folgte ihr. Sie war es, die hier einen ungeheuren kreativen Schub erlebte, fünf, sechs Ideen zu Papier brachte, malte, malte. Pro Tag, wohlgemerkt.« Ich denke nach. »Und Gastgeberin wurde für die größten Talente ihrer Zeit.«

»Schau nur, Jawlensky, Marc, Werefkin …« Ester dreht träumerisch am Kartenständer.

Ich stecke die Karte zurück und wiege nachdenklich den Kopf. »Als treibende Kräfte des Blauen Reiters werden immer nur Marc und Kandinsky genannt. «

»Sie ist im Hintergrund geblieben.« Ester lacht. »Ich halte das für Schmarrn. So etwas machst du, wenn du keine positive Verstärkung hast. Was galt schon das Talent einer Frau in dieser Zeit? Niemand unterstützte sie, niemand rückte ihr Schaffen in den Mittelpunkt, niemand. Da war gar nichts.«

»Gar nichts? Es waren ihre besten, ihre produktivsten Jahre. Und die innovativsten, radikalsten.« Ich blättere in einem Katalog auf dem Büchertisch und schlage eine Seite auf. »Schau. Kandinsky und Erma Bossi am Tisch. In der Küche waren wir eben. Das Bild hängt heute im Lenbachhaus in München. Sieh nur diese Farben, wie sie den Raum auflöst, grafisch macht, abstrahiert. Für mich geht sie den Weg zur Abstraktion, in jeder Hinsicht. In den Formen, den Farben, im Bildaufbau. Eine großartige Zeit.«

Ester nickt. »Nicht nur für sie. Auch für Kandinsky.«

Ich sehe auf, strahle. »Findest du auch, nicht wahr? Keiner von beiden hat danach jemals wieder diese Größe erreicht.«

Ester geht um den Büchertisch herum und legt den Arm um mich. »Aber das ist es ja nicht, was dich an dieser Geschichte bewegt. Sondern die Umstände ihrer Trennung.«

Ich lache erneut, bitter dieses Mal. »So nennst du das? Was für ein, sorry, Bullshit.«

»Wie würdest du das nennen?«

»Ester, was willst du von mir?« Ich klappe das Buch zu.

»Ich will, dass du mit mir sprichst.«

»Willst du das wirklich? Was soll ich dazu sagen, wenn ein Mann, meinetwegen auch ein halbwegs arrivierter Mann, fast fünfzehn Jahre eine Beziehung mit dir führt und dann von einem Tag zum anderen den Kontakt abbricht? Sich nie wieder meldet? Was hat er gesagt? Für Deutschland und für Gabriele Münter bin ich tot. Du willst wissen, was ich denke? Für mich ist das Betrug. Da kannst du sagen, was du willst. Du kannst nicht auf der einen Seite jemandem etwas versprechen, alles Mögliche schwören, alle verdammten Vorteile genießen und dann einfach abhauen. Das geht nicht. Das macht man nicht. Das ist so verletzend. Kein Wunder, dass sie darüber nicht hinweggekommen ist.« Ich lege meinen Kopf auf ihre Schulter. »Und im Grunde fühle ich mich genauso.«

Ester drückt mich an sich. »Warum, meinst du wohl, wollte ich mit dir hierher? Dir macht das immer noch zu schaffen, und darüber müssen wir sprechen.« Sie zieht mich an sich.

»Ich fühle mich so –«

»Entschuldigen Sie bitte?«

»Ja?« Ich wische mir eine Träne aus dem Augenwinkel.

Die Dame vom Empfang steht vor uns. »Ich höre Ihnen beiden zu, Entschuldigung, es geht nicht anders. Es ist toll, wie viel Sie über Gabriele Münter wissen.«

Ich richte mich auf und räuspere mich. »Ja, ihr Schicksal bewegt mich sehr. Und ihre Kunst hat mich schon als junges Mädchen, wie soll ich sagen, einfach umgehauen.« Ich versuche ein Lächeln.

Im Blick der Empfangsdame liegt Wärme. »Ja, sie spricht durch ihre Bilder zu den Herzen, nicht wahr? Sie hat nicht nur gemalt, was sie gesehen hat, sondern vor allem das, was sie fühlte.«

Ich muss den Blick senken, nicke und würge meine Tränen herunter.

Die Frau berührt meinen Arm. »Genau darin liegt ihre Radikalität, wissen Sie? Bis dahin haben Künstlerinnen oftmals anspruchsvolle Themen bearbeitet, Mythen, biblische

Geschichten. Intellektuell und schwer zu verstehen. Sie malte Alltagssujets, Räume wie den Essplatz im ersten Stock, ihre Freundin Werefkin oder ihren Garten. Nicht die Form war entscheidend, sondern der Inhalt. Und der soll etwas mit uns machen, uns anfassen, unsere Gefühle, uns in unserer Existenz. Und das ist universell und funktioniert noch über hundert Jahre später.«

Ich nicke und senke den Kopf. »Sie haben recht, ihre Bilder berühren mich zutiefst.«

»Darf ich Ihnen etwas mit auf den Weg geben? Etwas Persönliches? Obwohl es mich nichts angeht? Sie scheinen mir eine Frau zu sein, die auch eine Verletzung erlitten hat.«

Ich sehe auf. »Woher wissen Sie?«

»Ich sehe Ihre Reaktion auf ihre Bilder. Und auf ihre Geschichte. Es ist verständlich, dass Sie sich ihr nahe fühlen, mitleiden, traurig sind. Aber Gabriele Münter war auch ein Mensch ihrer Zeit. Für Frauen Anfang des 20. Jahrhunderts war es sehr viel schwieriger als heute, ihre Wege zu gehen. Sie hat Konventionen gebrochen, ist als ganz junge Frau mit ihrer Schwester in die USA gereist, war schon sehr mutig, das haben Sie richtig erkannt. Für ihre Zeit war sie auf stille und unaufgeregte Art und Weise revolutionär. Aber das war am Ende des Tages ohne Bedeutung.«

»Tatsächlich?«, frage ich erstaunt. »Wissen Sie, ich, wenn ich das sagen darf, fühle geradezu ihr Leid, fühle ihre Verzweiflung. Und es macht mich fassungslos, dass sie da nie wieder herausgefunden hat. Nie wieder, wie soll ich sagen, selbst zu ihrer Kraft, zu ihrer kreativen Quelle zurückgefunden hat.«

Die Dame nickt. »Das haben Sie richtig erkannt. Als Kandinsky sie verließ, hat er nicht nur ihre Gefühle verletzt, er hat sie auch gesellschaftlich beschämt und in aller Öffentlichkeit demontiert. Hat einer anderen den Status gegeben, den er ihr versprochen hatte. Den der rechtmäßigen Ehefrau. Das hat sie völlig aus der Bahn geworfen.«

»Ja, so sehe ich das auch.«

»Aber das ist heute Gott sei Dank doch vollkommen anders.«

»Meinen Sie wirklich?«

»Sie nicht? Von wahrer Gleichberechtigung beziehungsweise von der Gleichstellung der Frau in der Gesellschaft sind wir zwar noch Lichtjahre entfernt –«

»Wie wahr«, fällt ihr Ester ins Wort.

»Wir reden hier ja auch nicht über *equal pay*, faire Aufteilung von Care-Arbeit oder den Zugang zu Vorstandsposten. Denn etwas hat sich schon getan in den letzten hundert Jahren.«

»Meinen Sie? Was denn?«

»Eine junge, schöne, talentierte Frau wie Sie«, die Dame berührt meinen Arm, »braucht heute keine Bestätigung mehr von einem Mann, um ein gesellschaftlich anerkanntes Leben zu führen.«

»Okay?« Ihr Kompliment lässt mich lächeln.

»Sie brauchen doch keinen Freifahrtschein. Von niemandem. In dieser Hinsicht sind Sie frei.«

Ich betrachte sie kritisch. »Frei?«

»Ja, unendlich frei. Sie leben, wo Sie möchten, tun und lassen, was Sie wollen, suchen sich einen Partner, den Sie wollen, oder auch nicht, ohne dass Ihnen jemand dazu die Erlaubnis geben muss. Schon gar kein Mann. Der, wenn ich mir die Bemerkung erlauben darf, im Zweifelsfall weniger talentiert ist als Sie.« Sie nickt mir zu.

Ich stehe vor ihr, stumm, vom Donner gerührt. So hatte ich das noch nie gesehen. Sie hat recht. Zum ersten Mal in meinem Leben bin ich frei.

Ester springt für mich ein. »Danke schön.«

Brummend beendet die Ankunft einer Nachricht meine Starre. Ich ziehe mein Telefon hervor. »Wir sitzen in der Eisdiele. Kommt ihr vorbei? Würde mich freuen. Andi«.

Ich drehe mich um. Lasse Ester die Nachricht lesen.

Sie sieht mich an. Durchforscht mal wieder mein Gesicht. »Was willst du tun?«

Ich halte den Ausschaltknopf gedrückt. Sehe zur Decke. Nichts. Meine Entscheidung ist gefallen. Für mich. Nur für mich. Die Sonne malt lichte Rechtecke auf den Fußboden. Da draußen fängt mein Leben an. »Hast du Lust, schwimmen zu gehen?«

Meine Freundin nickt.

Auf einmal habe ich es eilig. »Na dann. Auf was wartest du noch?«

Mein Dank gilt:

- meinen Lesern und meinen Gästen, die mir seit Jahren die Treue halten,
- Sylvia Wörner (Dießen), für herrliche Lesungen kreuz und quer in Bayern, die sie mit ihrer Moderation erst lebendig macht (sylviawoerner.de),
- Jens Hildebrandt (München), für ein kenntnisreiches Lektorat,
- Anja Kamradt (Berlin), für fünf Jahrzehnte Freundschaft (gezeiten.blog),
- Jörg Kranzfelder und dem Team der Freien Kunstanstalt Dießen, für einen sonnigen Arbeitsplatz in inspirierender Atmosphäre (freie-kunstanstalt.de),
- dem Team des Emons Verlages, insbesondere Lektorin Christiane Geldmacher, für die herzliche und unterstützende Zusammenarbeit.

Inga Persson
TOD AM AMMERSEE
Broschur, 288 Seiten
ISBN 978-3-7408-0300-1

Eigentlich ist Nordlicht Carola Witt, Büroleiterin des Bundestags-
abgeordneten Ludwig, an den Ammersee gereist, um ihrem Chef
den oberbayerischen Wahlkreis zu sichern. Bevor sie aber überhaupt beim ersten Pressetermin erscheinen kann, stolpert sie über
die Leiche eines Provinzpromis – und damit geradewegs ins Visier
des Mörders. Doch zum Glück ist der ewig grantelnde, aber sehr
fesche Kommissar Meisinger dem Täter schon auf den Fersen ...

www.emons-verlag.de

Inga Persson
RACHE AM AMMERSEE
Broschur, 256 Seiten
ISBN 978-3-7408-0539-5

Carola Witt hat ein neues Herzensprojekt: In einer Volksbefragung
sollen die Bürger ihrer Ammersee-Gemeinde über den Neubau
einer Großgastronomie abstimmen. Doch dem Projekt droht das
Aus, bevor es überhaupt gestartet ist: Ruprecht Prestel, Gemeinde-
rat und Mentor der Initiative, stürzt beim Gleitschirmfliegen ab.
Nur ein Unfall oder doch ein Mord? Carola will es herausfinden,
kommt dabei aber Kommissar Lenz Meisinger immer wieder in die
Quere. Und womöglich auch dem Mörder ...

www.emons-verlag.de

Inga Persson
NACHT ÜBER DEM AMMERSEE
Broschur, 256 Seiten
ISBN 978-3-7408-0805-1

Am Ammersee scheint die Welt noch in Ordnung: Kommissar Lenz
Meisinger und Carola Witt, die das Büro eines Bundestagsabge-
ordneten leitet, sind endlich ein Herz und eine Seele – meistens
jedenfalls. Dann aber wird ein abgetrennter Fuß in einem Teich
gefunden, und plötzlich überschlagen sich die Ereignisse in der
oberbayerischen Provinz. Als auf ihren Chef geschossen wird,
nimmt Carola die Sache selbst in die Hand, nicht ahnend, dass sie
damit einen fatalen Fehler begeht ...

www.emons-verlag.de

Inga Persson
HUNDLING
Broschur, 240 Seiten
ISBN 978-3-7408-1139-6

Die heile Welt am Ammersee gerät aus den Fugen: Eine Mücken-
plage spaltet die Menschen vor Ort. Umweltschützer und Politiker,
die sich für den Einsatz von Pestiziden aussprechen, stehen sich
unversöhnlich gegenüber. Dann wird die Pressesprecherin des
Landrats tot aufgefunden. Ein Zufall? Mitnichten, glaubt Kommissar Lenz Meisinger und ist sich dabei ausnahmsweise einig mit
seiner Freundin Carola Witt. Als es eine weitere Tote gibt, beginnt
für die beiden ein Wettlauf mit der Zeit.

www.emons-verlag.de

INGA PERSSON
DER AMMERSEE-CLAN
Oberbayern Krimi

emons:

Inga Persson
DER AMMERSEE-CLAN
Broschur, 256 Seiten
ISBN 978-3-7408-1670-4

Ein Jugendlicher liegt tot auf dem Grund des Ammersees. War es ein tragischer Unfall? Oder musste er sterben, weil seine Mutter als Clanchefin einer Drogenfarm dem Münchner Kartell in die Quere gekommen war? Kommissar Lenz Meisinger dringt immer weiter in die Abgründe der oberbayerischen Idylle vor. Seine Freundin Carola kann ihm dabei diesmal nicht zur Seite stehen, weil sie in Berlin einem groß angelegten Polit-Komplott auf die Spur kommt. Laufen am Ende alle Fäden zusammen?

www.emons-verlag.de